「わしを勇者に殺させたくないのなら……
そなたの手でわしを終わらせよ」
そう言いながら俺の手を掴むと、
捧げるように自らの首へ持っていくフェリス。
……ああ、こいつは何を馬鹿なことを言っているのか。
「そんなこ
ないって、知ってるだろ。
……お前を愛してる」

「――《閃《またたき》》――!!」
互いの背後で展開する無数の魔法陣。
恭弥が操るのは雛を源種解放使用にまで
追い込んだあの熱線術式。対して葛葉は〝不可能原理《ミュトス》〟
と呼ばれる最上位を越えた階級の雷撃呪文。
奇しくもどちらも同じ多連装連射型の術式である。

「――《帝雷釈鳴《ケラウノス》》――!!」

「——繝帙?・繝繧サ繝ウ繧カ繝ウ繧ウ繧ヲ槭こ繝ウ——!!」
葛葉が次に繰り出したのは固有異能ではない。
……というより、〝ソレ〟は恭弥の知るいかなる
魔術ともスキルとも異なるナニカであった。

最凶の魔王に鍛えられた勇者、異世界帰還者たちの学園で無双する 3

紺野千昭

HJ文庫
1031

CONTENTS

口絵・本文イラスト◉fame

序章　惑星と猿

『──これは一体どういうことか……?!　我々は今、夢でも見ているのでしょうか!?』

〝コロッセオ〟第三闘技場《とうぎじょう》に実況《じっきょう》の声が木霊《こだま》する。

班別統合擬戦《トーセン》演習第三フェイズ《タイマン戦》初日。直球すぎるその名の通り生徒同士が一対一で戦うこの種目は、トーセンというお祭りにおいていわば一番の目玉競技。必然、盛り上がりも最高潮を迎《むか》える……はずが、実況の声は困惑《こんわく》と動揺《どうよう》に震《ふる》えていた。いや、それは彼《かれ》だけに限った話ではない。客席の生徒たちもみな同様に盛り上がるどころか青ざめている。

そんな彼らの視線の先には、対峙《たいじ》する二人の生徒の姿が。

一人は可愛《かわい》らしい童顔の少年……裏戸《うらと》海璃《かいり》。学園11位に座する最年少Sランカーにして、校内最強小隊たる『ローゼン・シニル《ローゼの子ら》』に所属する最強勇者の一人。その顔を見れば誰《だれ》もが目を伏《ふ》せ道を開ける学園の絶対的覇者《はしゃ》である。

そんな海璃は今──闘技場の真ん中で膝《ひざ》をついていた。全身には無数の生傷、呼吸はぜえぜぇと乱れ、ご自慢《じまん》の美しい相貌《そうぼう》は疲弊《ひへい》と苦痛に歪《ゆが》んでいる。そう、最強の名声をほしいままにするSランカーの少年が、誤魔化《ごまか》しようもないほどに追《つ》い詰められているのだ。

無論、それだけでも十分異常事態ではある。……が、観客たちが唖然《あぜん》としている本当の理由は、その海璃を見下ろすもう一人の方にこそあった。

『い、一体……一体この世界の誰が予想したでしょう⁈　あの最強のSランカー、絶対無敵の天才少年を跪《ひざまず》かせることになったのが——まさかまさかの落伍勇者《ジャンク》だなんてっっ⁉⁈』

そう、これが『最強VS最強《Sランカー同士》』の試合であったならこの光景はまだ理解できるだろうし、むしろ観客も大いに盛り上がったことだろう。だが、そこに立っていたのは上位ランカーどころか、まともな勇者ですらない少年——九条恭弥《くじょうきょうや》だったのだ。

〝落伍勇者〟……勇者の証たる救世紋《もん》を持たぬ落ちこぼれ。最弱と蔑《さげす》まれる学園の最底辺を這《は》いずる少年が、まるで当然のような顔で最強のSランカーを跪かせている。それは決して有り得てはならない光景。天地がひっくり返っても起こるはずのない天変地異。観衆が我《わ》が目を疑うのも当然のこと。

だが、この事態に誰よりも困惑していたのは他《ほか》ならぬ海璃自身だった。

(——アリエナ、アリエナイ、アリエナイ……!!　なんだよ、なんなんだよこれっ⁉⁈)

海璃は隠《かく》しきれぬ焦燥《しょうそう》に唇《くちびる》を噛《か》む。

タイマン戦初日、相手はFランク以下の落伍勇者――どう考えたってただの消化試合。

そう思っていた。だが、結果はどうだ？

眼前でこちらを見下ろす九条恭弥は、かすり傷一つ負っていないどころか息さえ乱れてはいない。対してこちらは既《すで》にボロボロ。体術、魔術《まじゅつ》、そして海璃が絶対の自信を持つ固有異能《オリジン・スキル》でさえまったく通用しないのだ。

固有異能：《スーサイド・ストリングス《馬鹿には見えない赤い糸》》――海璃が宿す女神《めがみ》の天恵《てんけい》は、数億本もの不可視の糸を操《あやつ》るもの。そのうち一本でも敵をとらえればあとは簡単。ほんの少し力を加えるだけで数億倍に膨《ふく》れ上がったダメージを直接相手の根源へ叩《たた》き込《こ》めるのだ。

だが、幾体《いくたい》もの魔王《まおう》を屠《ほふ》って来たその糸が、恭弥にはまったく当たらない。まるで実体を持たぬ幽霊《ゆうれい》か何かのように、どれだけ糸を張り巡《めぐ》らそうとその隙間《すきま》を悠々《ゆうゆう》とすり抜《ぬ》けてしまう。逆に、向こうの攻撃《こうげき》はどれほど固く糸を束ねようと容易《たやす》く貫通《かんつう》してこちらに届く。

あまりに一方的な戦いだ。そして何よりも我慢《がまん》ならないのは……恭弥が扱《あつか》う攻撃がいずれも初級呪文《じゅもん》ばかりということ。

そう、恭弥は固有異能を見せていないどころか、明らかに手を抜いているのだ。一体なにがどうなってこんな状況《じょうきょう》になっているのかさっぱりわからないが……ただ一つはっきり海璃にも理解できることがある――この最強の裏戸海璃様が弄《もてあそ》ばれているということ。

「クソったれがっ……！　九条恭弥ァ！　それで復讐《ふくしゅう》のつもりかよ！」

恥辱《ちじょく》に打ち震えながら海璃は眼前の男へ叫《さけ》ぶ。

実を言えば、こうしていたぶられる心当たりならある。前回のトーセン第一フェイズ《フラッグ戦》において、恭弥の知り合いらしき女を嬲《なぶ》って遊んだのだ。恐《おそ》らくはあの意趣《いしゅ》返しをしようという魂胆《こんたん》なのだろう。

……だが、返って来た答えは予想外のものだった。

「ん？　復讐……？　ああ、香音《かのん》のことか？　そういえばあったな、そんなこと……」

その言い草はまるで今の今まで忘れていたと言わんばかりだ。

「違《ちが》うよ、別にお前に対する恨《うら》みとかそんなんじゃない。こっちの都合でさ……一発で終わらせたらアピールにならないだろ？」

「は……？　あ、アピール……？」

「悪かったな、付き合わせちまって。でも安心してくれ、そろそろ十分だろ。だから……もうリタイアしていいぞ」

恭弥はあっさりそう告げると、さっさと背を向けてしまう。……まるで、とどめを刺《さ》す価値すらない、とでも言わんばかりに。

復讐でも、侮蔑《ぶべつ》でも、挑発《ちょうはつ》でもない、完全な無視。生まれて初めて味わうその屈辱《くつじょく》に、かろうじて残っていた理性が弾《はじ》け飛んだ。

「百億万回ブッコロスッッ――!!!」

海璃が叫ぶと同時に右腕《みぎうで》の救世紋が眩《まばゆ》い光を放つ。

そして、世界が変質を始めた。

『源種解放《フロランティア》：《フォニィ・パペット・プリティ・パーティ《木偶頭どもの愉快な小劇団》》』――海璃の奥義《おうぎ》たるその異能がもたらすのは、空間そのものの傀儡化《かいらいか》。ここでは森羅万象《しんらばんしょう》すべてが彼の操り人形《にんぎょう》であり、領域内で起こり得るありとあらゆる事象を自在にコントロールできる。いわば運命の神となるものだ。そしてその対象は恭弥当人も例外ではない。もはや糸すら不要となったこの絶対支配領域において、恭弥は既に彼の傀儡。肉体、魔力《まりょく》、精神に至るまですべては海璃の意のまま。群衆の前で裸踊《はだかおど》りをさせることも、大切な友人を殺させることも、もちろん……自殺させることだって簡単なのである。

本当ならト―セン程度で見せるつもりはなかったのだが、これだけの観客の前で晒《さら》し者《もの》にされて黙《だま》ってなどいられるものか。これは最強のSランカー様を舐《な》めた代償《だいしょう》だ。世にも無様な操り人形として徹底的《てっていてき》に辱《はずかし》めてやらなければ気が済まない。さて、一体どんな滑稽《こっけい》な自殺劇を演じさせてやろうか――

「あー……難しいな……こういうのってそんなにわかんないもんかな……」

海璃が勝利を確信したその時、不意に零《こぼ》れる小さな呟《つぶや》き。

その主である恭弥の表情に浮《う》かんでいたのは、驚愕《きょうがく》でも、焦燥でも、恐怖《きょうふ》でもない。ただどこまでも面倒《めんどう》くさそうな辟易《へきえき》だけであった。

「なあ、そもそもお前の固有異能って、『使役《しえき》』っていうより『接続』する力だろ？　ならわからないか？　ほら、せっかく俺《おれ》と直でつながってるんだ。少し落ち着いて目を凝《こ》らせ。見えるようにしてやるから」

「はあ？　お前、何言って……」

反射的に問い返しながらも、海璃の胸中には全く別の違和感《いわかん》が沸《わ》き上がっていた。——ここは既に海璃が支配する領域。だというのに、なぜこいつは自分の意思で喋《しゃべ》れている……？

だが、そんな疑念はすぐに霧散《むさん》することになる。なぜなら恭弥の言う通り、彼は触《ふ》れてしまったのだ。対峙する男がひた隠しにしていたその魂《たましい》に。

「……え？　なに、これ……？」

領域を介《かい》して接続した恭弥の根源、それを見た瞬間《しゅんかん》海璃は硬直《こうちょく》する。それはあまりにも、あまりにも——大きすぎた。

巨大《きょだい》、絶大、超《ちょう》ド級《きゅう》……眼前にそびえる根源は、そんなありきたりな単語で形容できるいや、それが無数に連なってできた銀河系そのもの。それほどまでに存在としてのスケールが異次元すぎて、今の今まで気づかなかったのが不思議なぐらい。

だが、ある意味でそれは当然でもあった。

なにせ、人間のものさしというのは結局は自分基準。己《おのれ》とかけ離《はな》れすぎているものは測ることすらできない。その最も身近な例を挙げるならば、『地球と人間』になるだろうか。

人間はみな地球上で暮らしている。だが、自分が今立っている大地が『宇宙に浮かぶ質量5・972×10の24乗kgの時速1700kmで回転している球体である』と意識している人間がどれだけいるだろうか？　もちろんみな知識の上では知っているはず。だが普通《ふつう》は誰もそんなこと意識しないし、意識できるものでもない。そしてそれはごく当たり前なことだ。

だってそうだろう？　自分が地球にへばりつくだけのちっぽけな点だと自覚したまま、どうやってまともに生活が送れるというのか。食事も、仕事も、恋愛《れんあい》も、生涯《しょうがい》すべてが超《ちょう》大《だい》なる大宇宙にとってはゴミ同然。人生など無意味と理解してしまえば、行きつく先は精神を病《や》んでの自殺か廃人《はいじん》の二択《たく》。とてもまともに生きてなどいられない。すなわち、絶対なる高次元をあえて見て見ぬふりをすること。それは人間にとって何よりも重要で大前提となる生存戦略なのである。

『世界は自分中心に回っている』――それぐらいの意識でなければ脆弱《ぜいじゃく》な人間などやっていられるはずもないのだ。

だが今、不幸にも彼は気づいてしまった。天体にも等しい絶対的な力の存在に。そしてただただ思い知らされた。自分がどれだけ矮小《わいしょう》な存在であり、対峙する恭弥がどれほど絶大な存在であるのか。それはもう勝てるとか勝てないとかそんなくだらない次元の話じゃない。この力がほんの僅《わず》か注がれただけで自分など塵芥《じんかい》の如く消滅《しょうめつ》する。今こうして存在できているのはひとえに運が良かっただけ。地球上を蠢《うごめ》く一匹《ぴき》の猿のように、彼はただその力の影《かげ》にへばりついている虫けらに過ぎないと。

ああ、本当に不思議で不思議でしょうがない。これが存在しているのに、どうして僕《ぼく》は今まで平気な顔で息をしていられたのか――

「あ、あ、あ……」

がたがたと震える海璃のズボンに、生暖かいシミが広がる。だが本人はそんなことにも気づかない。巨大な太陽に近づけばすべてが等しく蒸発するのと同じ。骨の髄《ずい》まで恭弥の魔力にさらされた海璃は、ただ呆《ほう》けることしかできないのだから。

だがしかし、ここには一つ忘れてはならないことが。――裏戸海璃は勇者である。幾体もの魔王を屠って来た歴戦の戦士であり、普通の人間とは根本から異なる本物の強者。ゆえに彼は最後の勇気を振《ふ》り絞《しぼ》り、信じられないような奇跡《きせき》を起こした。

「……こ、こうさん……こうさん、しますから……ころさないで……」

だらだらと汗《あせ》と涙《なみだ》と涎《よだれ》を垂れ流しながら、かすれた声で懇願《こんがん》する。

勇気あるその降伏《こうふく》宣言を聞いた恭弥は、『うん、よくできたな。お疲《つか》れ』と労《ねぎら》うように頷《うなず》くのだった。

『し、試合終了《しゅうりょう》～～～ッ!!!』

響《ひび》き渡《わた》る実況の叫び声。数秒遅《おく》れてざわめく観客。そのどちらも困惑に満ちている。それはそうだろう。彼らの眼には海璃がひとりでに怯《おび》えて降伏したようにしか見えないのだから。

そんな混乱に一瞥《いちべつ》もくれないまま、恭弥はさっさと闘技場を後にする。そうして控室《ひかえしつ》まで戻《もど》ってくると、そこで待っていた女に一言だけ問うた。

「これでいいですか？」

すると、その女はにんまりと微笑《ほほえ》む。

「ああ、上々や。Sランク11位撃破《げきは》おめでとさん。これで最低でも君のAランク入りは確実や。無事条件クリアやな。ってことで……」

と、怪《あや》しい笑《え》みを浮かべるその女——水穂《みなほ》葛葉《くずは》は、いつにも増して上機嫌《じょうきげん》に手を伸《の》ばすのだった。

「ようこそ恭弥くん、我らがユグラシア学園〝執行部《しっこうぶ》〟へ——!」

第一章　執行部

――三日前――


トーセン第二フェイズ《サバイバル戦》が終幕した日の午後。

俺はとある人物と待ち合わせをしていた。

指定した校舎裏で待つこと一時間と十五分。丸々一時間遅れでやってきたその女は、まったく悪びれる様子もなく笑うのだった。

「いやあ、すまんすまん、ちょこっとだけ遅刻《ちこく》したわ。堪忍《かんにん》な～」

と、その上級生――水穂《みなほ》葛葉《くずは》は全く心のこもらない平謝《ひらあやま》りと共に登場する。

「で、どうしたん？　こんなとこ呼び出して。もしかしてラブレターでも……」

「いや違います」

「ははっ、即答《そくとう》かい。ちょっと傷つくわ～……なんて、冗談《じょうだん》はおいといてと……用件は？」

へらへらと笑ってから、少し真面目《まじめ》な表情で問う葛葉。

それに応じて俺は単刀直入に切り出した。

「レジスタンス殲滅《せんめつ》に協力した見返りとして、『なんでもご褒美《ほうび》くれる』ってこの前言ってましたよね？」

「ああ、そういや言ったなあそんなこと」

「なら……俺を執行部に入れてください」

学園執行部――勇者たちが集まるこの学園において、さらにその精鋭《せいえい》だけを集めた中枢《ちゅうすう》機関。すなわち、俺やフェリスにとっては敵の総本山とも呼べる組織であり、本来なら決して自分から近寄りたくはない場所だ。

だが、先の綺羅崎雛《きらさきひな》との戦いで思い知らされた。本当の意味でフェリスに自由と平和を謳歌《おうか》させるには、こそこそと逃《に》げ隠れしているだけではダメなのだと。それは雛の言っていた『廃棄魔王抹殺計画《はいきまおうまっさつ》』について調べる必要がある、というだけの話とは違う。

世界にはどんな勇者がいるのか。どんな固有異能を持っているのか。そしてそのバックについている女神たちが何を目的にしているのか。俺は敵について何も知らない。そんな状態で目についた勇者を片《かた》っ端《ぱし》から殺し回ったところで、根本的な解決になどなりはしないだろう。優先すべきは情報の収集。フェリスを守るために何をする必要があるのか、まずはそれを知らなければならない。そしてその上で必要というのなら……勇者も、女神も、邪魔《じゃま》する者すべてを皆殺《みなごろ》しにするだけだ。

ゆえに、勇者や女神の本拠地《ほんきょち》である執行部に潜入《せんにゅう》し、あわよくばそこを掌握《しょうあく》する――それが今の俺にとっての最優先課題。そのための足掛《あしが》かりとして葛葉に接触《せっしょく》したのだが……もちろんこんなお願いが簡単に通るとは思っていない。どうせ色々と対価を要求されることだろう。だがそれでも、葛葉は執行部とのつながりがある唯一《ゆいいつ》の知り合い。どんな条件を突《つ》きつけられようと、必ずクリアして執行部への切符《きっぷ》を手に入れなければ――

「そうかそうか、執行部になあ。うん、ええよー」

「はい、わかってます。そう簡単に頷いてもらえるとは……え？　今、なんて……？」

「だから、ええよ。執行部に入りたいんやろ？　ならお姉さんがなんとかしたるわ」

「……あの、なんでそんなあっさり？」

「おいおい、なんでとはなんや、頼《たの》んできた君が聞くんか？　『なんでも』って言ってしもうたからな、うちに二言はないで～！」

なんて言っているが、絶対嘘《うそ》だ。

水穂葛葉……執行部所属の上級生。つかみどころのない彼女《かのじょ》についてわかっていることはほとんどない。だが一つだけはっきり断言できる。それは、彼女が口約束を律儀《りちぎ》に守るほど殊勝《しゅしょう》な性格では断じてないことだ。

「あの……本当の目的は何ですか？」

と、ダメ元で真意を問う。

すると、葛葉はくすくす笑った。

「悪い悪い、さすがに怪しいか？　なら白状するわ。君を執行部《しっこうぶ》に入れる理由はな……うちも君が欲《ほ》しいからや。執行部で成り上がるための武器として、な」

「は……？」

「この前もちらっと言うたろ？　執行部内にも権力闘争《とうそう》っちゅうのがあってな、ちょっとした事情でうち、執行部で成り上がらないといかんねん。ただうちはか弱い女の子や。バケモン揃《ぞろ》いの執行部を生き抜くのは楽やない。ってことで君の登場っちゅうわけや。ま、こう考えてくれればええよ。――うちは権力を、君は武力を。お互《たが》いが必要なものを提供し合う。ウィンウィンの取引や。……さあ、どうする？」

など囁《ささや》きながら、葛葉は誘《さそ》うように手を伸ばしてくる。つまるところ、彼女はこう言っているのだ。『私のための犬になれ』と。……ああ、それで執行部への切符が手に入るのなら、喜んで尻尾《しっぽ》を振ろうじゃないか。

「よろしくお願いします、葛葉先輩《せんぱい》」

「くく……よっしゃ、交渉《こうしょう》成立や！」

そうして俺は葛葉と握手《あくしゅ》を交《か》わす。悪魔《あくま》と契約《けいやく》を結ぶというのは、きっとこういう気持ちなのだろうな。

「ってなわけで、早速《さっそく》執行部に……と言いたいとこやけど、そう簡単でもないねん。うちの役職はあくまで新入生管理班の役員。せやから勝手に執行部内の人事をいじれるわけやない。明日から来てね、とはいかへんのや」

「なら、どうやって俺を……？」

「そこで『護衛官制度』を利用するんや。役職つきの執行部員にはな、各々《おのおの》専属の護衛官をつける権利が与《あた》えられとるんや。せやから君にはうちの護衛官として執行部に入ってもらう」

なるほど、専属ボディーガードというわけか。正直、生徒会だの執行部だのの難しい仕事をこなす自信はない。葛葉専属の護衛ということであれば、おかしな役職につけられたり、仕事でミスって追い出されたりする心配もなさそうだ。

ただし、どうやらそこにもあっさり就職というわけにはいかないらしい。

「ただこっちもちょっとした条件があってやな……護衛官として登録できるのはBランク以上の生徒だけって規則があるんや」

「Bランク……って、じゃあダメじゃないですか」

今の俺はBどころか遠く離れた最下層のFランク。しかも、救世紋も持たない落伍勇者《ジャンク》だ。Bまで上げるとなるとかなり長い道のりになるだろう。

とはいえ、それが規則ならば仕方ない。コツコツ頑張《がんば》るしかないのならそうするだけのこと。あの三万年の修行《しゅぎょう》に比べればそれぐらい屁《へ》でもない。……なんて思っていると――

「まさか君、地道にこつこつランクあげ頑張ろう、とか思ってへんよな？」

「うっ……いや、だって、それしか方法は……」

「もー、あかんあかん、あかんよ～。この学園はチート前提や。君も少しはズルを覚えんとな。……ほれ、思い出してみい。今はトーセンの真っ最中。班もランクもちょうど振り分けのタイミングや。で、次の第三フェイズはなんやったっけ？」

「たしか……タイマン戦？」

「はい正解。タイマン戦っちゅうたらその名の通り、一対一のサシでやり合う一番のメイン種目や。そんでもってこの学園は知っての通り『強い奴《やつ》が偉《えら》い』っちゅう脳筋実力主義社会。……と、まあここまで言えばもうわかるな？」

ああ、すごく嫌《いや》な予感がする。そして葛葉はその通りの答えを口にした。

「このタイマン戦で君には上位ランカーを倒《たお》してもらう。観衆の目の前でな。……くく、そうすれば即日《そくじつ》Bランク昇格間違《しょうかくまちが》いなし。どや？　地道にクエストクリアしてSP集めて

～、なんてよりよっぽど手っ取り早いやろ？」

なんという脳筋的解決法か。大衆の面前でわざわざ強さアピールなんて、色んな意味で気が進まない。……ただ、執行部に入るとなると無力な落伍勇者のままでは逆に不自然というもの。全力は出さずとも、ある程度の力を示しておくことはカモフラージュのためにも必要なことかもしれない。

そして何より……俺だって本当は、一秒でも早く学園を掌握しフェリスの日常を取り戻したいのだ。

「……わかりました。やってみます」

「うんうん、ええ子や。それじゃ三日後の初戦、頑張ってな～」


――……

――……


そうして三日後の今、俺は無事試合を終えたのだった。

「それじゃ、約束通り――改めておめでとう恭弥《きょうや》くん、執行部へようこそ。にしても、まさかSランクをぶちのめすとはなあ。いやあびっくりしたで～」

なんて褒《ほ》めそやしてくるが、白々しすぎて呆《あき》れてしまう。そうなるよう対戦カードを組んだのはどうせこの人だろうに。……まあ恐らく、これは葛葉から俺へのテストでもあったのだろう。Sランカーの一人ぐらい倒せなければ駒《こま》としての資格はない、と。

「ありがとうございます。……それより、残りの試合は棄権《きけん》していいんですよね？」

「そら昇格《しょうかく》にはこれで十分やけど……もったいないわ〜。折角《せっかく》やし優勝すればええんちゃう？　実はな、今年はチャンスなんやで。なんせ優勝候補筆頭の雛ちゃんが辞退したんやと。噂《うわさ》によると固有異能が使えんくなったとか。何かあったんかねえ？」

　雛が能力を使えなくなった？　もちろん心当たりはあるが……まあどうでもいいか。俺にはもう関係のない人だ。

「そうですか、でも優勝とかは興味ありません。執行部に入れればそれでいいです」

「さよか。ま、君の好きにすればええわ。……にしても、今更《いまさら》やけどなんでまた執行部に興味が出たん？　まさか、権力欲に目覚めたとかか？」

「違いますよ。……ただ、やらなきゃいけないことがあって……まだ詳《くわ》しくは……」

「はは、冗談や。詳しくは聞かんよ。っていうか、正直君の目的なんてどうでもええわ。うちらはあくまで利用し合うだけやしね。まあせいぜい仲良うしようや。どっちかが裏切るまでは、な」

などと平気で囁く葛葉。仮にも同盟関係なのだから、そういうのはお互いわかっていても口にしないものだろうに。

まあ、なんにせよ一つ試験は終えた。これで執行部入りは問題ないはず。となると……もう一つのやり残しを片付けなければならない。とても大きなやり残しを。

そしてそれは、騒々《そうぞう》しい足音と共にやってきた。

「——恭弥さーん!!」

「——きょうや！　みつけたです！」

どたばたと控室に飛び込んできたのは、興奮気味の小毬《こまり》とララだった。

「もー、最近どうしてたんですかっ!?　いつもお部屋は留守だし、フェリスちゃんも見当たらないし、すっごく心配してたんですよ！　っていうか、今日試合だったなら言ってくださいよ！　急いで来たらもう終わっちゃってるじゃないですか！」

などと、開口一番まくしたてる小毬。ここしばらく会っていなかったから、このやかましさは久しぶりだ。……といっても、それはこっちが避《さ》けていたせいなのだが。

俺は小さく嘆息《たんそく》すると、仕方なく口を開いた。

「相変わらずうるさいな……でも、ちょうどよかった、試合ならさっき終わったよ。裏戸《うらと》海璃《かいり》には勝った。これでAランク昇格だ。それと俺、執行部に入ることになったから」

「ええっ⁉　すごいですね！　さすが恭弥さん！　おめでとうございます！」

「きょうやかったです？　しょうしんです？　わーいです！　すごいです！」

と、二人は我がことのように無邪気《むじゃき》に喜ぶ。

……ああ、やっぱりだ。それがどういう意味なのかこいつら何もわかってない。はっきり言わないとダメらしい。

「ああ、そうだ、すごいことだ。だから……お前らとは今日でお別れだ」

「へ？」

「きょうや、なにいってるです……？」

「そのままの意味さ。――俺はララちゃん班（仮）を抜けるってことだ」

そう告げた瞬間、揃《そろ》って目をぱちくりさせる二人。未《いま》だに意味が理解できていないようだ。

「別に難しい話じゃないだろ。このトーセン以降、所属班は自由化される。そして俺はAランク。しかも執行部所属で葛葉先輩の護衛官だ。だからお前らの班にはいられない」

「で、でもでも、それなら葛葉先輩に私たちの班に入ってもらえば……！」

この期《ご》に及《およ》んでまだそんな提案をしてくるとは。俺はやれやれと嘆息をついた。

「あー、馬鹿だな、まだわかんねえのか？　――俺はな、お前らのおもりはもうウンザリだっつってんだよ。これまでは同じ班だったから仕方なく一緒《いっしょ》にいてやった。けど考えてみろよ。こんなに強い俺がなんでわざわざお前らのレベルに合わせなきゃいけない？　俺に何のメリットがある？」

「そ、それは……」

もごもごと口ごもる小毬に、俺はさらに畳《たた》みかける。

「ほらな、何もないんだよ。だからお前らとはこれで終わりってわけ。それと、俺はこれから立場ある身だ。お前みたいな落伍勇者と絡《から》んでると舐められちまう。だから……これからは俺に話しかけるな。じゃあな」

言葉を失う小毬。

涙目になるララ。

うん、そうだ。その反応でいいんだ。どうやらようやくわかってくれたらしい。

用件を伝え終えた俺は、呆然《ぼうぜん》とする二人を置き去りにして控室を出る。すると、ついてきた葛葉が世にも愉快そうに笑った。

「なあ恭弥くん、それはちょ～っとベタすぎと違う？」

「……黙っててください。それよりも手続きの方は任せましたよ」

「ああ、ばっちりやっとくわ。明日にはうちと君とで新生チームや」

「では、また明日の打ち合わせで」

そうして葛葉と別れた後、俺は寮《りょう》の自室へと戻る。

帰り着いたからっぽの部屋は、なんだかいやに広く感じた。……そりゃそうか。あの騒々しい二人がいないのだから。

そう考えた時、ふいに先ほどの小毬たちの表情が頭をよぎるが……俺はすぐにそれを振り払《はら》った。あいつらとはもう何の関係もない。赤の他人を気に掛《か》けるほどこっちは暇《ひま》じゃないのだ。

これ以上くだらないことを考えてしまう前に、俺は小さく呟いた。

《万宝殿《パンテサリウム》――禁忌封域《アーカイヴ》》

眼前に展開されるのは、真っ赤にゆらめく禁忌《きんき》の扉《とびら》。それを押《お》し開《あ》け呪《のろ》いの海へと足を踏《ふ》み入れる。呪詛《じゅそ》の大海の最深部、数万重の防御《ぼうぎょ》結界のさらに奥《おく》、このパンテサリウム内で最も強固に守護された扉を開けると、その先に広がっていたのは……広く綺麗《きれい》な庭園だった。

囀《さえず》りかわす小鳥たち。

踊《おど》るように舞《ま》う蝶《ちょう》の群れ。

咲《さ》き誇《ほこ》る美しい花々の向こうには、一軒《けん》の立派な家屋が建っている。

その玄関《げんかん》ドアを開けると、これまた最高級ホテルのロイヤルルームの如き豪奢《ごうしゃ》な部屋が。

ただし、広い室内に並んでいるのは漫画《まんが》やゲーム、テレビなど少々子供っぽいものばかり。

そんな些《いささ》かちぐはぐな部屋で俺を待っていたのは、一人の女性だった。

「ただいま――フェリス」

夜空の如く煌《きら》めく漆黒《しっこく》の髪《かみ》、彫刻《ちょうこく》と紛《まが》うほどに整った目鼻立ち、一分の欠点も見当たらぬ完璧《かんぺき》な肢体《したい》に、吸《す》い込まれそうなほど深い紅の瞳《ひとみ》――まるで数千の世界から〝美しさ〟というものを根こそぎ吸いつくしたかのような、現実離《ばな》れした美貌《びぼう》を持つ女……フェリス。

だが今、その蠱惑《こわく》の相貌に笑顔《えがお》はなかった。

「なんだ、また転移術なんか組んでたのか？」

制服を片付けながら、俺はふと見つけた魔術式の残滓《ざんし》に目をやる。

「自分でもわかってるだろ。今のお前じゃここの結界は破れない。大人しくしてろって」

「ふん、いやじゃ！」

ようやく口を開いたかと思えば、フェリスはつんとそっぽを向いてしまう。

「なあ、そろそろ機嫌《きげん》直せよ。漫画もゲームもアニメのブルーレイだって集めただろ。これ、結構大変だったんだぜ？」

俺は室内に揃えられた種々の娯楽品《ごらくひん》を指さす。いずれもフェリスの好きなものだ。これだけの量があれば、俺がいない暇だって数年は余裕《よゆう》で潰《つぶ》せるはず。……ただし、一つとして手を付けられた形跡《けいせき》はない。恐らくは抗議《こうぎ》のつもりだろう。

「……恭弥よ、ここはあの荒野《こうや》よりも狭《せま》いぞ」

その言葉が何を意味しているのか、俺にはよくわかる。だがそれでも、これはフェリスのためなんだ。

「悪いとは思ってるよ、こんなところに閉《と》じ込めて。だけど出してやるわけにはいかない。学園がいつどんな形でお前にたどり着くかわからない以上、ここが一番安全なんだ」

「ふん、廃棄魔王《ロスト・ノワール》たるこのわしを守ろうと？　舐めるな！　自分の身など自分で……」

「守れるって？　この程度の結界も破れない今のお前が？　……だいたい、その気がお前にないんじゃ、たとえ全盛期の力があったたって外へは出せないよ」

もしも今勇者に狙《ねら》われたら、すべての力を失っているフェリスではひとたまりもない。勇者や女神が今なお廃棄魔王討伐《とうばつ》を目論《もくろ》んでいるとわかった以上、もう今までのように自由にしてやることはできないのだ。……たとえ彼女自身がそれを望まないとしても。

「なあフェリス、頼むからもう少しだけ我慢してくれ。さっき執行部入りが決まった。これで学園の中枢に潜《もぐ》り込める。必要な情報を集めてお前の安全が確保できたら、すぐにここから出してやるから」

「なっ……そなた、また無茶《むちゃ》を……！」

「大丈夫《だいじょうぶ》だ、俺は強い。お前が鍛《きた》えてくれたんだろ？」

「わしと同じ道を歩ませるためではない!!」

声を荒《あら》らげたフェリスは、急にこちらへ詰め寄って来た。

「わしを勇者に殺させたくないのなら……そなたの手でわしを終わらせよ。それがわしにとって何より幸福な最期《さいご》じゃ」

そう言いながら俺の手を掴《つか》むと、捧《ささ》げるように自らの首へ持っていくフェリス。……あ、こいつは何を馬鹿なことを言っているのか。

「そんなことできるわけないって、知ってるだろ。……お前を愛してる」

そのか細く無防備な首筋に触れると、改めて思ってしまう。俺がフェリスを守らなければ。彼女を脅《おびや》かす世界のすべてから。

そうして首から手を離すと、フェリスは目を伏せて命じるのだった。

「……なら、せめて今晩は共にいよ。これは命令じゃ」

「ああ」

――――……

――……

夜半。

カーテンの隙間から零れる人工の月明かり。淡《あわ》いその光の下、そっとベッドから身を起こしたフェリスは、隣《となり》の少年へと目を向ける。

静かな月光に包まれ眠《ねむ》る恭弥……あどけなく寝息《ねいき》を立てるその少年が世界さえ滅《ほろ》ぼす力を秘《ひ》めているなんて、きっと誰《だれ》も信じないだろう。

そんな無防備な少年に向かって、フェリスはおもむろに手を伸ばす。そして……そっとその頬《ほお》を撫《な》で始めた。

優《やさ》しく、そして、嫋《たお》やかに。悪戯《いたずら》っぽい微笑《びしょう》を浮かべながら、それでいて眼差《まなざ》しはどこまでも穏《おだ》やか。まるで母が子をあやすように。姉が弟を慰《なぐさ》めるように。乙女《おとめ》が恋人《こいびと》を愛《め》でるように。心からの慈愛《じあい》と、一抹《いちまつ》の憐憫《れんびん》を込めて。少年の柔《やわ》らかな肌《はだ》を甘《あま》やかすように撫でたフェリスは……不意に枕《まくら》の下からナイフを取り出す。そして一息にそれを振り上げた。

……が……

「くっ……！」

凶刃《きょうじん》が無防備な首を貫《つらぬ》く間際《まぎわ》、フェリスの手が止まる。唇を噛み必死で力を籠《こ》めるが、どうしてもあと一ミリが下ろせない。——今ならやれる。やらなければ。少年に自分と同じ過《あやま》ちを犯《おか》させるぐらいなら、いっそ今ここで。それが彼《かれ》を育ててしまった者としての責務でありけじめ。そう頭ではわかっている。わかっているけれど……

フェリスの指先から力が抜ける。するりと落ちたナイフは虚《むな》しく床《ゆか》を転がった。——自分は一体、いつからこんなに弱くなってしまったのか？

と、その時だった。

「……どうした、やらないのか？」

「っ⁉　恭弥、そなた起きて……」

「ああ。でもそれはどうでもいい。お前がやりたいならそうしろ、俺は構わない」

目を閉じ横になったまま、恭弥は静かに告げる。それが正真正銘《しょうしんしょうめい》本心であることはフェリスにはよくわかった。……だが、フェリスは落ちたナイフを拾おうとはしない。それが無駄《むだ》であることをよく知っていたから。

「無理じゃ……わしもそなたを愛しすぎた」

自嘲的《じちょうてき》に笑ったフェリスは、それからもう一度だけ懇願した。

「頼む、恭弥。もうやめておくれ。わしはそなたが道を違《たが》えることを望まぬ」

「それはできない。自由と平穏《へいおん》を望むことの何が間違《まちが》いだってんだよ」

「それらはかつて、このわしが奪《うば》ったものだからじゃ」

「望んでそうしたわけじゃないだろ」

静かな少年の口調から滲《にじ》むのは、沸き上がる理不尽《りふじん》への怒《いか》りだった。

「……なんでだよ。なんでお前はもっと望まない？　なんでもっと欲しがらない？　どうして理不尽を叫ばないんだ?!」

「簡単じゃ。わしはとうに満たされておる。それ以上を望む必要がどこにある？」

「満たされたなんて、そんなわけあるか。望まない役目を負わされて、あんなところに閉《と》じ込められて、そしてまた殺されようとして……その対価がたった半年の日常だと？　まだだ、まだ割に合わない。この程度の幸福で十分なわけがないだろ……！」

抑《おさ》えきれない義憤《ぎふん》を抱《かか》えながら、少年はフェリスへ告げた。

「俺はもう覚悟《かくご》を決めたよ。お前を邪魔する敵は、すべて殺す」

真《ま》っ直《す》ぐにこちらを見つめる少年の瞳。痛いほどに純粋《じゅんすい》で、悲しいほどに愚《おろ》かなその眼差しを『嬉《うれ》しい』と思ってしまう自分がいる。そんな卑劣《ひれつ》な悦《よろこ》びを自覚してしまえば、フェリスはもう何も言えなかった。

「大丈夫、すぐ二人で穏やかに暮らせるようになる。それまで少しだけ待っていてくれ」

そう微笑んだ少年は、そっとフェリスの髪を撫でる。ぎこちなくも優しいその掌《てのひら》を感じながら、フェリスは静かに呟いた。

「……敵は殺す、か……それを覚悟とは呼ばぬよ……」

本当に、自分はいつからこんなに弱くなってしまったのか。焦《こ》げ付くような自己嫌悪《じこけんお》を抱《いだ》きながら、フェリスは優しい少年の体温に身を預けるのだった。

※※※※※

二週間後。

トーセンの全日程が終了し、新たな班分けもあらかた終わった。学園の暦《こよみ》としては今日から新しい学期が始まる。

そんな船出の朝、俺もまた新しい制服に袖《そで》を通していた。

「——おっ、男前やん恭弥くーん。新学期って感じやねえ」

いつの間にそこにいたのか、迎《むか》えに来た葛葉が玄関口《げんかんぐち》で笑う。

「あの、勝手に入ってくるのやめてもらえません？」

「固いこと言うなや～、うちと君の仲やないか。それより、準備できたら言ってな～。執行部員としての初出勤、お姉さんがばっちりエスコートしたるから」

などと珍《めずら》しく優しげな葛葉。なんだか不気味に思いながらも、俺はすぐに鏡台の前を離れた。

「それならもう大丈夫です。行きましょう」

化粧《けしょう》をするでもなし、男の準備などこんなものだろう。

そうして部屋を後にしようとする。……が、そこを葛葉に引き止められた。

「なあ、本当にもうええんか？　ちゃんとお別れしといた方がええと思うで？」

葛葉の言わんとすることはわかる。今日から新学期。俺は葛葉と二人の新生『A-31班』に振り分けられた。となればもう落伍勇者が集められるこの水仙寮《すいせんりょう》にはいられない。新居へ引っ越《こ》すため、この部屋とはこれでお別れなのである。最後の見納めをしておけというのだろう。

といっても、たかが半年過ごしただけの部屋だ。別にものすごい愛着があるというわけではないが……

（まあ、意地を張るようなことでもないか）

俺は言われた通り一度だけ振り返る。私物がきれいさっぱり消えた部屋は、どこか知らない場所みたいだ。

ただ、少し目を凝《こ》らせばところどころ目に留《と》まる。

フェリスの爪《つめ》とぎの痕《あと》に、ララが牛乳をぶちまけたシミ、それから小毬が壊《こわ》した棚《たな》に、小毬が破った壁紙《かべがみ》、小毬が粉砕《ふんさい》した窓……大半が小毬による破損であることは置いておくとして、たった半年だというのにたくさんの傷痕《きずあと》が刻まれている。そしてそれと同じ数だけララちゃん班（仮）での思い出が……

（……なんて、な）

俺《おれ》はすぐに踵《きびす》を返す。俺には追想に浸《ひた》る権利などない。だって、それを壊したのは他でもない俺自身なのだから。

「もう大丈夫です、行きましょう」

「そうか？　まあ君がそう言うんなら」

そうして俺たちは部屋を後にする。……が、廊下《ろうか》に出るや否《いな》や足を止める羽目に。ドアのすぐ真ん前にでーんと布団《ふとん》が敷《し》いてあったのだ。——見間違《みまちが》えるはずもない、小毬のものである。

そう、二週間前に決別を宣言して以来、「ちゃんと話がしたいです！」と小毬は毎日部屋に押しかけて来たのだ。もちろん扉には結界を張り、外へ出る時は空間魔術《まじゅつ》を使っていたため一度も会いはしなかったが、どうやら夜もドアの前で張り込んでいたらしい。本当に諦《あきら》めるということを知らない奴だ。もっとも、新学期初日の今はさすがにどこかへ行っているようだが。

「そうそう、小耳に挟《はさ》んだ噂やけど……君のいたララちゃん班（仮）な、先日新しい班員が入ったらしいで。季節外れの転入生で落伍勇者やとか。結果的に班は存続、小毬ちゃんもソロにならずに済んだそうや。……どうや、少しは安心できたか？」

「……別に、俺にはもう関係ないことですから」

「くくく……素直《すなお》やないなあ」

と聞いてもないことをペラペラしゃべった葛葉は、「ほんなら、今度こそ行こか」と指を鳴らす。

次の瞬間《しゅんかん》、景色が歪《ゆが》んで――俺たちは広い回廊《かいろう》に立っていた。

豪奢な真紅《しんく》の絨毯《じゅうたん》、壁《かべ》を彩《いろど》る数々の名画、並び立つ荘厳《そうごん》な女神像《めがみぞう》……回廊を飾《かざ》る種々の調度品はいずれも一目でわかる超高級品《ちょうこうきゅうひん》。きっと現実の金に換算《かんさん》すれば一つ一千万はくだらないだろう。それが悪趣味《あくしゅみ》なぐらい大量に陳列《ちんれつ》されているのだ。

だが、それもある意味で当然と言える。なにせここそが――

「執行部の本部棟《とう》、か……！」

ユグラシア学園中央に聳《そび》える最大の施設《しせつ》——学園本部棟。勇者の総本山たる執行部が設置された、地理的・機能的両面において中枢となる場所だ。いわばラスボスの座する魔王《まおう》城《じょう》といったところか。そりゃこれだけ贅《ぜい》を尽《つ》くした造りにもなるはずである。

ちなみに、実はこの本部棟を訪《おとず》れるのは初めてではない。魔王討伐遠征《とうばつえんせい》の申請《しんせい》のために来たことがある。ただし、受付があるのはあくまで本部棟の玄関口。こんな風に奥まで来たのはこれが初めてだ。

「なんや緊張《きんちょう》しとるんか？　ほんなら少し歩こか。ま、どうせこの先は転移術式が禁止やから歩くしかないんやけどな～」

と、先導する葛葉に従って回廊を歩き出す。

「さてと、そんじゃ着くまでに少しおさらいしよか。我《わ》が学園の執行部について。ってゆうても、どんなものかはだいたいわかるな？　執行部の主な機能は二つ。——一つは学園内部の『自治』。警備班《はん》や結界班、捜査《そうさ》班に衛生医療《いりょう》班その他もろもろ、普通《ふつう》の学校の委員会みたく班分けがなされとる」

『うちのいる新入生統括《とうかつ》班もその一つやね』と付け加える葛葉。

「そんでもって二つ目が『対外交渉』やな。日本政府や国連さんを相手にする時には執行部の決定が学園全体の公式見解として扱《あつか》われるんや」

執行部《しっこうぶ》には通常の学校であれば教員にあたる女神《めがみ》たちも参加している。なので、自治のみならず対外交渉役《こうしょうやく》も執行部の仕事の範疇《はんちゅう》らしい。

「そんでもって、それら自治及び対外政策を決定するのが……今向かっとる『執行部議会』っちゅうわけやね」

〃執行部議会〃――その名の通り執行部が学園の政策方針決定のために執《と》り行う会議だ。常会や臨時会、特別会等いくつか種類分けされているが、基本的には提出された議題について、執行部所属の全生徒による多数決によって議決が下されていく。……というのが、俺が生徒手帳で予習した情報だ。

もっとも、実態はそう単純なわけもなく……

「執行部の決定は学園の決定。せやから各生徒の代表である役員たちが集まり民主的に決める。……ってのが、まあ表向きの建前やねえ」

「ってことは、実際は……？」

「ああ、全然ちゃうなあ」

と、葛葉はあっさり認める。

「会議を主導するんは中央政策班や異界管理班みたいな花形部署のみ。それ以外の班は代表者一名だけしか会議への出席を認められとらん。しかも、この議会は二院制でなあ。上院と下院にわかれとるんやけど、これが文字通り上と下の関係なんや。上院は下院に対して絶対優越《ゆうえつ》。上院のバックについとる最上位女神さんたちは強固な拒否権《きょひけん》を持っとる。せやから、最上位女神を擁《よう》する四大派閥《はばつ》のどれかに属してなきゃ意見なんて通りゃせんのや」

「四大派閥……？」

「ああ、それはな……」

と言いかけた葛葉は、すぐに肩《かた》をすくめた。

「まっ、見ればわかるか」

その言葉と同時に曲がった角の先、廊下の突き当たりに聳えていたのは一つ大きな扉。荘厳なレリーフの刻まれたそれは、物々しい威圧《いあつ》感を放っている。

どうやら目的地に着いたようだ。

「さあようこそ恭弥くん、執行部下院議会——通称《つうしょう》〝百人議会〟へ」

ゆっくりと開け放たれる扉。漏《も》れ出す眩《まばゆ》い照明の先に待っていたのは、円形に広がる巨《きょ》大《だい》な議事堂と……ひしめく大量の勇者たち。百人……どころじゃない。恐《おそ》らくは百五十人以上はいるだろうか？

「さすが学期はじめの総会や、いつもより多いな～」

などとのんきに呟《つぶや》く葛葉の傍《かたわ》らできょろきょろしていた俺は、すぐに気づいた。講堂内にたくさんいる生徒だが、無作為《むさくい》に座《すわ》っているわけではない。おおまかに四つのグループに分かれているようだ。

その視線を見てか、葛葉が隣で囁いた。

「な、わかりやすいやろ？　あっちが女神界統一を第一とする『女神アグニカ派』。そんであっちがより積極的な魔族討伐《まぞくとうばつ》を推進しとる『女神テイワス派』。向こうの『女神シュラーザ派』は現実社会への進出を掲《かか》げとって、あっちの『女神フラン派』はまあ現状維持《いじ》の穏健派《おんけんは》ってところやね。以上の四つがこの議会を牛耳《ぎゅうじ》っとる四大派閥っちゅうわけや」

と、口早に説明する葛葉。各派閥についている女神の名がそのまま後《うし》ろ盾《だて》になっている最上位女神の名前なのだろう。

「ちなみに、〝四大勢力〟とはゆうたけど、正確にはもう一つあってな……それが『女神ローゼ派』や。ゆうてもこれはローゼちゃんとその直属である『ローゼン・シニル』の個人軍。勢力にカウントするんもちょいと違《ちが》うか。まっ、なんにせよローゼ派は気にせんでええ。もう過去の話やしな」

あの女神ローゼのやりたい放題っぷりを見れば、単体で派閥と同格というのは頷《うなず》ける。

ただ……

「なんで過去の話なんですか？」

「ほら、前に言ったやろ？　雛ちゃんが能力を使えなくなったって。しかもトーセン以来海璃くんも引きこもってしもうてるらしくてな、『ローゼン・シニル』は事実上解散。一気に影響力《えいきようりよく》が下がっとるんや」

なるほど、ってことは遠因としては俺のせいか。まああまり悪いとは思わないが。

ともかく大まかな勢力図はわかった。ただ、一番気になることが残っている。

「それで、葛葉先輩はどこの所属ですか？」

「はは、そんなん決まってるやん。――その他泡沫《ほうまつ》の無所属や」

と笑いながら、葛葉は隅《すみ》っこで固まっている小規模グループの方へ。

うん、どうせそんなことだろうと思っていたよ。

そうして俺たちが着席したその時だった。

「――時間になりました。それでは会議を始めましょう」

静かに開幕を告げたのは、中央の議長席に現れた女子生徒。その傍らには細長い錫杖《しやくじよう》を携《たずさ》えた女神が佇《たたず》んでいる。溢《あふ》れ出る厳《おごそ》かなオーラから察するに、会議を監視《かんし》するために派《は》遣《けん》された高位の女神なのだろう。――いよいよ執行部会議が始まるのだ。

勇者が集う学園にて、さらに選《よ》りすぐりの精鋭《せいえい》のみが参加する会議……一体どんな話し合いが行われるのか。俺は思わず固唾《かたず》を呑《の》む。今後のためにも一言一句聞《き》き漏らさないようにしなければ。

……が、どうやらその緊張は杞憂《きゆう》だったらしい。

「――西棟のモニュメント、まだ新設されてないの？　あれダサくて嫌《きら》いなのよね――」

「――購買《こうばい》の品揃《しなぞろ》えいい加減どうにかしろよ。あれじゃやる気でねーよ――」

「――北棟の清掃《せいそう》雑すぎません？　業者変えて欲しいんですけど――」

「――外出制限の緩和《かんわ》について、政府からの返答はまだでしょうか？　もう一度学園側から催促《さいそく》すべきかと――」

開始早々口々に飛び交う意見。会議が活発なのはいいことだと思うが……問題はその内容だ。

新しいオブジェが欲しいだの、購買の商品入荷《にゆうか》が遅《おそ》いだの、もっと食事の質を上げろだの、ほぼすべてが自分たちの待遇《たいぐう》に関する不満ばかり。なんというか、こういっちゃアレだが……あまりにくだらなすぎないか？　魔族討伐の作戦会議とか、形骸化《けいがいか》している授業の改善案とか、下層ランク生徒に対する差別の是正《ぜせい》だとか、そういうもっと優先すべき議題があるだろうに。

こんな程度の低い雑談が、学園の最高機関だというのか……？

「どうや、拍子抜《ひょうしぬ》けしたやろ？」

と、まるで心を読んだみたいに囁《ささや》きかけてくる葛葉。どうやら表情に出ていたようだ。

「い、いえ、そんなことは……」

「あー、ええねんええねん誤魔化《ごまか》さんで。ままごと、茶番、ごっこ遊び。感想としちゃそんなとこやろ？　でもなあ、しゃあないねん。なんせうちらは子供や。『世界を救った』ゆうてもそんなんチート能力振《ふ》り回してただけ。内政だの領地改革だのも絶対的な力を持った独裁状態でのこと。まともな政治なんて学べとるわけもない」

などと、葛葉はあっさり認めてしまう。

「なあ恭弥くん、この前君が解決したレジスタンスの一件覚えとるか？　彼らのリーダーである國府寺《こくふじ》くんなあ、こう言っとったらしいで。『腐《くさ》った現執行部を一掃《いっそう》する！』って。くくく……なんや哀《あわ》れになってまうなあ。腐るも何も、最初からこれが限界なんやもん。悪意だの陰謀《いんぼう》だの怠慢《たいまん》だの、そういうんならまだ救いようはある。でも悪気抜《ぬ》きでこれが彼らの精一杯《せいいっぱい》。そらそうや。何の信念もないただの中高生が、いきなり膨大《ぼうだい》な力だけもらって異世界に飛ばされるんや。家族もおらん、教師もおらん、友達もおらん、だーれも教え導いてくれん環境《かんきょう》で、周りからはただその力だけを誉《ほ》めそやされる。おまけに、帰ってくれば待っとるのはこの歪んだ学園や。こんな環境でまともに育てっちゅう方が無理な話やろ。だからあの子らに責任はない。責められるべきは……わざわざそういう子供らばかりを選んだ誰かさんたちの方やろなあ」

それが誰を指すのかは聞かなくてもわかる。女神族――人間のうちに秘められた力を解放する世界樹の監視者。彼女《かのじょ》たちは無力である代わりに選ぶことができるのだ。誰にチート能力を芽吹《めぶ》かせるかを。

そんな彼女たちがもし、わざと精神的に未熟な少年少女を選んでいるとしたら……この学園で力に溺《おぼ》れる生徒がいやに多いのも頷ける。

だが、あえてそうする理由は？　……いや、そんなもの考えるまでもないか。道具として利用するのなら、大層な思想などない方がずっと扱《あつか》いやすいのだから。

「……この学園ができる以前はな、勇者っちゅうのはもっと特別なもんやったんや。本当にその資格を持つ者のみが選ばれ、女神はそれを教え導き、苦難と共に成長する。……そういうもんやったんよ」

心なしか寂《さび》しげに呟いた葛葉は、『まっ、今となっちゃどうでもええ話やけどな』とすぐにいつもの表情に戻《もど》った。

「なんにせよ、見ての通りここはお遊びや。議会法はガバガバ、議題もスカスカ、目指すところもバラバラってな。結局のところ、すべてを動かしとるんは一部の上位女神とその直属にあたる上院の連中ってわけや」

「そうか……だから成り上がろうと……」

既《すで》に役職持ちの葛葉がなお上へ行こうとしている理由が少しわかった。こんなままごとみたいな場所では辟易《へきえき》もするだろう。

「でも、上院入りってどうすればいいんですか？」

必要性はわかったが、具体的にどうすればいいのかは謎《なぞ》のまま。上院というからにはやはり選挙とかをするのだろうか？

なんて首を捻《ひね》っていると、葛葉は『なあに、簡単なことや』と勿体《もったい》ぶって笑う。……そしてその意味はすぐに明らかとなった。

「――さて、本日の議題は以上となります。報告漏れ等はありませんね？」

葛葉と喋《しゃべ》っているうちに、いつの間にやら会議は終了《しゅうりょう》ムード。生徒たちも既に帰ろうとそわそわし始めている。

だが、そこに待ったをかける者が。

「――あー、すんません、うちから一ついいですか?」

と立ち上がったのは他でもない葛葉だった。

「実はですね～、審議《しんぎ》いただきたい議題がありまして～」

などと勿体ぶりながら注目が集まるのを待った葛葉は、堂々とそれを口にした。

「『新入生統括班の上院移行及び、それに伴《ともな》う役員：水穂葛葉の上院昇格について』なんですけど」

その瞬間、潮が引くように静まり返る講堂。そして数秒後、一気にざわめきが戻って来た。……口々に交《か》わされる囁きが好意的なものでないことは言うまでもないだろう。

「どういうつもりですか、水穂さん?」

どよめく壇上《だんじょう》にて、議長の眼がぎらりと険を帯びる。そしてそれは他の生徒たちも同様だった。なにせ葛葉は堂々とこう言ってのけたのだ。――『私を上院に入れろ』と。それが反発を招かぬはずがない。

だが、対する葛葉は普段《ふだん》通り飄々《ひょうひょう》としたまま。

「どうもこうも、新入生は学園の財産。ひいては世界の未来をつくる宝でしょう? なら上院直下にあった方が学園のために――」

「そういう話ではありません。そもそも、議案は中央政策班の承認《しょうにん》を得てから……」

「おや？　おかしいですねえ、それはあくまで慣習でしょう？　《執行部会議規則第六十一条：各役員は班を代表して議案提出権を有する》……議題提出に関してこれ以外の管理規則は規定されとらんはずです。七期前までは賛同人数に関する制限もあったようですが、面倒《めんどう》だっちゅうことでこうなったんじゃありませんか。——そうですよねえ、テルマ様？」

唐突《とうとつ》に話を振った先は壇上脇《わき》に控《ひか》えている女神。それに対し、錫杖の女神はただ無表情に『……然《しか》り……』とだけ頷く。

女神の肯定《こうてい》を得た葛葉は満足気に微笑《ほほえ》むのだった。

「ってことで、女神様のお墨付《すみつ》きもいただいたことですし……さっさと議決、お願いしますわ議長さん」

「……いいでしょう。これより採決を始めます」

苦虫を噛《か》み潰したような顔で始まる議決。

その前に、俺は思わず葛葉へ囁く。

「あ、あの、大丈夫なんですかこれ……？」

周囲の反応からしてこれは根回しなしの不意打ちで出された議案だ。しかも内容が内容だけに、こんな形で採決を強行したところで賛同なんて得られるのだろうか……？

だが、どうやらそれは杞憂だったらしい。

「そう心配しなや。うちにどーんと任せえって」

と、葛葉は自信満々に胸を張る。

まあ、考えてみればこの抜け目《め》ない女が思い付きで奇行《きこう》に走るわけがない。きっと確実な勝算あってのことだろう。

……と、胸をなでおろしたのも束《つか》の間《ま》――

「――これにて採決を終えます。結果は…………《賛成：11》・《反対：141》。過半数の反対により水穂葛葉の議案は否決とする――」

……おい、全然だめじゃないか！

結局、賛成に入れてくれたのは一部の無所属生徒だけ。四大派閥は揃って反対に票を入れるという至極《しごく》当然の結果に。終わってみればなんとも無様な大敗である。しかも、ここから一体どう巻き返すつもりかと思えば……

「あら～、そら残念ですわ。そんじゃ再審請求《さいしんせいきゅう》させてもらいます。これも規定通り認めてもらえますね？」

どうやら性懲《しょうこ》りもなくもう一度やるつもりらしい。

「……どういうつもりですか水穂葛葉？」

「どうって、正当な権利の行使やないですか。《執行部会議規則第六十八条：審議《しんぎ》を不服とする者は、一度に限り再審議を請求する権利を有する》って」

などとそらんじる葛葉だが、もちろん議長が問うているのはそういうことではない。今回まるでダメだったのに、もう一度やったところで何が変わるというのか？　もっとも、それを答える気などさらさらないらしい。

「まっ、そんじゃそういうことでお願いしますわ。っちゅうわけで、今日はお疲《つか》れさんでした～」

という勝手な閉幕宣言で議会はおひらきに。無論、周囲の生徒たちは葛葉の奇行にざわめいたまま。そりゃそうだ。一応身内なはずの俺にだってわけがわからないんだから、他勢力から見たら不気味で仕方がないだろう。

だが、当の本人は素知らぬ顔で席を立つ。

「さてと、終わり終わり～。帰ろうか恭弥くん。君の新居に案内してやらな！」

「え、あ、ちょっと……！」

と、何事もなかったかのようにさっさと議場を後にする葛葉。

「あの、大丈夫なんですか……？」

「なあに、心配しなや。綺麗な家やで。水仙寮よりもずーっと広いし、風呂《ふろ》なんてこーんなでかくて――」

「いやそうじゃなくて、根回しはどうなってるんですか⁉　上院昇格《しょうかく》案、速攻《そっこう》否決されてましたけど！」

「ああ、そっちかい。まあそう焦《あせ》るなや。せっかちな男の子はモテへんよ？　これからこれから、のんびり行こうや。果報は寝《ね》て待てっちゅうてな。こういうのはどーんと構えとけば、案外向こうからイイコトが転がりこんでくるもんなんやで」

なんてのんきにのたまう葛葉は、それから不意に笑った。

「ほぅら、早速《さっそく》おいでなすった」

葛葉の視線の先、前方の廊下にたたずむ一人の男。ずかずかこちらに歩み寄ってくるその男子生徒は、威圧的《いあってき》に立ちはだかるや言い放った。

「――調子に乗りすぎたな、葛葉」

「さて、なんのことでしょう？」

白々しくとぼける葛葉に対し、男は氷のような表情を崩《くず》さない。

「上院昇格……大きくでたものだ。だが生憎俺《あいにくおれ》たちはそれを許すほど甘くはないぞ。いいか、貴様がこれまで自由に動けていたのは、泳がせても問題のない雑魚《ざこ》だったからだ。どこにも属さず後ろ盾の女神もいない、雑用を押《お》し付けるにはちょうど良かった。ただそれだけの理由なのだ。その気になれば貴様程度いつでも潰せるのだぞ？　――わかったらくだらない議案など撤回《てっかい》しろ。不愉快《ふゆかい》だ」

それは間違えようもないほどストレートな恫喝《どうかつ》。やっぱり全然大丈夫じゃないじゃないか。……だが、対する葛葉は相変わらずだった。

「んー、すんませんがお断りさせてもらいます」

「貴様……！」

「まあまあ、そう怖《こわ》い顔せんでもええやないですか。おたくの言う通り、うちには後ろ盾になる陣営《じんえい》も女神様もおらん、ただの雑魚や。だからどうせまた反対多数で否決、なら放っといても変わらんでしょう？」

「……何を企《たくら》んでいる？」

「あはははは、面白《おもしろ》いこと聞きますねえ。そう聞かれて白状する人間、見たことあります？」

どれだけすごまれようと、葛葉はへらへら笑って流すだけ。これでは暖簾《のれん》に腕押《うでお》し、まるで意味がない。向こうもそれに気づいたのだろう。『後悔《こうかい》するぞ』と捨て台詞《ぜりふ》を吐《は》いて去って行く。

なんとも見え透《す》いた脅しだが……正直、これぱかりは自業自得《じごうじとく》だ。

「いやあ、みんな意外と暇《ひま》やねえ。わざわざ声掛《こえか》けしに来てくれるなんて」

「笑い事じゃないですよ、あんな喧嘩《けんか》売るような真似《まね》して……めちゃめちゃ敵意向けられてたじゃないですか」

「ははっ、なんや怖いんか？　相変わらず君は慎重《しんちょう》というか真面目《まじめ》やねえ。あれぐらい軽く流しとけばええんや。……っちゅうか、いちいち律儀《りちぎ》に対応してたらキリないで？　どうせこれから腐るほど来るんやからな」

「え……？」

という不穏《ふおん》な予告通り、来るわ来るわ。回廊を戻る僅《わず》かな間に、次から次へと警告やら脅迫《きょうはく》やらをしに現れる物騒《ぶっそう》な男たち。そのいずれもが四大派閥所属の生徒だ。どうやらすべての陣営から敵認定《にんてい》されてしまったらしい。

しかも何が恐ろしいって、脅されるたび葛葉がへらへらと挑発《ちょうはつ》で返すこと。これでは賛同者を集めるどころか、ますます敵を増やして行くばかり。こいつならもう少し穏便《おんびん》にあしらうことだってできるだろうに。傍《そば》にいる俺の方が気が気じゃない。

そうしてやっとこさ本部棟の出口まで戻って来た時のこと。

またしてもこちらへ来る気配を感じる。……が、それは執行部よりももっと厄介《やっかい》な者だった。

「──あー！　恭弥さんだー！」

「げっ……」

聞き覚えのある叫《さけ》び声。と同時にドタバタ駆《か》けてくる足音。それが誰のものであるか、振り返らなくてもはっきりわかる。

なので無視して進もうとしたのだが……

「やーやー小毬ちゃんやないの～。こんなとこに何しに来たん？　あ、もしや遠征《えんせい》の申請か？」

「そうです！　新チームでの初任務です！」

「そうかそうか～、それはご苦労さんやな～」

なんて当たり前のように受け答えしている葛葉。なにしてくれてるんだこの人は。

「あの、さっさと行きましょう……！」

「なんや、そう慌《あわ》てんでええやないの～。殺伐《さつばつ》とした後の癒《いや》しや癒し」

慌てて袖を引くも、葛葉はへらへら笑うばかり。なんと無神経な……いや、この人のことだ、どうせわかってやってるんだろうな。

「にしても、新学期早々任務とは精が出るなあ。どんな任務なん？」

「実はですね……すごく狂暴《きょうぼう》なイノシシ退治なんです！　ステージ：Ｉの異世界で、名前は……忘れました！　けど頑張《がんば》ります‼」

と張り切って答える小毬。……それを聞いて、内心ほっとした。ステージ：Iということは魔王の脅威《きょうい》がない世界。つまりはFランクチーム向けの安全な訓練ミッションなのだろう。直接世界平和には関係ない任務ではあるが、それでいいのだ。無茶《むちゃ》せず身《み》の丈《たけ》に合った任務で一歩一歩強くなる……それが本来小毬に合った歩み方なはずだ。

だが胸をなでおろしたのも束の間、思わぬ厄介事が飛び出してきた。

「そういや小毬ちゃん、新人が入ったんやろ？　その子は？」

「あ、それなら……おーい、凛《りん》ちゃーん！」

と、振り返って手を振る小毬。それから数秒遅《おく》れてやってきたのは、一人の女子生徒だった。

「──どうもどうも、ハジメマシテ葛葉先輩《せんぱい》。ジブン、祇隠寺《ぎおんじ》凛と申します。以後よろしくっす」

のんびり現れたその少女は、にこにこと人懐《ひとなつ》っこく手を差し出す。

流れるような灰色の髪《かみ》と深い琥珀色《こはくいろ》の瞳《ひとみ》が特徴的《とくちょうてき》な、どこか妖《あや》しい雰囲気《ふんいき》を纏《まと》う美少女だ。地味な服装の上からでもわかる抜群《ばつぐん》のスタイルも相まって、街中を歩けば間違いなく衆目を集めることだろう。

そんな少女はフレンドリーに葛葉と握手《あくしゅ》をすると、続いて俺の方へも手を伸《の》ばした。

「それからそちらさんも、どうもハジメマシテっす」

「……ああ、初めまして」

と握手をかわしながら、俺は念話で問うた。

(……どういうつもりだ?)

(はて、何のことっすかねえ?)

『初めまして』なんて言っているが、嘘《うそ》だ。俺は既にこいつ《祇隠寺凜》と会っている。

あのレジスタンスとの戦いの後、雛にとどめを刺《さ》そうとした時に忽然《こつぜん》と現れ邪魔《じゃま》をした女——それがこいつ。忘れられるはずがない。なにせ第一声が女神の暗殺依頼《いらい》だったのだから。

——『ローゼ、殺しちゃってくれません?』——

それが一体どういう意図で発されたものなのか、無論あの場で問い質《ただ》しはした。だがそれ以上のことは『仲間になってくれれば教えますよ』の一点張り。しかも、仲間になるには破棄《はき》不可能な非戦闘契約《せんとうけいやく》を結べとまで迫《せま》ってくる。当然こちらが難色を示すと、『それは残念。ではまた会いましょう』とか言ってさっさと逃《に》げてしまったのである。

もちろん、素直に仲間になる選択肢《せんたくし》もあった。依頼内容からして学園に敵対する存在であることは明白だったからだ。だがそれが問題でもある。フェリスが魔王である以上『敵の敵は味方』とはいかない。いずれ敵になるのに同盟契約《けいやく》など結べるものか。

となるとあの場で排除《はいじょ》することも考えたが、そうなれば祇隠寺の仲間が黙《だま》ってはいないだろう。これから執行部に潜《もぐ》り込もうという時に、わざわざ別口の勇者勢力とも事を構えるなんてあまりにリスクが高すぎる。

利用するにしろ、排除するにしろ、まずは執行部への潜入《せんにゅう》を終えてから。そう考えて中立のまま放置したのだが……まさか堂々と学園内で接触《せっしょく》してくるとは。

(とぼけるな。お互《たが》いに不干渉、そういう話じゃなかったのか)

(もちろんそうっすよ。そのためにわざわざ命を賭《か》けたんすから)

そもそもの話、あの場で接触してきた目的は本気で俺を仲間にすることじゃなく、俺のスタンスを見極《みきわ》めることにあったのだろう。綺羅崎雛というローゼの最大戦力、それを打《だ》倒《とう》した俺がどっち側につこうとしているのか。それを見定めるためにリスクを冒《おか》してまで姿を現し、思わせぶりに探《さぐ》りを入れて来たのだ。そして裏を返せば、その行為《こうい》自体が俺の存在があいつらにとってイレギュラーであること……つまり、俺が標的ではないことの証左でもある。そう思ったからこそ俺は中立を選択《せんたく》したのだが……もしもそれが勘違《かんちが》いだったとしたら、話は変わってくる。

(だったらなんでここに？　返答によってはこっちも立場を変える必要が――)

（ちょっとちょっと、勘違いしないでくださいよ。これは偶然《ぐうぜん》っす。こっちはこっちでやることがあるんすよ。……っていうか、敵対しない証拠《しょうこ》にちゃんと綺羅崎雛の記憶《きおく》は消しといたっすよね？　おまけに固有異能まで消去済み。お陰《かげ》で騒《さわ》ぎにならずあなたもコソコソしやすいでしょう？　あのまま殺してたら結構面倒なことになってましたよ？　これでも信用できないっすか？）

葛葉の話によれば、確かに雛はあの時の記憶も能力も失っているらしい。……が、これも半分は嘘だ。そもそもこいつの固有異能は『消去』ではなく、恐らく――

いや、ともかくそんなことはどうでもいい。

（なんにせよ、下手な真似はするな）

（わかってますって。ってことで、ここはとりあえずお互い知らないふりってことでお願いしますよ？）

（……ああ）

未《いま》だにこいつの真意はわからないが、少なくともそこに異論はない。……何より、今はさっさとこの場を立ち去らなければならない理由がある。

「恭弥さん!!　こ、この前のことでお話が……！」

と、案の定こちらへ寄って来る小毬。その言葉を無視して俺は強引《ごういん》に葛葉を引っ張っていく。……ここは執行部の奴《やつ》らが多すぎる。小毬と親しく話してる姿など絶対に見せられない。

「あ、ま、待って……！」

「さあさあ小毬さん、ジブンたちも行きましょうっす。先輩《せんぱい》たち忙《いそが》しいみたいなんで」

何やら事情を察してか、小毬を急《せ》かす凛。……俺への貸しのつもりだろうか？　だが正直助かる。小毬も新しい仲間の言葉を無下にはできず『はい……』と大人しく歩き出す。

……だが、その後で大きな声が聞こえてきた。

「——あの、恭弥さんっ！　私は元気です！　ララちゃんも元気です！　だから、恭弥さんも元気に頑張ってくださいねっ！」

そう叫んだ小毬は、振り返りもしない俺に手を振り続ける。本当に、どうしてこいつはこうなんだろう？

「小毬ちゃん、ほんま良い子やねえ～」

「……言われなくても知ってますよ」


そうして俺たちは本部棟を後にする。

葛葉に案内されるがまま、向かった先は第三学区〝ホーム〟と呼ばれる自由居住区域。普通の生徒には水仙寮《すいせんりょう》のような学園寮が用意されているのだが、SPを払《はら》えばこの第三学区に自分の家を建てることもできるのだ。

そんなホームのとある一画。やや寂れた端《はし》の方まで来たところでようやく葛葉の足が止まった。

「さて着いたで。これが君の新しい家や！」

と指さされた先にあったのは、思っていたよりもずっと普通な一軒家《いっけんや》。質素ではあるものの、小綺麗《こぎれい》な庭がついているし外装の趣味《しゅみ》も良い。正直、かなりほっとした。なにせこれまで見かけた家はどれもやたら目立つ大豪邸だったり変な彫像《ちょうぞう》が陳列されていたりと俺《おれ》の趣味には合わなかったのだ。まさかこんなまともな家が用意されているとは。

「どや、気に入ったか？」

「ええ、かなり。中見てもいいですか？」

「もちろんや」

葛葉に渡《わた》された合鍵《あいかぎ》で中へ入る。

玄関《げんかん》、廊下《ろうか》、そしてリビング……いずれも外観同様に派手さはないが、だからと言って粗末《そまつ》というわけではなく、シンプルによく調和している。掃除《そうじ》や手入れも行き届いているし、リビングに備え付けられている家具もみな品のある良品ばかり。

控えめに言ってもかなりの優良物件じゃないか。

「へえ、中もいい感じですね！」

「せやろ？　家っちゅうのは憩《いこ》いの空間やからな、ごてごて高価な家具揃《そろ》えりゃええわけやない。こういうシックな方が落ち着くっちゅうもんや」

どうやら家についてだけは珍《めずら》しく意見が合うらしい。

俺はソファに腰《こし》かけて改めてリビングを見回す。執行部入り初日。色々と大変なことばかりだったが、新居に関してだけは手放しで大当たりと言えそうだ。

……ただ、一つだけ気になることが。

「あの、えーっと……葛葉先輩？　案内ありがとうございました」

「ああ、ええよええよ。お礼なんて。うちと君との仲やないの～」

とか言いながら、葛葉は冷蔵庫からジュースを取り出して当たり前のような顔で飲み始める。

「あー、あの、わかったんで、もういいですよ」

「んー？　いいって何が？」

「いえ、ですから、家の場所もわかったので、帰っていただいても……」

「うん。せやから帰ってきたやん」

「？？？」

どうにも噛《か》み合わない会話。

やたらとくつろいでいる葛葉の態度。

その二つから導き出されるのは……想定し得る中で最悪の結論であった。

「……あの、まさか……？」

「あれ、言っとらんかったっけ？　——ここ、うちと君の家やで」

「んなっ⁈」

「今流行《はや》りのシェアハウスっちゅうやつや。どうや？　年上のお姉さんと一つ屋根の下で共同生活。どきどきやねえ〜、男子高校生の夢やろ〜？」

年上のお姉さん女子高生と、一つ屋根の下で二人きりの共同生活……確かに字面《じづら》だけ見れば思春期男子にとって夢のシチュエーションだろう。……が、この人が相手だと全然嬉《うれ》しくないのはなぜだろう。

「ちょいちょい、なんやそのリアクション。傷つくわ〜。うちじゃ不満か？　うちってば顔はいいと思うねんけどな〜」

顔が良いのは認めるが、それ以外があまりにも不穏すぎるのだ。

「まっ、真面目な話、君はうちの護衛官や。まさか学校にいる間しか危険がない、なんてわけないやろ？　せやから二十四時間警護できるよう同じ家に住むっちゅうわけ。理解できたか？」

「そ、それはまあ、わかりますけど……」

実際正論ではあるので渋々《しぶしぶ》頷《うなず》くしかない。すると、葛葉は満足げに笑った後……ぱちんと指を鳴らした。

「うんうんええ子や。なーんて言ってる間に、ほれ、早速仕事みたいやで」

と言い終わるその前に『ガンガンガン』と激しく玄関を叩《たた》く音が。さらにはリビングにいても感じるほどのとんでもない怒気《どき》が外からびりびり伝わってくる。

敵襲《てきしゅう》……？　いや、これは──

「──邪魔するぞ！」

という言葉よりも先に飛び込《こ》んできたのは一人の女子生徒。

その顔を見て、葛葉はのんびりと笑った。

「やっほー零《れい》ちゃん。いらっしゃーい」

零と呼ばれたその女生徒は、入学式の日に見たポニーテールの先輩だ。鬼島猛《きしまたける》の術式をぶった切りながら登場したのでよく覚えている。

そんな零先輩《せんぱい》はずかずかと葛葉へ詰《つ》め寄った。

「『いらっしゃい』、じゃない！　一体どういうことだ!!　護衛官をつけるなど聞いていないぞ！　身の安全なら私が……！」

「いや、ゆうても零ちゃんは警護班やろ？　うちの専属で四六時中ってわけにはいかんやん。だいたい、護衛官つけろてずっと言ってたのは零ちゃんやで？」

「それはそうだが……お、男をつけろとは言っていないぞ！」

などと、俺そっちのけで喧嘩を始める二人。そしてその火の粉は当然こちらにも。

「ゆうてもなあ、護衛官なら性別より強さで選ぶのが最優先やろ～？」

「それは当然だ！　だから私が……」

「いやあ、それがなあ～、この子、多分零ちゃんより強いで～？」

などと、葛葉は意味深にこちらへ視線を送る。

おい、そんなこと言ったら……

「……ふうん、そうか。だが言葉だけではな。だから――その実力、今確かめてやろう!!」

言うが早いか、宙空から取り出した日本刀を構える零。そして音すら置き去りにした速度でその刀を抜き放つ――――前に、俺は刀の柄《つか》を抑《おさ》えた。居合いとわかっているのならわざわざ抜かせてやる義理もないだろう。なにせ、こんなんでも一応ここは俺の新居だ。入居早々刀傷などつけられてはたまらない。

「ぐっ……!?」

「ま、まあ落ち着いてください。俺たち敵同士ってわけじゃないでしょう?」

「くく……どうや、それなりやろ?」

などと葛葉はしたり顔で笑うが、今のは明らかに攻撃《こうげき》を誘導《ゆうどう》していた。どう考えても斬《き》りかかってくる流れだったのだから、ぶっちゃけ俺でなくても止めるのは容易《たやす》かったろう。

ただ、そんなカラクリに気づかないのか、零は悔《くや》しげに顔を赤くしたかと思うと……

「……ふん。まあいい。今回は認めてやろう」

と、素直《すなお》に踵《きびす》を返す。

実直というか単純というか……葛葉がこの人を気に入っているわけが何となくわかった気がする。

「なんや、もう帰ってしまうん? 折角《せっかく》やし一緒《いっしょ》に夕飯でもどうや?」

「生憎《あいにく》だが、そんな時間はない。このところ忙しくてな」

と首を振った零は、少し表情をこわばらせる。

「……例の『オールド・ミィス』だが、昨今活動が活発化していてな。これから先日発見したアジトに奇襲《きしゅう》をかけるのだ」

　それを聞いた葛葉もまた、普段より少し真面目な顔になった。

「あー、『エルバレア』のアジトか？　十中八九ダミーやで、あれ。……なあ零ちゃん、悪いこと言わんから『オールド・ミィス』を追うんはやめとき。ロートルだのと侮《あなど》っとる子も多いけどな、あちらさん、相当な手練《てだ》れ揃《ぞろ》いや。これまで潰《つぶ》してきた反学園派とは格が違《ちが》うで。ああいうんは上院のSランカー連中に任せとけばええんや」

　葛葉がわざわざ警告するなんてよほどの組織なのだろう。だがそれをわかっているであろう零は、それでも首を振った。

「危険は承知だ。だがそれでも、私は学園の警備班。己《おのれ》の職務は全《まっと》うしなければ」

「相変わらず真面目やねえ。ま、そういうところがええんやけど。ほなら気を付けてな。……ほれ恭弥くん、お客様がお帰りになるんや。玄関先《げんかんさき》までお見送りしてあげな」

「あ、はい」

　命じられた通り玄関まで付き添《そ》うと、ドアを開けて送り出す。零もまた素直にそれに従ってくれる。……ただし、それは敷居《しきい》をまたぐまでの話。『あの登場と比べると帰りは随《ずい》分《ぶん》大人しいな』なんて思っていたら、やはりこのまま帰るつもりはなかったらしい。

「……おい新入生、葛葉のことをどう思う？」

と、去り際に突然《とつぜん》問われ、俺は慌てて答える。

「へ？　どうって……別にやましい感情とかは……」

「あ、当たり前だ馬鹿者《ばかもの》!!　そうではなくて……あいつを信用しているのかと聞いているのだ！」

それは呆《あき》れるぐらい直球な問いかけ。すべてを煙《けむ》に巻こうとする葛葉とは正反対だ。もちろん誤魔化すのは簡単だが……この人相手に嘘をつくのは得策じゃない気がする。だから俺は率直《そっちょく》に答えた。

「そうですね、まあ、控えめに言って……全く信用できないですね」

すると、意外にも零は今日初めての笑《え》みを見せた。

「ふふっ、正直だな。……ああ、私も同意見だ。葛葉とは入学時からの縁《えん》だが、未だにあいつのことはさっぱりわからん。転移前どこにいたのか、誰《だれ》が担当女神《めがみ》なのか、どんな世界に呼び出されたのか、私は何も知らない。能力にしたって、瞳術《どうじゅつ》、結界術、転移術、召喚術……どれも並の固有異能級だが固有異能とは違うし、それだけ多様な力をどうやって身に着けたのかも不明だ。めんどくさがりなあいつがわざわざ執行部《しっこうぶ》に入った目的も教えてくれたことはない」

と、寂しげに呟《つぶや》く零。かなり近しいであろう彼女でも知らないのなら、この学園で葛葉について知る者などいないのだろう。

「だから、『信用しろ』とは私も言わない。言わないが……それでもあいつは私の同期で、友達だと思っている。たとえそれが私の一方通行だとしても。だから……お前があいつを裏切ったら、私がお前を斬る。それだけは覚えておけ」

きっぱりそう言い切った雫は、今度こそ振り返らずに去って行く。

やれやれ、おっかないことだ。

そうして居間へ戻ると、当の葛葉は既にくつろぎモードでスマホをいじっていた。

「おかえり～。何かしゃべっとったみたいやけど、どうしたん？」

「あー……釘《くぎ》、刺されました。あなたを裏切るなって。あの人、随分あなたを心配してるみたいですよ」

「はは、そりゃまあいきなり知らん男家に連れ込んだら心配の一つもするわなあ」

なんて他人事のように笑う葛葉。

その姿を見て、俺は思わず尋《たず》ねてしまった。

「あの……なんで俺を護衛官にしたんですか？」

「ん？　その話なら前にしたやろ。武器が欲《ほ》しかっただけや」

「それにしてもです。……実際、俺は多分それなりに強いです。でも、だからこそあなたのリスクにもなるでしょう？　それをこんなあっさり懐《ふところ》に入れるなんて、ちょっと信用しすぎでは……？」

能力も出自も目的も不明……それを言うなら向こう視点での俺だって同じはず。信用のできなさでは同レベルだろう。それをなぜこうも簡単に？

すると、葛葉は思わぬ答えを返してきた。

「――九条《くじょう》恭弥、十六歳《さい》男性。既往歴《きおうれき》無し、犯罪歴無し。特筆事項《じこう》、特になし。家族構成は両親及《およ》び一つ下の妹。ただし、五年前県外旅行中の交通事故で三人全員他界。以来祖父母の家に預けられていたが、三年前の秋に失踪《しっそう》。失踪時の状況《じょうきょう》からして〝特殊失踪《異世界転移》〟扱いとして処理され、今年帰還《きかん》。以後ユグラシア学園に籍《せき》を置く」

「……！」

一切《いっさい》のよどみなくそらんじたのは、紛《まが》うことなき俺の個人情報。それらがすべて正しいことは俺がよく知っている。一体いつの間に調べたのか。

「まっ、この程度の情報じゃ何の役にも立たんけど、一応やることはやっとるから安心しいや。うちは君を信用してへんし、今後そうするつもりもない。特に、君の強さは間違《まちが》いなく異次元のそれや。いや、うちが現時点で想定しとる水準のさらに数段上っちゅう可能性さえある。……けどな、それをさっぴいても今すぐ協力者が必要なんや。多少のリスクは構ってられん」

その声音《こわね》から微《かす》かに滲《にじ》む感情は……〝焦り〟だろうか？

だが深く考える前に、葛葉は思い出したように付け加えた。

「ああ、それとな、もう一つ君を使う根拠《こんきょ》があったわ。――君は良い子や」

「は……？」

思ってもみないその人物評に、思わず固まる。それはあまりに的外れすぎじゃないか？

「俺、そこまでお人好《ひとよ》しじゃないですよ？　敵対するならどんな相手だろうと倒《たお》しますから」

そうだ、障害となるものはすべて排除する。綺羅崎雛にそうしたように。

だが……葛葉はくすくすと笑うのだった。

「くくく……敵はすべて倒す、か……可愛《かわい》いなあ恭弥くん、それは覚悟《かくご》とは呼ばないねんよ」

「……どういう意味ですか？」

「わからんままでええよ。まあ、なんにせよ安心しいや。うちが信じとるのは君やなくうち自身の目や。せやから君は何も気にする必要あらへん。好きなだけうちを利用して、裏切りたくなったら裏切ればええ。うちもそうするからな」

なんて堂々と言ってのけた葛葉は、いつも通りに人を食ったような笑みを浮《う》かべる。

「せやから、それまではまあせいぜい仲ようしようや。お互い味方が少ないのは一緒なんやしな」

この言葉がハッタリなのか本心なのか、俺にはさっぱりわからない。ただ一つだけ確かなのは、この人の肝《きも》の据《す》わり方は魔王《まおう》レベルだということ。どれだけ強力な固有異能を持っていたって一介《いっかい》の女子高生がこうはならないはず。一体どんな人生を歩めばこうなるのやら。

「まっ、そんなどうでもええことは置いといて……それより歓迎会《かんげいかい》しようや！」

「へ？　いや、俺そういうのは別に……」

「なあ～に～？　うちの酒が飲めんのか～？　ほれ護衛官、初任務はデリバリーの注文や！　寿司《すし》にピザにポテトにチキン！　もちろん全部特上な！」

「ま、マジですか……」

急に体育会系のノリになるじゃないか。

だがどんな苦難も打ち破ると心に決めたのだ、これも仕事と自らに言い聞かせ地獄《じごく》の歓迎会に挑《いど》む俺。

そうして三時間にも渡る壮絶《そうぜつ》な宴会《えんかい》の後――

「――いや～、食べた食べた～。やっぱ同じ釜《かま》の飯を食うと親睦《しんぼく》も深まるわ～」

「そ、そうですね……」

ひどく上機嫌《じょうきげん》な葛葉に対し、こちらは既《すで》にへとへと。一発芸だのカラオケだのをやらされた挙句、毎度それをけらけら笑われたのだ。立派なパワハラである。

「さてと、うちはそろそろ風呂でも入ってくるかな～。……あ、なんなら覗《のぞ》きに来てもええんやで？　折角の同棲《どうせい》生活や、多少のラッキースケベは大目に見たるわ。っちゅうか、むしろ大歓迎？」

「何を言ってるんですかあなたは……」

やれと言われてやるラッキースケベがどこの世界にあるというのか。まったく、酒は飲んでいないはずだがまるで酔《よ》っ払《ぱら》いだ。これから毎日これが続くのかと思うと胃が痛い。

――と、そんなことを考えて憂鬱《ゆううつ》になっている時だった。

ピンポーン、と呼び鈴《りん》が鳴る。また零が戻《もど》って来たのだろうか？　……いや、どうやらそうじゃないらしい。しかしこういう場合はどうしたものか？　とりあえずは……上司に指示を仰《あお》ごう。

「えーっと、葛葉先輩？　こういう場合、どこまでやっていいんですか？」

「あー、そやなあ……まっ、脳みそさえ残っとればそれでええわ」

「……じゃあ、殺さない程度に、ってことにしときます」

そう頷《うなず》いた瞬間《しゅんかん》だった。

檻《おり》の如くリビングを囲《かこ》い込む結界。と同時に床《ゆか》一面が真っ黒な影《かげ》に呑《の》み込まれる。続いて深淵《しんえん》の闇《やみ》からずるりと姿を現したのは、仮面をつけた三人組。

結界による退路の遮断《しゃだん》と、影領域を経由しての急接近――明確に役割分けがなされたこれは、明らかに計画的な襲撃《しゅうげき》だ。そして攻撃役と思《おぼ》しき一人が肉薄《にくはく》する先は、無防備なまの葛葉。

といっても、無論こちらもそれは想定済み。俺はすぐさま葛葉を守るための防壁《ぼうへき》を展開する。……が、攻撃役の手が触《ふ》れた瞬間、防壁は易々《やすやす》と崩壊《ほうかい》してしまう。破壊《はかい》……ではない。今のは恐《おそ》らく〝分解〟だ。その証拠に、砕《くだ》かれた防壁は魔素《まそ》レベルにまで粉々になり、空気中の塵《ちり》や水分等も原子レベルにまで解体されている。

なるほど、それがこいつの固有異能か。なら――

「っ……?!」

葛葉に向かって槍《やり》の如く突《つ》き出されたその手を、俺は宙空で掴《つか》み留《と》める。その途端《とたん》仮面の下の顔が動揺《どうよう》に歪《ゆが》んだ。万物《ばんぶつ》を解体するはずの手が素手《すで》で止められるなど初めての経験なのだろう。だが、別になんてことはない。最小単位にまで分解してしまう能力ならば、その最小単位である魔素一つで防げばいいだけ。俺は全身を形状変化させた魔素で覆《おお》ったのだ。これでもうそれ以上分解はできない。

ただ、向こうの反応も早かった。

失敗したと理解するや、襲撃者《しゅうげきしゃ》は掴まれた自らの右腕《みぎうで》を根元から断《た》ち切る。と同時に三人揃って影の中へと撤退《てったい》していく。どうやら引き際はわきまえているらしい。

編成、手際《てぎわ》、連携《れんけい》、判断――なるほど、奇襲部隊としてはいずれも悪くない。かなりの手練《てだ》れと言っていいだろう。……ただ、一つ悪いことあるとしたら……まあ、今回は相手が悪かった。

「――《翳《オル》》」

一言詠唱《えいしょう》した瞬間、俺自身の影法師《かげぼうし》が敵の暗影《あんえい》領域へと浸透《しんとう》していく。そして一秒後にはもう、領域すべてが俺の影で上書きされていた。

なにせ闇や影、呪《のろ》いといった負の魔術《まじゅつ》分野は魔族の専売特許。そして俺はその魔族の王に鍛《きた》えられた身だ。普段《ふだん》は大っぴらに使えないだけで、炎《ほのお》やら光やらといった属性よりこちらの方がよほど得意なのである。

ゆえに、一秒とかからず領域の支配権を強奪《ごうだつ》し、逃げようとしていた三人組を捕縛《ほばく》できたのも当然といえば当然の結果なのだった。

「――いやあ、お見事お見事。ごくろーさん」

あっけなくすべてが静まり返った後、ぱちぱちと手を叩くのは葛葉。

……この女、襲撃されている間もただのんきにお菓子《かし》を喰《く》っていた。それも、さっき俺の一人カラオケを眺《なが》めていた時と同じ顔で、だ。この奇襲さえも彼女《かのじょ》にとっては余興の一つだったらしい。

「あの……こうなるって絶対わかってましたよね？」

「ん？ ま～そらな～、あちらさんにもメンツっちゅうもんがあるしな～、あんだけコケにされて黙っとるってわけにもいかんやろな～」

昼間に受けた四大勢力からの警告……あれにへらへらと挑発で返したのだから、次は武力行使で来るのはわかりきっていた。まあ、だからこそ最初から警戒《けいかい》はできていたし、こうして撃退《げきたい》もできたからそれはいいとする。

ただ疑問なのは……なぜわざわざあんな真似をしたのかということ。葛葉なら口八丁でうまく収めることもできたはず。本当に余興代わりに呼びつけたかっただけなのだろうか？ それとも――

なんて考えていると、すぐにその理由は明らかになった。

「さてと、ほんじゃ、そろそろ本番いこか～」

と、おもむろにやる気を出した様子の葛葉は、気絶している襲撃者たちの方へと歩み寄る。そしてその頭に軽く手をかざした。

次の瞬間、無詠唱で起動する術式。ただしそれは俺でも見たことがない代物《しろもの》だ。魔力《まりょく》の性質からして鑑定《かんてい》やスキャンに近いようだが、それを相手の頭に使っているということは……

「もしかして……『脳さえ残ってればいい』って、冗談《じょうだん》じゃなかった感じですか……？」

「当たり前やん。脳みそがなきゃコレはできんからなあ」

その返答で確信する。葛葉は今、三人組の脳から直接情報を引きずり出しているのだ。

一応、俺だって読心術の類《たぐ》いは使える。ただそれは相手の魔力の流れから心理の方向性を読み取る戦闘《せんとう》向けの術であって、厳密に思考を読み解くのとは全然違う。ましてや気絶している相手の脳を直接覗くなんて絶対に無理だ。……というか、正確には覗き見ることはできるが、そこで読み取った情報を解析《かいせき》するのが困難なのだ。

なにせ、人間の思考プロセスというものは個々で違う。過去の知見や蓄積《ちくせき》された経験、元々の性格などそれら膨大《ぼうだい》な数の要因が複雑に絡《から》み合うことでその人間の思考というのは成立している。要するに、人間の脳は完全な固有言語で記された本に近いということだ。文字の羅列《られつ》として認識《にんしき》はできるが、内容まではわからない。だから読解は不可能……なはずなのだが、葛葉はそれを易々とやっている。一体どこでそんな技術を身に付けたのやら。本当に得体の知れない人だ。

「うんうん、やっぱりなあ、この子らテイワス派の実行部隊や。前々から挨拶《あいさつ》しときたいな〜とは思ってたんやけど、普段は隠《かく》れ家《が》にこもりっきりでな。こういう時でないと表に出てきてくれんねん。いやあ、良かった良かった、歓迎会開いた甲斐《かい》があったわ〜」

などと、情報を抜《ぬ》き取りながらけらけら笑う葛葉。

これではっきりした。あの挑発はこうやって情報源となる敵を誘《さそ》い出すことが目的だったのだろう。なにせこの学園は狭《せま》い世界だ。執行部の暗部を担《にな》える優秀《ゆうしゅう》な人材というのはそう多くはない。となれば実行部隊も必然的に上層部とのつながりがある者ばかり。それさえこうして捕《つか》まえてしまえば……後は脳から直接上層部に関する情報を引き出せる。何を狙《ねら》って動いているのか、その派閥《はばつ》の重要人物は誰か、それがどこに隠れ潜《ひそ》んでいるのか。それらすべてを。

そして何より恐ろしいのが、この歓迎会はまだ始まったばかりということ——

ピンポーン、とまたしても呼び鈴が鳴る。それと一緒に外から感じるのは、押《お》し殺した複数の敵意。呼び鈴を陽動にして今にも飛び込んで来ようと構えている。……まるで先ほどの再現のように。

「くくく……さてさてお次はどちらさんかな？　アグニカ派？　シュラーザ派？　それともフラン派か？　ってまあ、どれでもええか。どうせ全部来るんやしな」

そう、葛葉は全方位に喧嘩《けんか》を売ったのだ。襲《おそ》ってくるのがテイワス派だけなはずがない。

……が、よくそれを平気で言えるものだ。

「いいんですか？　四勢力を同時に相手するなんて、結託《けったく》とかされたら面倒《めんどう》な気が……」

「ははっ、ええってええって。どうせ今夜で終わるんやから」

「……は？　今夜で終わり？」

一体何を言っているのか。まだテイワスの派の実行部隊を一つ潰しただけ。さすがにどの勢力もまだまだ戦力を隠し持って……

「……あ、まさか……」

そこで気づいてしまった。この女が今宵《こよい》何をしようとしているのか。

「くくく……恭弥くん、まさかお祝いにお越《こ》しいただくだけでええと思ってるん？　こういうのはちゃーんと返礼にうかがうのがマナーや。それも、できるだけ早く、な」

ああ、やっぱりそういうことか。この人は手に入れた情報を早速《さっそく》有効活用するつもりらしい。

「……俺、一応『護衛』が役目でしたよね？」

「ははは、これも護衛の一環《いっかん》やろ？　積極的自衛ってやつや。……それより準備はええか？　今夜はちょいと長くなるで？」

「……ダメって言ってもやらせるくせに」

「あはは、なんや、うちのことようわかってきたや～ん」

などと、上機嫌に笑う葛葉。その顔を見て俺は諦《あきら》めの溜息《ためいき》をつく。と同時に次なる襲撃者が飛び込んできた。……自分たちが本当は狩《か》られる側だとも知らずに。

やれやれ、本当にとんだ歓迎会になったものだ。俺は仕方なく魔力を込めた。

※※※※※

三日後。

新学期二度目の百人議会。

その壇上《だんじょう》にて、葛葉はいつもの顔で笑っていた。

「いやあ、すんませんねえ、また同じ議題で。でもまあ規則ですから。というわけで……

うちの昇格《しょうかく》の件、早いところ再採決といきましょか」

なんてへらへら口にしたその一言で再び始まる葛葉上院入り投票。

そしてその結果、賛成票は…………『11』。

それは前回から全く変わっていない数字。だが当然だ。たかだか三日でころころ意見が変わるものではないのだから。

ただ一つ変わったものがあるとしたら、それは……

「さてさて、そんじゃ反対は…………おやおや、これは驚《おどろ》きですねえ」

議場をぐるりと見まわした葛葉は、白々しく驚愕《きょうがく》の表情を浮かべて見せた。

「──まさかの『0』とは」

そう、この下院議場において葛葉に反対する者は0。誰も彼女を阻《はば》もうとはしないのだ。

……だが、それはある意味で至極《しごく》当たり前の話。なにせ……そもそもこの議場には、賛成の11人以外にほとんど人がいないのだから。

三日前の夜。襲撃者を残らず返り討《う》ちにした俺たちは、葛葉の術式で各勢力の隠れ家を暴《あば》くことに成功した。そしてそれだけでなく、逆に各拠点《きょてん》へ奇襲をかけたのだ。当然逆襲《ぎゃくしゅう》など想定していない拠点は簡単に落ちる。落とした拠点の人間からまた情報を吸い出す。そうやって芋《いも》づる式《しき》に伝っていけば、最後にはトップの元へたどり着く。あとはそれを各勢力の数繰《く》り返すだけ。実に簡単なお仕事だ。

結果、一夜にして四大勢力は崩壊した。代理も含《ふく》めた投票権を持つ全員が病院送り。投票者自体がいないのだから反対票など入るはずもなく、つまりは……

「参加者16人中、賛成11、反対0。ということで、賛成多数の可決、でよろしいですね？」

にんまりと勝利宣言をする葛葉。

……だが、そこに待ったがかかった。

「こ、こんな投票おかしいだろ……！」

と果敢《かかん》に叫《さけ》ぶのは女神シュラーザ派の護衛官の生徒。俺もそうだが、護衛官は投票権を持っていない。なので先日の襲撃では対象にしなかった人だ。

そんな青年は続けざまに主張する。

「議会法第八条により規定人数以下の議会は認められない！　だからこれも無効だ無効！」

彼《かれ》の言うことは確かにもっとも。というか、議会法だのを引き合いに出すまでもなく誰がどう見たってこんなもの間違っている。

だが、葛葉のにやけ面は微塵《みじん》もぶれない。

「いかんなあ、君、勉強不足やで？　その第八条はちょい前までの旧法や。二期前に変わった新生第八条の条文はこうや――《全議員の七割未満の議会において、新規採決はこれを認めない》」

と、一言一句たがわずにそらんじる葛葉。

「なんせほら、この学園、遠征《えんせい》やらさぼりやらで七割はちょいちょい下回るからなあ。そのたび議会が完全にストップしたんじゃとても立ち行かん。せやから現在進行形の議題や案件に関しての決定・報告・進行を妨《さまた》げんようにこうなったんや。もちろん正当な投票を経ての法改正やで？　なんせこの改正案出したのうちやしな、よう覚えとるわ～」

無邪気《むじゃき》に笑った葛葉は、それからきっぱりと言い切る。

「つまり第八条に〝既に決定しとる再審議《さいしんぎ》決議について無効とする〟なんて効力はない。この審議はバリバリの有効っちゅうこっちゃ」

「そ、そんな理屈《りくつ》が……！」

「通るんやな～、これが。議会において遵守《じゅんしゅ》すべきは『法』それのみ。君一個人の感情やら解釈《かいしゃく》やらはお呼びやない。なんなら審判《しんぱん》に聞いてみよか？　ねえ、テルマ様？」

と葛葉に仰がれた錫杖の女神は、やはり無感情に頷いた。

「……本採決は……有効とする……」

「なっ……！」

「ほら、な?」

これが穴だらけの法によるものだとみなわかっている。だがどれだけおかしくてもそれは効力を持った法。今この瞬間にそれを棄却《ききやく》する根拠はないのだ。

「というかそもそもの話やけど～、おかしいんは代理も立てず休会申請《しんせい》も延期申請もせず無断欠席する方やろ?　責任感っちゅうもんが欠けとるでほんまに～」

「そ、それはお前たちが……!」

と言いかけた青年は、しかし口ごもる。

そう、無論全員を病院送りにしたのは俺たちだ。それも、代理の代理を立てられたり会議の延期申請をされないよう一晩のうちに片付けた。すべてはこうなるようにこちら側が仕組んだこと。

だが、ここで大事なのは真相などではない。

「ん?　うちらが、なんや?　まさか『夜襲《やしゅう》でもしかけた』なんて難癖《なんくせ》つけたりせえへんよなあ?　何の証拠《しょうこ》もないのに?」

と白を切る葛葉。当然証拠など残すはずもないし、なんならそれに関してはむしろ逆。こっちは夜襲を仕《し》掛《か》けられ返り討ちにした側であり、証拠となる映像や自白も残してある。それがわかっているからこそ、青年はこれ以上の追求ができないのだ。結局彼にできたのは……ただ唇《くちびる》を噛んで引き下がることだけ。

「さて、ほんなら議長さん。とりあえずやることやってもらいましょか？　その後で議会法の見直しするんをお勧《すす》めしますわ。ほら、たちの悪い生徒に悪用されたら大変ですからねえ？」

その厭味《いやみ》ったらしい皮肉にさえ、もはや誰も反論できない。議長はただ顔を歪めながらその言葉を口にするしかなかった。

「――水穂葛葉の上院昇格を、ここに承認《しょうにん》する……！」

「くくく……どうもおおきに」

かくして下された議決。

正当な会議により、正当な手続きで、正当に承認されたその決定はもはや何人にも覆《くつがえ》せない。すべては葛葉の計画通り。彼女の策謀《さくぼう》は今完璧《かんぺき》に遂行《すいこう》されたのだ。

ただ……

「……いいんですか、本当にこんなやり方で？」

戻って来た葛葉に思わず問う。

敵勢力を全滅《ぜんめつ》させ、法の穴をついて決議を通す。確かにその思惑《おもわく》はうまくいった。できすぎなぐらいに。ただ、このやり方はあまりにも性急すぎやしないだろうか？　小心者の俺《おれ》としてはどうしても心配になってしまう。どこかに落とし穴が待っているのではないか、と……

「なんや、今更《いまさら》びびっとるんか？　まあせやなあ、本来なら少しずつ勢力を増やしていって、っちゅうパターンやもんなあ。……せやけど、うちはこんなガキのお遊戯会《ゆうぎ》に付き合うつもりはない。それに……一番の理由は簡単や。これぐらい目立たんと釣《つ》れんのよ」

「釣る？　一体何を……？」

「すぐにわかるで。……すぐに、な」

何やら確信めいた言い方に、俺は真意を問い返そうとする。だが、幸か不幸かその必要はなかったらしい。

不意に俺たちを包み込む魔力。女神族が扱《あつか》う固有の転移術式のようだが、これまで見たどのそれよりも強力だ。恐らくかなり高位の女神によるものだろう。反射的に術式を破壊《はかい》しかけた俺は……すんでのところで踏《ふ》みとどまる。なにせ聞いてしまったのだ。隣《となり》の葛葉が嬉《うれ》しそうに呟くその言葉を。

「さあ、いよいよ本番の始まりや……！」

そうして起動する転移術式。眩《まばゆ》い光の渦《うず》に呑み込まれて僅《わず》か一秒後……俺たちはそこにいた。

強固な結界に囲まれた正五角形《ペンタゴン》の大広間。現実世界とは異なる異質な魔力が漂《ただよ》うそこは、間違いなく女神の手で構築された異空間だ。

俺たちは今その五角形の中央に立っている。周囲には二重三重に力を封《ふう》じる魔術防壁《まじゅつぼうへき》が張り巡《めぐ》らされ、四方八方から監視《かんし》魔術の気配を感じる。ひりついた空気と相まって、さながら証言台に立たされた罪人の気分だ。

もはや疑う余地もない。この場所こそが学園の中枢《ちゅうすう》にして勇者の総本山——上院議会。とうとうここまで来たのだ。過程に不安は多かったものの、俺たちは互《たが》いの目的に一歩近づけたというわけだ。

そしてそんな俺たちを祝福するかのように出迎《でむか》えたのは……一本の鋭利《えいり》なナイフだった。

「……はは、いきなりか」

強力な雷撃《らいげき》と明確な殺意を纏《まと》った短刀は、死角から真《ま》っ直《す》ぐ葛葉の背中めがけて飛来する。当たれば全身の細胞《さいぼう》が瞬時《しゅんじ》に弾《はじ》け飛ぶ程度の威力《いりょく》はあるだろう。……なので、とりあえず宙空で掴み留め術式ごと握《にぎ》り潰す。

すると、ナイフが放たれた方向から声がした。

「——おっと、わりーわりー。手が滑《すべ》っちまった」

謝意の欠片《かけら》も感じられない軽薄《けいはく》な台詞《せりふ》。と同時に、部屋の五つの角のうち四つに複数人の集団が現れる。全員が認識阻害《にんしきそがい》術式により顔を隠しているが、間違いない。いよいよ上院議員様たちの登場というわけか。

その中から一人、先ほどのナイフの男が進み出ると、おもむろに認識阻害を解除する。現れたのはじゃらじゃらとピアスだらけの青年の相貌《そうぼう》。そして青年は唐突《とうとつ》に言い放った。

「なー葛葉よー、お前さー……実はバカだろ？」

「おや、いきなりひどい言い草やないですか～、天野彌彦《あまのやひこ》さん？」

『天野』と呼ばれたピアスの男は、葛葉の抗議《こうぎ》など全く耳に入らぬ様子で続ける。

「無理矢理昇格《むりやりしようかく》して俺らの仲間入り、ってかー？　んなもん通るわけねーだろボケ。ちょっと考えりゃわかんだろーが。大方、そこのガキたらしこんで調子乗っちまったんだろー？」

と、天野の視線がこちらに向く。

「聞いたぜー。そいつ、裏戸をやった《潰した》んだってなー。『Sランカー倒して僕《ぼく》が学園最強だ』ってかー？　バーカ、Sランクっつってもピンキリなんだよ。所詮《しよせん》あいつ《裏戸》は二桁《けた》台。一桁台《シングルランカー》と比べたらただのゴミ。わかんねーかなー？　わかんねーよなー。だってお前らバカだもんなー？」

「くくく……おたくの派閥の子にも似たようなこと言われましたわ。そうそう、ちなみに

彼、その台詞のあとに病院送りらしいですねえ。いやあ、怖《こわ》い怖い。口は災《わざわ》いの門ってやつですねえ」

　心底こちらを見下す天野に対し、真っ向から挑発《ちょうはつ》を返す葛葉。だが、天野はそれを歯牙《しが》にもかけず笑う。

「はっ、軽口は相変わらずだなー。けどな、強がったって意味はねーぞ。こっち《上院》じゃ拒否《きょひ》権《けん》持ちの上位女神がケツモチにいなきゃそれまで。これぐらいはてめーだってわかってるよなー？　まっ、どうせ大々的に武力をアピールして俺たちの誰かに拾ってもらおうって魂胆《こんたん》だったんだろー？」

　自らの有用性を大っぴらに誇示《こじ》し、四大勢力のトップに直接自身を売り込《こ》む……確かに葛葉が好みそうな大胆《だいたん》で手っ取り早いやり方だ。『これぐらい目立たないと釣れない』と言っていた先ほどの発言とも合致《がっち》する。

　だが、その狙いは完全にバレていた。となれば……

「生憎《あいにく》だったなー。てめーを泳がせてたのはなー、いつでも切れるパシリとして便利だったからだ。てめーみてーなネズミ女をわざわざ懐に入れるバカなんているわけねーだろ」

　けだるげにそう断言した天野は、ひどく冷たい顔で笑うのだった。

「つってもまー、バカなりに頑張《がんば》ってここまで来たんだ。無下にすんのもかわいそーだよ

なー。だからいいぜー、記念すべき上院初会議、やらせてやるよ。そうだなー、議題はー
ー『水穂葛葉の下院降格について』でどーよ？」

思い付きのように提案されたそれは、すぐさま実行に移される。

『賛成』という言葉と共に次々とあがる四つの手。すべての勢力が葛葉排斥《はいせき》に賛同しているのだ。その不自然なまでのスムーズさから見て、間違いなく事前に結託していたのだろう。

そう、学園の覇権《はけん》を争っているとはいえ、第五の勢力が増えるのを阻止《そし》したい点ではどこも同じ。その中へ割って入るにはあまりに準備不足。そもそも四勢力に喧嘩を売って上院へあがってきたのだから、仲間に入れてもらおうという方が浅はかなのかもしれない。

……やはり焦《あせ》りすぎたのだ。

「っつーわけだ、じゃあなー葛葉。とっとと下へ帰れ」

あっという間に可決された排斥案。法を盾《たて》にする隙《すき》もなく、説得の余地もない。完全な八方ふさがり。……のはずが、なぜか葛葉の笑みは相変わらず。

ただの強がり？　いや、そうじゃない。何かを狙っている……というより、何かを待っているかのような……？

そしてその何かがやってきたのは、ちょうどその時だった。

「――へえ、みんないらないの？　じゃあその二人、僕がもらっちゃおうかな～」

五角形の部屋に鈴《すず》の鳴るような声が響《ひび》く。

一体いつの間に現れたのか――舞《ま》い落ちる花弁の如くふわりと降り立つは一人の美少女。月光の如く艶《なま》めく銀髪《ぎんぱつ》、透《す》き通るような雪白の肌《はだ》、華憐という言葉では到底《とうてい》表現しきれないその美貌《びぼう》は、まるで世界そのものから寵愛《ちょうあい》を受けているかのよう。

女神ローゼ――《まやかしと欺瞞《ぎまん》》の名を冠《かん》する学園創設の女神だ。……なるほど。葛葉が本当に釣ろうとしていたのは、四大勢力の誰かではなかったらしい。

「やっほ～、みんな久しぶり～！　元気してた～？」

などと、重々しい空間とは正反対な明るい声で笑うローゼ。

それに対し軽く舌打ちした天野は、苛々《いらいら》を隠しきれない慇懃《いんぎん》な態度で頭を下げる。

「どーも、ローゼ様。生憎《あいにく》今は立て込んでるんでー、遊びならまた今度に……」

「えー、いいじゃん僕も混ぜてよ～。葛葉ちゃんのこと話してたんでしょ？　っていうか聞いたよ～、葛葉ちゃん！　なんだか大暴れしたんだってね！　百人議会で投票が十人だけとか笑っちゃうよね～。報告するテルマの顔ったらおかしくてさ～」

世間話のように笑ってから、思い出したように『あっ！』と叫ぶローゼ。

「って、アブナイアブナイ、脱線《だっせん》するとこだった！　葛葉ちゃんたちの話だよね？　とりあえずこの二人、僕がもらうから」

　などと、ローゼは笑顔《えがお》ですべてをひっくり返す。

　この思わぬ第五勢力の登場に、今日初めて天野の表情が歪んだ。

「あー、わりーんすけどローゼ様、これ、もう決定なんで」

「そんなの『やっぱなし』ってことにすればいいじゃん。だって君たちいらないんでしょ？　じゃあ僕がもらって何か困るの？」

「いやそうは言ってもっすねー」

「あ、じゃあこうしよう！　『拒否権』ってやつ使うね。僕も持ってるもんね？　だから二人の下院降格はなし。これでいいでしょ？」

　そう問われた天野はチッと舌打ちをする。拒否権は上位女神に認められた正当な権利。議会のルールに則《のっと》り排斥しようとした以上、拒否権を持ち出されてはどうすることもできないのだろう。

「よし、じゃあこれで決まりっ！　二人は今から僕のものね！」

　その勝手な宣言を前に、天野は引き下がるしかなかった。

「いやー、良かった良かった〜。実はさー、最近僕の勇者たち、急に二人も使い物にならなくなっちゃってさー、困っちゃうよねーまったく。だから捨てちゃったんだ。それで代わりが欲しいなって思ってたとこなんだけど～、ナイスタイミングだよね！」

と、誰《だれ》も聞いていない話をぺらぺら喋《しゃべ》るローゼ。当然の如く皆《みな》が聞き流す中……不意におかしな一言が零《こぼ》れた。

「でもほんと良かった～。お陰《かげ》でお祭りに間に合いそうだよ！」

『祭り』？　一体何の話だろうか。学園最大行事であるトーセンは終わったばかり。これからしばらく目立った催《もよお》しはないはずだが……？

思わず眉《まゆ》を顰《ひそ》めたその時、不意に事態が動き始める。

突如《とつじょ》として会議場に割《わ》り込む転移術式。そこから飛び出して来た男子生徒は、天野たちの派閥へ駆《か》け込むや焦った様子で何やら耳打ちをする。

何かしら緊急《きんきゅう》の伝令だろうか？　なんて目を丸くしている間にも、さらに転移術式が次々と。

「――石動《いするぎ》様、至急ご報告が――」

「――霧生《きりゅう》さん、急ぎの伝令です――」

「――二階堂《にかいどう》様、お伝えしなければならないことが――」

四つの勢力それぞれに駆け込んでくる伝令。共通しているのはみなひどく慌《あわ》てていること。……そして、それはこちらも例外ではなかった。

『——おーい水穂っち～、情報情報～、情報だよ～』

突如出現した時空の窓から、のんびりとこちらへ手を振《ふ》る女子生徒。そのおっとりした雰囲気《ふんいき》には見覚えがある。下院で最初から賛成に入れてくれた数少ない無所属派の子だ。恐らくは葛葉の個人的な協力者なのだろう。

そんな女生徒が告げたのは、聞いたことのない不思議な単語だった。

『例の角笛、鳴ったみたいだよ～』

「ああ、そろそろやと思っとったわ。……で、座標は？」

『えーっとねー、これこれ。……と、それからこれとー、こっちとー、あとこれもー』

と、何かが記されたメモが大量に手渡《てわた》される。

「おおう、こりゃ豪勢《ごうせい》なことやねえ」

『ねー。一度にこんなになんてびっくりー。でも本物だよ～』

「わかっとるで、ありがとさん。引き続きよろしく頼《たの》むで」

『あいあーい』

現れた時と同じく忽然《こつぜん》と消失する窓。他勢力の伝令たちも次々に引き上げていく。

そうして再び平静を取り戻した後……上院が一斉《いっせい》に動き始めた。

「——急ぎの用ができました。今回はこれにて失礼させていただく」

「──我々もです」

「──同じく」

と、おざなりな挨拶だけを残し、四大勢力は次々と転移術で去って行く。

そして最後に残った天野は、異空間へ消える前に小さくこちらを睨《にら》んだ。

「今日はラッキーだったなー、葛葉？　けどこれがいつまでも続くと思うなよ」

そうして今度こそ静まり返る上院議会。

最後の捨て台詞《ぜりふ》はどうでもいいとして……一体何がどうなっているんだ？

「あの、説明してもらえますか？　みんなどこへ？　『角笛《ホルン》』って……？」

「あー、そうよな、聞いたことないわなあ」

受け取ったメモを確認《かくにん》しながら、葛葉は片手間に説明を始める。

「角笛っちゅうのは最上位女神《めがみ》の一人、《沈黙《ちんもく》と警鐘《けいしょう》の女神》ギャリアが持つ権能の呼称《こしょう》でな、簡単に言うと警報装置みたいなもんや」

「警報、ですか……何に対しての？」

「そら女神さんが注視しとるもんなんて決まっとるやん」

と肩《かた》をすくめた葛葉は、さらりとそれを口にした。

「〝世界の危機〟、や」

「……な、なるほど……」

失礼とはわかっていても、つい怪訝《けげん》な声が出てしまう。『世界の危機』とはこれまたチープというか、漠然《ばくぜん》としているというか……

「なんや、信じられへんって顔やな。ま、『世界の危機』なんてチープな上に漠然としとるもんなあ。字面《じづら》からしてもう胡散《うさん》くさいわ。B級映画で見飽《みあ》きたっちゅうねんこのフレーズ」

「そ、そこまでは言ってませんが……」

俺は時々、この人に心を読まれているんじゃないかと疑う時がある。

「けどな、ことギャリアの角笛に関しちゃそこらの眉唾《まゆつば》な預言とは決定的に違《ちが》う。あの女神の感知する『世界の危機』は明確にある種のものを指しとる。それが――〝終焉呪法《ミストルテナス》〟や」

「終焉呪法……？」

聞いたことのない単語だが、響きからしてろくでもないものということだけはわかる。

「せや。終焉呪法っちゅうのはその名の通り、ほっとけば世界を滅《ほろ》ぼし得る破滅的《はめつてき》な宝具や呪法につけられた総称《そうしょう》や。その回収は上院の最優先事項《じこう》に定められとる」

だから全員あれほど慌てて飛び出して行ったわけか。規則というのももちろんあるだろうが、恐らくそれほど強力な代物を他の派閥に取られるわけにはいかないのだろう。

……なんて納得《なっとく》するのも束《つか》の間《ま》、事態は思わぬ方向に。

「そーそー、そーゆーこと！　だからさ、君たちも急いでね！」

「……え？」

横から首を突っ込んできたのは、未《いま》だその辺をふらふらしていたローゼ。それはいいとして……この女神、今おかしなことを言わなかったか？

「俺たちも、ですか……？」

「うん。当たり前でしょ？　だって君たちは後《うし》ろ盾《だて》が欲《ほ》しいんだよね？　僕のものになりたいんだよね？　なら僕の欲しいものはちゃんと取ってきてくれなきゃ。僕の気が変わらないように、さ。そうでしょ？」

なるほど、これもまた取引というわけか。

「あ、ちなみにこれ、テストも兼《か》ねてるからそのつもりでね。ほら、僕ってティア1以外使わない主義でしょ？　君たちが強キャラだってこと、僕に証明してね？」

隠す素振《そぶ》りもない駒扱《こまあつか》いだが、それを聞く葛葉は平然とニコニコするだけ。

「もちろんですわ。うちらはローゼ様の犬です。今後とも好きなように使ってください。

……さ、行くで恭弥くん。ご主人様をお待たせしちゃあかんからな」

「は、はい……」

そうして葛葉の術式で現世へ戻りかけたところで、不意に背後から呼び止められた。

「あ、ちょっと待って葛葉ちゃん。一個聞いていいかな～？」

と、ローゼはなんてことのない世間話のようにその問いを口にした。

「君さ、何が目的？」

「ははは、急にどうしたんです？　うちは勇者ですよ？　目的なんてそら世界平和に決まって……」

「ねえ葛葉ちゃん、僕が何の女神か知ってるよね？」

《まやかしと欺瞞の女神》と呼ばれるローゼ……嘘《うそ》を司《つかさど》る彼女はこう告げているのだ。『僕に虚言《きょげん》は通じない』と。

そして葛葉はその意味がわからぬほど愚《おろ》かではなかった。

「そうですねえ、なら正直にいきましょか……」

と、真正面から向かい合う葛葉は、その答えを口にした。

「どうしても殺したい奴《やつ》がおるんです。そのために上院へあがらなあかんのです」

その言葉から感じるのは、強烈《きょうれつ》な違和感《いわかん》。

殺人がどうこう……という話とは違う。笑いながら他人の脳から情報を抜き取るような女だ、今更倫理《いまさらりんり》を求める気はない。だが、だからこそ不自然なのだ。他人になど微塵の興味も持たぬはずの彼女が、『殺意』などという濃密《のうみつ》な感情を抱《いだ》くなんて……

ただ、それはローゼにとっては退屈《たいくつ》な返答だったのだろう。『ふぅん』と少しつまらなそうに肩をすくめた女神は、

「そっかあ、オッケー。じゃあ頑張ってね～」

とどうでもよさそうに笑う。一体どんな答えを期待していたのやら。

なんにせよやり過ごすことができたならそれでいい。……なんてほっとしていたが、どうやらそれは早とちりだったらしい。

「……で、そっちの君は？」

「え……？」

次の標的になったのは、まさかの俺。ただの護衛官に話が振られるなんて思ってもみなかった。だが無視するわけにもいかないし、嘘が通じる相手でもない。となれば……答えるしかないか。

「それは……た、助けたい女性がいて……そのために必要で……」

「へえ～、ふぅ～ん、青春じゃ～ん!!」

茶化《ちゃか》すように口笛を吹《ふ》いたローゼは、それから不意に言った。

「じゃあその人のためにも頑張ってね、君が壊《こわ》した僕の駒《こま》の代わりにさ」

「うっ……それは……すみません……」

どうやら俺が裏戸海璃を潰《つぶ》した事実は知っていたらしい。俗世《ぞくせ》に興味がなさそうに見えて、必要な情報はきっちり握っているようだ。

ただし、糾弾《きゅうだん》するつもりかと思えばそうではなかった。

「別に謝《あやま》らないでいいよー。弱いのが悪いんだもん。だから、しっかり働いてよ？　また代わりを探すの面倒だからさ。ってことで、頑張ってね～」

そうしてローゼは来た時と同じように忽然と消えてしまう。本当に気まぐれな女神だ。

……ただ、今回に関しては単なる偶然《ぐうぜん》とは違うだろう。

「……あの女神《ローゼ》が来ることまで計算のうち、ってやつですか？」

「なんや人聞きの悪い言い方やなあ。たまたま手駒《てごま》を失った女神さんが、たまたまフリーの二人組を見つけて、たまたま面を拝みに来たっちゅうだけのことやろ？　偶然や、偶然」

なんて肩をすくめる葛葉だが、偶然なわけがない。俺のテストとか言いつつ海璃との夕イマンを仕組んだ時点からこの状況《じょうきょう》を想定していたのだろう。そう、葛葉が本当に釣りたかったのは四大勢力なんかじゃない。手駒を失ったローゼ一人を釣るためだけにここまで策を巡らせ、そして完遂《かんすい》したのだ。

水穂葛葉——警戒《けいかい》すべき人物であるとは思っていたが、想定よりずっと危険なのかもしれない。……もっとも、危険度で言うのならあの女神も同じことだが。

「でも、よりによってどうしてローゼなんですか？　後ろ盾にするにしても、もう少し安全な女神だっていたんじゃ……？」

強力な後ろ盾であるのは間違《まちが》いないだろうが、それにしたってリスクが大きすぎる。これだけの策を弄《ろう》せるのなら、その気になれば四大勢力のどこかに潜《もぐ》り込むこともできたのではなかろうか？　少なくともローゼよりはマシなのがいるだろう。

なんて俺が思ってしまうのは、きっとこの前の一件があったからだ。レジスタンスの拠点最深部にて見たローゼの姿……スノエラとの会話からして、あの禍憑樹《マガツキ》と何らかの関係があるのは明白だ。その上、人間に擬態《ぎたい》した魔族《まぞく》の少女を連れていた。どう考えてもまともじゃない。

そして残念ながら俺の予想は当たっていたらしい。葛葉は『そうやねえ』と口を開いた。

「《まやかしと欺瞞の女神》ローゼ――〝最古の七柱〟と呼ばれる最高位女神の一人にして、《光と寵愛の女神》ロザリアを殺した史上唯一《ゆいいつ》の女神殺しの女神。《ミニュアスの陵墓《りょうぼ》》、《万宝殿》と並ぶ三大神創宝殿《ほうでん》の一つ、《狂言廻しのちっぽけな嘘《フール・エッダ》》の正当なる所有者でもある。姿形を変える術に長《た》けとってな、本当の顔は誰にもわからんそうや」

と、葛葉は俺の時と同じくつらつらと情報を羅列する。

「だからかしらんが、ローゼちゃんに関する〝預言〟もぎょうさんあるらしくてな。曰《いわ》く『世界に自由をもたらす者』だとか、曰く『終焉の種を芽吹《めぶ》かせる者』だとか、曰く『世界樹を育《はぐく》む糧《かて》』だったり、曰く『世界樹を焼き尽《つ》くす炎《ほのお》』だったり……」

「ちょ、ちょっと待ってください、なんか矛盾《むじゅん》してません？」

「ああ、そうや。だからみんな困っとるんや。どの預言が本当でどの預言が偽物《にせもの》か、それは誰にもわからん。そもそも預言っちゅうのは当たり外れがあるもんやし、その預言を下した神託《しんたく》の女神さんはとうに死んどるしで確かめる方法はゼロ。実際、女神界でもローゼちゃんの扱いはわかれとるようやで。長老会を中心とした古い女神たちが『破滅《はめつ》をもたらす者』として忌避《きひ》しとる一方で、若い女神たちは閉塞《へいそく》した女神界を一新する旗頭《はたがしら》として期待しとるって話や。まっ、どっちにも共通しとることは……全員が全員、ローゼちゃんを異端児《いたんじ》として恐《おそ》れとるっちゅうことぐらいか」

　案の定というべきか、葛葉が口にするのは恐ろしい情報ばかり。だというのに、当の本人はのんきに笑っている。

「ま、そーゆーわけやからアブナイっちゃアブナイ女神さんやね～」

「そんな他人事みたいに……」

「まあまあ、そう深刻にならんと気楽にいこーや。それに、やんちゃな女神さんだからこそ後ろ盾としては申し分ないやろ？　それでももしヤバなったら……そん時は君が守ってや。頼《たよ》りにしとるで護衛官」

「……善処します」

直属の上官は正体不明、後ろ盾の女神は超危険人物《ちょうきけん》、なんとも愉快《ゆかい》な班だことで。ただ、考えようによっては良かったのかもしれない。学園で最も警戒すべき勇者と女神の両方に近づけたのだから。

なんて考えていたところで、不意に明後日《あさって》の方向に話が逸《そ》れた。

「ところでなんやけど……好きな女のためって、あれほんまか？」

「えっ？　……そ、その話は蒸《む》し返さないでください」

「ええやないの～、まさか君から恋《こい》バナ聞けるとは思わんかったで～？　くっくっく、ほれほれ、お姉さんに相談してみ？　先輩《せんぱい》としてし～っかりアドバイスしたるから！」

などとからかうように笑うその姿は、噂《うわさ》好きの女子高生そのもの。……やはり危険人物という評価は尚早《しょうそう》だったか。

そう呆《あき》れていた時、ふと気づいた。

「……ん？　待ってください……今の質問おかしくないですか？　本当じゃないわけないでしょう？　嘘の女神であるローゼ相手に嘘なんてつけないんですから」

「あー……そうやったな、忘れとったわ。すまんすまん」

とどうでもよさそうに笑う葛葉。その様子には特に不審《ふしん》な点はない。きっと俺の考えすぎだろう。ただ……もしかしたら彼女《かのじょ》は、先ほど教えてくれた以上にローゼの秘密を知っているのかもしれない。

もっとも、嘘を見抜《みぬ》く権能なんて持っていない俺にはそれを確かめる術なんてないし、何より今は優先すべきことがある。

「まっ、与太《よた》話はおいといてさっさと行こか。終焉呪法を回収できなきゃすべてがパーや」

「はい」

終焉呪法の確保がローゼの庇護《ひご》を受ける条件。となれば手に入れるしかあるまい。先ほどの報告からして多数あるらしいし、他の勢力と奪《うば》い合いになることは避《さ》けられるだろうが、それでも早いところ回収しておくに越《こ》したことはない。

そう思って学園への転移術を構築していると、背後から無言の視線を感じた。

「……？　どうしたんですか？」

「ん～……そういや君、リアクション薄《うす》いなと思ってな」

「え？」

「いや、《終焉呪法》やで？　世界を滅ぼすとんでもない代物《しろもの》やで？　もうちょいびびったり警戒したりあるやろ」

「あ、ああ、それですか……」

終焉呪法——世界を滅ぼす禁忌《きんき》の呪法にして、学園の上院をおおわらわにさせる代物。

もちろん怖いとは思う。

ただ……正直、そういう類《たぐ》いの話は少し聞き飽《あ》きた。

『学園最強のSランカー』だの『絶対無敵の学園第二位』だの『執行部《しっこうぶ》百人議会』だの、御大層《ごたいそう》な肩書《かたがき》をこれまで幾《いく》つ見てきただろう？　そして……そのうちの幾つが本当の意味で脅威《きょうい》だった？

この学園に来るまで俺は魔王《まおう》であるフェリスの力しか知らなかった。だから勇者というのもあいつと同じぐらいとんでもない連中だと思って常に警戒してきた。どれだけ魔力《まりょく》が貧弱でも、どんなに技術が未熟でも、それはこちらを油断させるためのフェイクであって、本当はその数万、数億、数兆倍もの力を隠《かく》し持っているのだと。だってそうだろう？　勇者とは魔王を殺す者。平凡《へいぼん》な俺なんかとは違う本物の勇者たちが弱いだなんて誰が想像できる？

——だが、そんな俺でもさすがにそろそろ気づく。本気で警戒に値する危険な相手は、そう多くはないということに。

ローゼ、葛葉、祇隠寺、あの禍憑樹を含めたって片手で数えられる程度。もちろんこれまでに戦った雛や裏戸だって無力とは言わない。言わないが……それはあくまで『力を失った今のフェリスが狙《ねら》われたら』の話。俺自身にとって脅威かと問われれば、正直、あのレベルが千人集まったって何の問題もない。

その程度の勇者をSランカーと持て囃《はや》すのがこの学園なのだ。オオカミ少年の話じゃないけれど、そんな学園が『世界を滅ぼす呪法』だの『この世の危機』だのと騒《さわ》いだところで言葉通りに受け取るのは難しいだろう。何より、本当に世界樹そのものを脅《おびや》かすほどの呪法があるというのなら、フェリスが俺に教えていないはずがないではないか。

無論、これが慢心《まんしん》や油断と呼ばれる心情に近いのはわかっている。ただ、今までみたいにすべてにびくついていてはいつまで経《た》ってもフェリスを自由にはしてやれない。現時点で警戒すべきはまだ見ぬ最上位女神たちの思惑と、葛葉や祇隠寺のように何かしら力を隠し持っていそうな勇者だけ。それ以外に関してはほどほど程度がちょうどいいだろう。

「だ、大丈夫《だいじょうぶ》ですよ、ちゃんとびびってますって」

「ふぅん、そうか？」

なおも怪訝な眼を向ける葛葉は……しかし、それから思い直したように肩をすくめた。

「ま、どっちでもええか。どうせすぐにわかることや。……あれの看板に偽《いつわ》りなしっちゅうことはな」

※※※※

一秒とも、一時間とも感じる奇妙《きみょう》なホワイトアウト。そこから足元に感じる地面の感触《かんしょく》と、確かな重力の存在。――異世界転移特有のこの感覚にももう慣れたものだ。

そうして降り立った異世界にて、俺は最初の一呼吸をする。

大気を介《かい》して出迎えてくれるのは、新鮮《しんせん》な夜明け間際の夜霧《よぎり》と、文明に毒されていない解放感、そして――そこに混じって漂う、とんでもなくおぞましい負の魔力。

「は……？　なんだ、これ……？」

瞬時に沸《わ》き立つ悪寒《おかん》と鳥肌《とりはだ》。かなり抑《おさ》えられているようだが、間違いない。この世界にはあるのだ、寒気がするほどに異質で歪《いびつ》な〝何か〟が……。

「――どうや、これでわかったやろ？　世界の危機っちゅうのがどういうことか」

と、いつの間にか隣に立っていた葛葉が笑う。

生憎今の俺は答える気にもならないが……それでも確かにわかった。終焉呪法が文字通り世界を――それも、『小世界』ではなく『世界樹』そのものを――本当に脅かし得る代物であるということは。

まったく、やはり俺は未熟だ。こんなにも恐ろしい呪物が存在するとは、数分前の慢心が恥《は》ずかしい。……ただ何よりも恐ろしいのは、未知なる終焉呪法ではない。むしろ逆……これと同じ破滅の力を、俺がよく知っているということ。

――そう、これは誤魔化《ごまか》しようもなく酷似《こくじ》しているのだ。フェリスの中にあったあの『魔王の根源』と。

「……葛葉先輩《せんぱい》、終焉呪法ってのは幾つも存在しているんですよね？　なら、とりあえず今判明しているものだけでも教えてもらっていいですか？」

「そうやな、ゆうて創世時代からの代物や、全部は挙げきれんが……近年のめぼしいものっちゅうたら、《月の眼》、《フラスコの中の隣人《THESE》》、《第八天獄《ヴァニティ・ヘヴン》》、それから《ゼンマイ仕掛けの女神の手《デア・エクス・フェイト》》に《原初の勇者《オールド・ワン》の剣《つるぎ》》と……そうそう、あれを忘れちゃあかんな。――《廃棄魔王の霊核《ロスト・コア》》」

「……！」

「どや、なんで学園が……というより女神さんたちが終焉呪法に目の色変えるか、ようわかったやろ？　かつて《廃棄魔王の霊核》という終焉呪法を確保し損《そこ》ねた結果、それを現地の魔族に利用され廃棄魔王《はいきまおう》が生み出された。あの二の轍《てつ》を踏まんために発見次第《しだい》即封印《そくふういん》が鉄則なんや」

ああ、良くわかった。なぜフェリスからこれほどの呪法の存在を聞いたことがなかったのか。あいつはきっと、終焉呪法について語れば俺が余計なことを考えてしまうと思ったのだろう。……もちろん、それは正しいのだが。

どうやらこの世界にはまだ、勇者や女神以外にも知らなければならないことがあるらしい。

「教えてください葛葉先輩。終焉呪法って何なんですか？　なぜこんなものが存在しているんですか？　これだけの力がなぜ今になって、それも一度にたくさん見つかったんですか？　こんなもの、誰が何のために創《つく》ったんですか⁉」

「ちょいちょい、おちつきーや。世界樹についても、終焉呪法についても、すべてがわかっとるわけやない。それは女神さんたちも同じじゃや。終焉呪法なんてもんが何のために存在しとるか誰も答えは知らん。なんせ世界樹は日々成長し、小世界は生まれ続けとる。数十億年の歴史を持つ世界がほんの五分前に生まれた、なんてこともある。すべてを掌握《しょうあく》するなんちゅうことは不可能なんや。うちらにできるのは……見つけた終焉呪法をかたっぱしから回収することだけや」

　と葛葉は肩をすくめる。それが本当なのか、それとも教えたくないだけなのかはわからない。だがそれでも、一番大事なことを問わずにはいられなかった。

「ならもう一つだけ……！　雛先輩から聞きました。廃棄魔王討伐《とうばつ》計画があるって。それって《廃棄魔王の霊核》を回収するためですよね？　だったら既《すで》に偵察《ていさつ》とかで動いてたり……?!」

「ああ、せやな。廃棄魔王の討伐は女神テイワス派が主導で動いとるし、これに関しちゃ各派閥《はばつ》も賛同しとるよ」

　やはりそうだ。終焉呪法回収は女神の総意。であればフェリス討伐も学園が総力をあげて当然のこと。思った以上に時間がないのかもしれない。……が、どうやらその焦りは尚早だったようだ。

「ゆうてもまあ、すぐに実行っちゅうわけにはいかんやろうけどな」

「え……？」

「当たり前やろ？　あれは《原初の勇者の剣》と並んで終焉呪法の中でもずば抜《ぬ》けた最強格や。実際、遥《はる》か昔に返り討《う》ちにあって大量の女神と勇者を失ったこともあるんやと。おいそれと手は出せんやろ。特に計画の要やった雛ちゃんっちゅう最高戦力がいなくなってしまったからなあ。偵察しようにも封印術《ふういん》をちょっとでも緩《ゆる》めればそこからあっさり逃《に》げられかねん。要するにまだ計画だけで何も動けとらんのや。賛成ゆうても各勢力間での熱量には差があるし、ありゃまだまだ時間がかかるわ」

「そ、そうですか……」

それを聞いて少しほっとした。確かに向こうからすれば眠《ねむ》れる獅子《しし》の尾《お》をわざわざ踏みに行くようなもの。ただの偵察だけでも世界を天秤《てんびん》に掛《か》けた作戦となる。一度痛い目を見ている以上、軽々しく藪《やぶ》をつつこうとはしないだろう。

もちろん、終焉呪法であるからにはいずれ計画が実行されるのは間違いないだろうが、それまで多少の猶予《ゆうよ》はありそうだ。

「ま、なんにせよまずはここのを回収せんと。とりあえずこの世界の指導者にでも話を聞いてこようか。学園の事前情報やとここは《ステージ：I》……魔族の脅威はないらしいが、終焉呪法についちゃ情報ゼロやからな」

と、葛葉は遠くに見える王城へ向かおうとする。……だが、俺《おれ》はそれには従わなかった。

「ん？　どこ行くんや恭弥くん？」

「そっちは任せていいですか？　俺、先に現場へ行きます。この目で確かめるのが一番早いですから」

葛葉の言う通り、今最も必要なのは情報だ。だったら他人の口から聞くよりも実物を解《かい》析《せき》するのが一番だろう。

すると、葛葉は少し迷った後に頷《うなず》いた。

「オーケー、好きにしいや。後でそっちに合流するわ」

「ありがとうございます」

やはりこの人は話が早いのがいいところだ。

そうして許可を得たことで、俺は呪法の方へと向かう。場所はそう遠くない……というか、そもそもこの世界自体がかなり狭《せま》いらしい。三分と経たないうちに魔力の発生源に到《とう》着《ちゃく》する。

そこで待っていたのは……一基の巨大《きょだい》な塔《とう》だった。

遥か夜空を突《つ》く雄大《ゆうだい》なその塔は、それ自体が強力な結界術式になっている。恐らくはこれが中の終焉呪法を封印しているのだろう。ただし、この術式は明らかに人間が創ったものではない。普通《ふつう》、どんな術式にも構築した術者の匂《にお》いが残るもの。だがこの塔を構成する魔力には微塵《みじん》もその気配がない。強《し》いて言うなら……香音《かのん》の使役《しえき》する精霊《せいれい》に似ているだろうか。

つまり、この塔を構築したのは世界樹そのものということ。これはいよいよ何が待っていてもおかしくない。

「鬼《おに》が出るか蛇《じゃ》が出るか、ってやつか……」

そう思って塔へ入ろうとした俺は、一つ不自然なことに気づいた。一つだけある門扉《もんぴ》の閂《かんぬき》が、なぜかこちら側にある。……要するに、誰でも簡単に中へ入れてしまうのだ。普通は逆ではなかろうか？　なんて考えながらも、閂を開けて中へ踏《ふ》み込む。

塔内部《とうないぶ》では長い長い螺旋《らせん》階段がひたすら上へと続いているばかり。ただし、空っぽかといえばそうではない。塔全体を満たすのは世界樹由来の神聖な魔力。あらゆる魔術《まじゅつ》や異能の類いを封《ふう》じるものだ。

「つまり……この階段は自力で上がれ、ってことか」

転移術さえ封じられているのだから仕方ない。俺は塔と同じ木製の螺旋階段を駆け足で登っていく。

そうしてようやく到着した塔の最上部。途《と》切《ぎ》れた階段の先にそびえる扉《とびら》には、またしても外からしか開かない閂が。いよいよ終焉呪法とご対面というわけだ。

呼吸と精神を整え、扉に手をかける。フェリスと同じく世界を滅ぼす呪詛《じゅそ》……その正体を何としてもこの目で確かめなければ。

そうして扉が開かれた先——佇《たたず》んでいたのは、一人の裸足《はだし》の少女だった。

第二章　終わりの呪いと裸足の少女

「あ……」

世界樹が創りし封印の塔。

その最上階に広がっていたのは、なんとも普通な生活空間。

ベッド、机、椅子《いす》といった基本的な家具から、奥《おく》には浴室まで完備されている。ただしなぜか窓だけは一つもなく、その代わり壁際《かべぎわ》に並ぶのはたくさんの本棚《ほんだな》と、そして……その前で呆然《ぼうぜん》と立ち尽くしている裸足の少女。

薄絹《うすぎぬ》のように白い肌と、夜を溶《と》かしたような純黒の髪《かみ》、さらには一抹《いちまつ》の穢《けが》れも知らぬ淡《あわ》い紅の唇《くちびる》……と、いわゆる「お人形さんみたいな」という枕詞《まくらことば》が似合う美少女だ。ただ、その肌があまりにも白いのと華奢《きゃしゃ》な体躯《たいく》が相まって本当に蝋人形《ろうにんぎょう》みたいに見えてしまう。

いや、それは見た目に限った話ではない。美しさゆえの儚《はかな》さというか、人形的ゆえの脆《もろ》さというか……〝幻想的《げんそうてき》〟を通り越して病的な影《かげ》が感じられる。『生命力』というものがあまりに希薄《きはく》なのだ。まるで季節外れに降ってしまった名残《なご》り雪や、最初から数日の命と定められた蜉蝣《かげろう》のよう。

そんな裸足の少女は、数秒の硬直《こうちょく》の後に口を開く。その第一声は――

「へにゃっ?!!」

「え?」

なんか今、尻尾《しっぽ》を踏まれた猫《ねこ》みたいなとんでもない声が聞こえたような……なんて驚《おどろ》いている間に駆け出した少女は、ささっと本棚の陰へ隠れてしまう。そして十秒後。『おほん、あー、あー、あー』という執拗《しつよう》な咳払《せきばら》いの末……

「――ふふふ、よくきたわね。あなたがそうなのでしょう?」

と、容姿同様に儚げな声を精一杯《せいいっぱい》張り上げながら、少女は再び登場する。……どうやら先ほどの素《す》っ頓狂《とんきょう》な悲鳴はなかったことにするつもりらしい。

「でもせっかちさん。まだ執行日《しっこうび》は一週間も先よ。あわてんぼうなのね。ウフフフ」

なんて優雅《ゆうが》な王女の如く振舞《ふるま》おうとしているものの、声的にも容姿的にもあまりに合ってはいない。……というか、さっきからこの子は何を言っているんだ?

「えーっと、何の話だ?」

「へ? ……こ、こほん。いいのよ別に、誤魔化さなくて。逃げも隠れもしないし、あなたを責める気もないわ。決まっていることだものね」

「いや、マジで何を言ってるかわからないんだが」

「んもー！　だから、そういう演技はいらな…………ねえ、ちょっと待って。あなた、ほんとに執行人じゃないの？」

「執行人？　だからなんだそれ？」

「…………」

再三にわたって問い返すと、少女は目をぱちくり瞬《しばたた》かせ――

「わああああ!!　やだもーちょっと今のなし！　なしなしなし!!」

と、子供じみた悲鳴をあげながらじたばたベッドを転がり始める。やはりさっきまでのは素じゃなかったらしい。

「あーもー、っていうか、じゃああなた誰よ!?」

ひとしきり騒いだ後、急に食《く》って掛かってくる少女。なんだか忙《いそが》しい奴だ。

「俺は九条恭弥《くじょうきょうや》。学園から派遣《はけん》された者だ」

「……ガクエン？」

と、今度は向こうが首をかしげる。

普段《ふだん》の異世界遠征《えんせい》では女神が事前に話をつけておいてくれるものだが……なんにせよこうなれば説明するしかない。

「俺は回収のために遣《つか》わされたんだ。終焉呪法……あんたの中にあるものを」

そう、一目見た時からわかっていた。眼前の彼女こそが終焉呪法そのもの——より正確に言えば、彼女の魂《たましい》の中にとんでもなくおぞましい呪詛が眠っているのだ。

熱を、光を、魔力を、命という命の灯《ともしび》を貪《むさぼ》り際限なく腐敗《ふはい》の毒をまき散らす呪い。それが彼女の中にあるもの。氷の如く凍《い》てつくそれは、ひとたび解き放てば天の星々さえ喰《く》らい尽くすだろう。

だが、それは悪だとか邪《よこしま》だとかとはまた違った。なにせ、この呪詛そのものに悪意はないのだ。敵意、害意、殺意、そういった意思や指向性の類いは何一つ持たず、ただ己《おのれ》の存在概念《がいねん》を正確に履行《りこう》するだけのもの。太陽が輝《かがや》くように。雲がたなびくように。水が流れるように。最初から己に規定された在り方を忠実にこなしているだけ。そこに善悪の種別などありはしない。

そしてそれは眼前の少女もまた同じだった。これだけのとんでもない呪詛を宿して平然としている彼女は、存在の根源からして『封印する匣《はこ》』として規定されているのだろう。いうなれば、彼女は呪詛の一部であると同時に、この世界樹の封印の一部でもあるわけだ。

問題は彼女自身がそれに気づいているかということだが……どうやらその点は心配いらなかったらしい。

「なるほど、キョーヤ、あなた受取人の新人ね？　ちゃんと勉強してから来なくちゃダメじゃない。いーい？　私の中のこれ、《冬枯れの毒》《フィンブルヴェネム》っていうんだけどね、光と魔力を食べて増幅《ぞうふく》する呪いなの」

と、ぺらぺら説明を始める少女。俺の立場について勘違《かんちが》いしていることはさておいて、言っている内容は俺の解析と同じ。きちんと自分の中にあるものについて理解しているようだ。

しかも、彼女は俺が一番欲しかった情報まで知っていた。

「だから昼間はこの結界塔内ですら危険なんだけど、夜の間はかなり力が弱まるの。ほら、今みたいにね。そして一番力が弱まるのが、丸一日太陽が昇《のぼ》らない極夜の日。十六年周期のそれが一週間後に来るのよ。だから、回収はその時に行うの」

十六年に一度訪《おとず》れる極夜ならば、《冬枯れの毒》を回収できる――やはりあったか、この手の『制約《ルール》』が。

かつてフェリスから教わった。強力な術式や呪詛、魔道具には大抵《たいてい》何かしらの弱点や代償《だいしょう》といった『制約』が存在すると。昼間は最強だが夜にはなまくらになってしまう剣だったり、絶対無敵の英雄《えいゆう》が踵《かかと》の裏だけは無防備だったり、大きな力ほど何かしらの制約が存在し、制約が存在するからこそその力は大きくなる。それがこの世界に通底する根源的なルールなのだと。例外なんてものは、それこそ勇者の扱《あつか》うチート能力ぐらいなものである。

そしてこの強大な呪詛の制約こそが、十六年に一度訪れる極夜なのだろう。本来この手の穴や弱点を探すのに骨を折るところだが、今回は運が良かった。何事もこう都合よくとんとん拍子《びょうし》で進んでくれれば楽なのだが。

「そうか、じゃあ七日待てばいいだけか」

「ええ。そしたら私は処刑《しょけい》されて呪いは次の赤子に移されるわ。そのタイミングならガクエンとやらが私を回収できるんじゃないかしら」

と、少女は先ほどまでと同様さらりと頷く。……ん？　今、とても不穏《ふおん》な単語が含《ふく》まれていたような……？

「……ちょっと待て。今、『処刑』って言ったか……？」

「ええ」

「ど、どういう意味だそれ？」

「あら、知らない？　執行人さんがね、こう、ずばーって首を刎《は》ねて……」

「言葉の意味を聞いてるんじゃない！　なんで処刑なんて……?!」

思わず声が大きくなる。が、少女はむしろ不思議そうに首を傾《かし》げた。

「当たり前でしょ？　十六を超《こ》えてしまえば、巫女《みこ》の肉体は呪いに耐《た》えられない。だからその前に処刑して封印と呪詛を次の巫女に移《うつ》し替《か》える。それが私たち『腐蝕《ふしょく》の巫女』の役目。そのために生まれたんだし、あの子たちもそうしてきたんだもの」

淡々《たんたん》とそう語る少女の眼が、ちらりと部屋の隅《すみ》へ向く。その視線の先、壁際に並んでいたのはいやに大きな壺《つぼ》。それも一つじゃなく大量に積まれている。

平凡な部屋にそぐわぬその異質な物体と、先ほどの彼女の言い方。……とても嫌《いや》な予感がする。

「まさか、あれって……」

「先代たちよ。……一週間後には私もあの中ね」

少女は何の表情もなくそう言った。

「まあ難しく考えなくて大丈夫よ。キョーヤは一週間待って、私の遺体を受け取ればいいわ。あとはそのガクエンってところが火葬《かそう》してくれるはずだから。受取人としての初仕事、がんばっ……あれ？　ねえあなた、大丈夫？　すごく顔色が悪いけど……？」

と、心配そうに覗《のぞ》き込《こ》んでくる少女。俺はそんなに変な顔をしているだろうか？　だけど、だったら俺も聞きたい。

「……なんであんたは平気なんだよ」

終焉呪法――《冬枯れの毒》。生まれた時から厄災《やくさい》を背負わされ、光差さぬ塔に幽閉《ゆうへい》され、最後には処刑される。生まれてから死ぬまで……いや、死んだ後でさえ彼女はこの塔から出られない。なんという理不尽《りふじん》。なんという不条理。こんなのとてもまともじゃない。

……ああ、そうか。ようやく自分でも理解できた。こんなに吐き気《はけ》がする理由が。自分ではどうにもならぬ十字架《じゅうじか》をかせられ、あらゆる自由を奪われた少女——そんなのまるで、フェリスと同じじゃないか。

だが、そんな少女はただ明るく肩《かた》をすくめるだけ。

「なんでって、そういうものだからよ。仕方ないでしょ?」

なんて笑ってから、少女は静かに問うた。

「それとも、キョーヤならなんとかできる?」

「……それは……」

思わず口ごもるが、答えなんてとうにわかっている。——不可能だ。

もしもこれが呪詛を破壊《はかい》するだけでいいのなら、今すぐにでもできただろう。簡単な話だ。ラーヴァンクインを一振《ひとふ》り、それで事足りる。そして封印するだけでいいというなら、やっぱりこれも可能だったろう。楽勝……とまでは言わないが、一時間もあれば呪詛を分《ぶん》離《り》して封じることは難しくない。

ただ、今回に関してはそれではダメなのだ。《冬枯れの毒》は彼女の魂とあまりに深く結びつきすぎている。割合としては彼女の根源の九割九分はこの呪いが占《し》めていると言えるだろう。つまり、実態としては主体となっているのは呪詛の方であって、彼女はそこに寄生しているだけに過ぎないのだ。

だから、《冬枯れの毒》を破壊しようと、分離して封印しようと、この呪詛がなくなった時点で彼女という存在は維持《いじ》できなくなる。傷ついた根源を補うというならまだ方法はあるが、最初から単体として成立していないのではどうしようもない。……魔王の根源に抗《あらが》えるほど強固な魂を持っていたフェリスの時とはわけが違《ちが》うのだ。

制約に則《のっと》れば彼女は処刑され、制約に抗っても生きられない――彼女の命運は、生まれた時から決まっているということ――

「……すまない。俺にはどうにもできない……」

「正直なのね。でもいいわ。わかってたことだもの」

と、気にした様子もなく笑う少女。だが、それはあくまで彼女はの話。――『いいわけないだろ』、思わずそう叫《さけ》びたくなる。けど何もできない俺がそれを言うのは、あまりにも卑怯《ひきょう》だ。

だから、口を滑《すべ》らせる前に話題を変えることにした。

「……ところでさ、今更《いまさら》だけど名前を教えてくれよ」

いつまでも『あんた』と呼ぶのも失礼だろうと思い提案したのだが……少女はなぜか怪《け》訝《げん》な顔に。

「？　さっき教えたでしょ？　《冬枯れの毒》よ」

「え？　いや、そっちの名前じゃなくて……」

「ああ、『腐蝕の巫女』の方？」

「いやそっちでもなくて」

どうにもうまく伝わっていないらしい。

「あんた自身の名前だよ」

「へ……？　私の……？」

「他に誰《だれ》もいないだろ」

「そ、そうね、そうよね……そっかそっか……ふふ、名前ね、名前……ふふふ……」

と、急にそわそわし始めた少女は、なぜか頬《ほお》を赤らめながら答えた。

「し、シセラよ！　私の名前はシセラ！」

「わかった、シセラだな」

と了承《りょうしょう》するも……

「……あ、待って！　やっぱアリエッタがいいかも！　いや、リリアにしようかな……あーでもルビエラも捨てがたいし……」

うーん、うーん、と頭を抱《かか》えて悩《なや》む少女。その様子からするに、どうやら名前を持っていないらしい。……この世界の住人は、誰も彼女に名前の必要性を感じなかったということか。

「……シセラがいいと思うぞ。響《ひび》きがよく似合ってる」

「そ、そう？　そうかな？　キョーヤがそう言うなら……うん、じゃあシセラで決まり！

……えへへ」

と、少女――シセラはこそばゆそうにはにかむ。彼女にとっては『名前を名乗る』という行為《こうい》すら特別なのだろう。不幸や不条理というものは、なぜこうもよってたかって一人をいじめるのが好きなのか。その証拠《しょうこ》に、ほら……今もまたもう一つの理不尽の足音が近づいてくる。もっとも、これに関しては俺のせいかもしれないが。

「――かぶらない転移先を選んだはずなんですけど……なんでここにいるんですか？」

沸き上がる感情を抑えながら、俺は扉の外へ尋《たず》ねる。

すると、返って来たのは聞き覚えのあるけだるげな声だった。

「――あー、途中《とちゅう》で気が変わっただけだ。よくあることだろ？」

鉄扉《てっぴ》を蹴《け》破《やぶ》り現れる集団。

その先頭に立っていたのは、他でもない天野彌彦《あまのやひこ》だった。

「しかし奇遇《きぐう》じゃねーか。なー新入生？　まさかたまたまかぶっちまうとはなー」

などと白々しく笑う天野。どうやらわざわざ回収先をかぶせてくれたようだ。もちろん、その目的は明らか。

「お前らさー、ローゼの犬志望なんだろ？　わりーなー、俺たちのせいでダメになっちまったら」

普段だるそうにしているくせに、新人潰《つぶ》しだけは熱心らしい。

そうして天野はぐるりと室内を見回す。

「んで呪法は……あー、『ソレ』か？」

シセラを一瞥《いちべつ》した天野は、『とりあえず心臓だけ抜き取りゃいいか』と遠慮《えんりょ》なく手を伸《の》ばす。なので……俺もその前に進み出た。

「キョ、キョーヤ……？」

「心配ない、下がってろシセラ」

「おいおいなんだ、てめーら仲良くなってんのか？　ならなおさら回収はきついだろ？　俺たちがやってやるからさー、無理しなくていいぞー？」

「お気遣《きづか》いどうも。ですが、その必要はないですよ」

相手は上院の先輩だ。こちらも丁寧《ていねい》に答える。……が、どうもあまり意味はなかったらしい。天野はくつくつと笑い始めた。

「ははっ、あー、やっぱりだわ。やっぱてめーは気に食わねー。最初に見た時からそーじゃねーかと思ってたんだがなー、やっぱそーだよなー」

「俺、何か気に障《さわ》るようなことしましたっけ？」

天野と会ったのは先ほどの上院が初めて。それも直接言葉は交《か》わしていない。葛葉《くずは》のとばっちりかと思いきや……どうやら理由はもっとシンプルらしい。

「あー、気に障るね。そのツラだよ。てめーの顔は気に食わねー」

なるほど、顔と来たか。こればかりは生まれつきなのだからどうしようもない。

「俺はよー、他人のツラ見りゃだいたいわかっちまうのさ。そいつがどーゆー人間か。だからてめーのこともすぐわかったよ」

「そうなんですか、すごいですね。で、俺の何がわかったんですか？」

後学のために尋ねてみる。すると、天野は簡潔に答えてくれた。

「てめーが反吐《へど》の出る偽善者《ぎぜんしゃ》ってことがだよ。……世の中、クズってのはごまんといるもんだ。マヌケなクズ、ノロマなクズ、ノータリンなクズ。だが中でも俺が一番嫌《きら》いなのはよー、善人気取りのクズさ。たとえば……てめーみてーな、な」

そうして天野はぐっとこちらに身を寄せて囁《ささや》いた。

「てめーだって下調べぐらいしてきてんだろ？　なら知ってるはずだ。どうせこの巫女は一週間後には死ぬ。一週間だぞ？　んなもんただの誤差だろーが。それを守ることにヒーローごっこ以外何の意味があんだよ」

「誤差、ですか。そう思うならそれこそ待ってもいいんじゃないですか？　だって誤差なんですよね？　だいたい、今ここで殺してどうする気ですか？　制約に従わずこの結界から呪法を持ち出すのは……あなたたちじゃちょっと難しいと思いますが」

「ははっ、葛葉みてーな口を利くじゃねーか。……なーお前、今死ぬか？」

無感情なその言葉と同時に、空気がピリピリと震《ふる》えだす。天野本人は何の戦意も見せていないが、代わりに背後の部下たちが臨戦態勢に移ったのだ。力が封じられるこの結界内でも魔力を練れるあたり、全員それなりの腕《うで》はあるらしい。さすがは上院組と言ったところか。……シセラがいるここでやりたくはないが……そうも言っていられないようだ。

──だが構えようとしたその間際《まぎわ》、全く予想だにしない声が聞こえて来た。

『──はぁ、はぁ……あ、見えました、頂上ですよ！』

『ごーるです？　いっとうしょうです？』

『そうだよララちゃん、あと少し！　きっとすごいドラゴンがいるんだよ！』

『ララ、もふもふどらごんがいいです！』

扉の向こうから響いてくるのは、なんとも間の抜けた会話。と同時にどたどたと階段を上がってくる足音が。

まさかこれは……なんて固まっている間にも声はどんどん迫《せま》ってくる。

『ほら、扉が見えたよ！』

『いっしょにごーるするです！』

『それじゃあせーので行くよ！　せーの――』

『『――とうちゃ～～～く!!』』

そうして元気いっぱいに飛び込んできたのは、もはや言うまでもない二人組であった。

「……って、あれれ？　なんだかたくさん人がいますね！」

「だいせいきょうです？」

と、登場早々目を丸くする小毬《こまり》とララ。

これはまずい――と思って隠れようとするも時《とき》すでに遅《おそ》し。真ん丸な二人の眼がこちらに向くや、『『あー!!』』と揃《そろ》って叫び声がした。

「恭弥さん?!　恭弥さんじゃないですか!?」

「きょうや、まっててくれたです！　どらごんよりうれしいです！」

「……人違《ひとちが》いだ」

「おいてめーら、一般《いっぱん》生徒か？　俺たちは執行部《しっこうぶ》だ。とっとここから失《う》せ——」

「何言ってるんですか、恭弥さんですよね！　ねっ！」

「ごほうびです？　さぷらいずです？」

「知らん知らん、誰だそのキョーヤとかいうやつは」

「ぎゃーぎゃー騒いでねーで聞けや。執行部権限により——」

「あっ、もしかして……照れてるんですか⁉　そうなんですね！」

「きょうやかわいいです！　つんでれです！」

「だからそういうんじゃなくて……」

「——おいこらてめーら、シカトこいてんじゃねーぞっ‼」

と、全く話を聞かない二人に対し天野が声を荒《あら》らげる。小毬はそこでようやく天野の存在を認識《にんしき》したらしい。

「あっ、もしかして……恭弥さんのお友達ですね！　はじめましてっ！　私、伊万里《いまり》小毬って言いま……」

「ちげーよクズ。てめーらまとめて殺すぞ」

と、天野は大層ご立腹な様子。まあ無理もない。天野は学園四大派閥のトップ、彼《かれ》を堂々とシカトする人間になどこれまで会ったことがなかったのだろう。つまりは火に油が注がれてしまったわけだが……どうすんだこの状況《じょうきょう》？

なんて途方《とほう》に暮れかけていた時、思わぬ助け舟《ぶね》が現れた。

「――あれあれ、こら珍《めずら》しい。『殺す殺す』ゆうてきゃんきゃん吠《ほ》えるだけなんて、天野さんらしくないですねえ。それじゃまるで小物のチンピラみたいやないですか～」

いつの間にやって来たのか、背後から響くのは神経を逆なでするねちっこい声――

「チッ、葛葉か……」

「どうも天野さん、さっきぶりですねえ。しっかしちょこっと見ん間に優《やさ》しくなりました？　いつもの天野さんなら能書き垂れる前に殺してるやないですか？　……あ、それともあれですかねえ？　女神《めがみ》さんから釘《くぎ》さされてたり？『ローゼと揉《も》めるな』ゆうて」

ゆらりと現れた葛葉は、いつも通り飄々《ひょうひょう》と笑う。

「まー、それならしゃーないですね。『上院は女神の後ろ盾《うしだて》が不可欠』……それは天野さんかて同じこと。女神さんの機嫌《きげん》損ねるっちゅうわけにはいきませんもんねえ？」

来て早々に嫌味《いやみ》ったらしく煽《あお》る葛葉。ますます火に油かと思いきや、天野は舌打ちするだけで反撃《はんげき》はしてこない。どうやら図星らしい。

「まっ、なんにせよこの呪法を今回収するんは無理ちゃいますか？　おたくの結界術師、霧谷（きりや）くんと屋那瀬（やなせ）ちゃんでしたよねえ？　その二人にはちと荷が重いでしょう」

「ならてめーはできんのかよ？」

「ははっ、何言うとりますの？　無理に決まっとるやないですか。このレベルの終焉呪法を制約無視で封印なんてそれこそ神業《かみわざ》ですわ。……っちゅうわけで、お互《たが》い手出しはできんことですし、今日のところは一旦《いったん》おひらきといきませんか？　まっ、不良気取りの中坊《ちゅうぼう》みたくガンの飛ばし合いがお好みっちゅうならうちは止めませんけど」

いちいち癇《かん》に障る言い回しではあるが、実際言っていること自体は理にかなっている。そしてその理がわからないほど上院生はバカではないらしい。ぎろりとこちらをねめつけた天野は……それでも潔く《いさぎよ》踵を返した。

「ひきあげだ」

その指示に従ってぞろぞろと扉へ向かう天野一派。……ただし、天野は最後に囁くのを忘れなかった。

「良かったなー、雑魚《ざこ》の癖《くせ》にローゼに気に入られて。けど覚えとけ。いつまでも女神が天上にいるわけじゃねー。そのうち俺が本当の意味で実力主義の世界にしてやるよ」

「へえ、そうですか。そりゃ楽しみにしときますわ」

そうして今度こそ天野たちは退場していく。

はあ、なんとかなったか。今回は葛葉に救われた形だ。不本意ではあるが、この手の駆け引きではやはり頼《たよ》りになる。……ただ、一難去れば万事《ばんじ》解決とはいかない。なにせここにはもう一つ、より大きな問題が残っているのだから。

「恭弥さんっ!!」

「きょうや～!!」

と、天野たちが消えた瞬間《しゅんかん》飛びついてくる小毬とララ。もう横槍《よこやり》を入れてくれる奴《やつ》もいない、俺は二人を引きはがしながら仕方なく問う。

「で、お前らなんでここに？」

「言ったじゃないですか、遠征だって！」

そういえば、ステージ：Ｉの異世界へ遠征するとか言っていたっけ。よりにもよってこの世界に来ていたとは。

「最初の依頼《いらい》はイノシシ討伐だったんですけどね、これがすっごい強敵で！　一週間にもわたる激戦でしたよ！　で、そのあともお手伝いできること何かないですかって聞いたら、この塔に食料品を届けてほしいって。聞くところによるとですね、この塔にはなんだかすごーくこわい呪いが封じられてるとかって！」

なるほど、偶然《ぐうぜん》とお節介《せっかい》の結果こうなったわけか。

「でも全然ですね！　呪いなんて迷信《めいしん》ってやつですよ！」

やはりと言うべきか、こいつは何もわかっていないようだ。

「いや、呪いはあるぞ。シセラの中にな」

と、後ろで縮こまっているシセラを指さす。ちなみに当の本人《シセラ》はと言うと、これまで見た事もないぐらいの大人数を前にフリーズしている。

そんなシセラを見た小毬は……

「もー、何言ってるんですか！　ただの可愛《かわい》い女の子じゃないですか！　失礼なこと言っちゃだめですよ！」

「いや、そうじゃなくて……」

事実を言っているのだが、なぜ怒《おこ》られなきゃならんのか。説明を追加しようとしたところで我に返る。こいつのペースに呑《の》まれてはいけない。

「……いいや、俺は帰る。細かい事情は直接本人に聞け。……行きましょう、葛葉先輩《せんぱい》」

「え、ちょっと、キョーヤ⁉」

「恭弥さん、まだ話は終わってないんですけどっ！」

と二人に引き止められるも、こいつらに捕《つか》まるわけもなし。止めようとする手を躱《かわ》してさっさと部屋を後にする。

「ええんか？　もうちょいお話ししてかなくて」

「いいんですよ」

そう、今は小毬たちと遊んでいる場合じゃない。考えなければならないことが山ほどあるのだ。


そうして葛葉が確保した宿に戻《もど》ると、俺たちは早速状況《さっそくじょうきょう》の整理を始めた。

「さてと……で、どうやった？　終焉呪法は？」

「名前通りでした。とんでもない代物《しろもの》ですね」

「はは、せやろせやろ。……で、どうや？　回収はできそうか？　テイワス派が来とるからなあ、できれば一週間待たずに回収できればありがたいんやけど」

「無茶《むちゃ》言わないでくださいよ。自分でも言ってたじゃないですか、あれを制約無視で封印なんて人間じゃ不可能です」

「そうやな〜、けど何事にも例外はある。……君ならいけるんと違うか？」

さりげなく、だが鋭《するど》い視線が突き刺《さ》さる。……まあ、実際その通りだ。封印するだけならいくらでもできる。ただし、それはイコールシセラを殺すということで……

「いえ、普通に無理ですよ。あの終焉呪法に設定された穴が極夜だっていうなら、それを待つしかないです。それがこの手の祝福や呪詛を扱う鉄則でしょう？　それにほら、さっきはまだ夜間の弱まった状態しか見てません。学園へ持ち帰るなら日中の状態も確認《かくにん》して対策しなきゃいけないですし……」

もっともらしい理由を並べ立てる俺《おれ》を、葛葉はすぐに遮《さえぎ》った。

「ああ、わかったわかった、もうええよ。……ところでなんやけど、あの女の子、可哀想《かわいそう》やったなあ。思わず同情してしまいそうなぐらいや」

「……な、何が言いたいんですか？」

一瞬《いっしゅん》疑うようにこちらを見た葛葉は、しかし、すぐに肩をすくめた。

「ま、無理ならしゃーないわ、大人しく待つしかないわな。どっちにしろ準備もあることやし」

「準備……？」

「ああ、回収した後の〝仕込《しこ》み〟を少しな」

封印《ふういん》してローゼに渡《わた》すだけ、ではないのだろうか？

「あの、なんなら手伝いましょうか？」

「ああ、別にええよ。これは企業《きぎょう》秘密やからな。……あ、ちなみに工房《こうぼう》にこもるから護衛もしばらくいらんで」

『工房』とはすなわち、術式精錬《せいれん》に専念するためにこもる秘密基地みたいなものだ。大抵は専用に構築した異空間に設けられる代物で、トーセン時に雛《ひな》と襲撃《しゅうげき》した執行部の大結界制御《せいぎょ》空間が良い例だろう。俺の場合はパンテサリウムが工房も兼《か》ねている。まあ要するに、魔術師《まじゅつし》にとって工房は金庫兼《けん》セーフルームに等しい場所。なので部外者が立ち入ろうとするのは絶対にありえないのだ。

「わかりました。それなら一週間後まで俺は封印用の術式を練ってます」

「ああ、そうしてくれ。その頃《ころ》にはこっちも終わるから。……ってことで、ほな解散やな」

と言うが早いか、指を鳴らした瞬間消える葛葉。こういう話が早いところは素直《すなお》にありがたい。

「さて……こっちも始めるか」

自由になった俺は早速《さっそく》パンテサリウムを呼び出す。こちらも術式の準備に取り掛《か》からなければ。封印するだけなら簡単だが、それとは別にやるべきことがあるのだ。たった一週間で間に合うかはわからないが、やれるだけやってみよう。

そうしてしばらく術式構築に熱中した後、ふと時計を見る。じきに夜が明ける時間だ。

「そろそろか」

作業を中断した俺は、パンテサリウムを後にする。向かう先はあの世界樹の塔《とう》だ。もうすぐ日の出、すなわち《冬枯れの毒》が本当の姿を見せる時間。解析《かいせき》によって既《すで》に最大スペックは把握《はあく》しているが、それでも実際の姿を確認しておくに越《こ》したことはない。

……ただその前に、片づけなければならないことがもう一つ。

俺は半日前と同じように螺旋階段を登り、その先の扉をノックする。困惑《こんわく》気味の返事に応じて中へ入ると、シセラがほっとしたように駆《か》け寄って来た。

「ああ、良かった！　あのねキョーヤ、実はちょっと困ってて……」

「わかってる。どうせ小毬たちだろ？」

と室内へ視線をやれば、案の定シセラのベッドを占領《せんりょう》してぐーすか寝《ね》ている小毬とララが。やっぱりこうなったか。

「あ、あのあとずっとここでお喋《しゃべ》りしてたんだけどね、途中で二人とも寝ちゃって……起こしても全然起きなくて……もう日の出も近くてどうしようかと……」

「そんなことだろうと思ったよ」

何《なに》を隠《かく》そう、この二人には何度もベッドを占領され床《ゆか》で寝かされた経験がある。今回もそうなるだろうと二人を回収に来たのだ。

ということで二人をまとめて担《かつ》ぎ上げる。すると、シセラはくすくす笑った。

「ふふ、なんだか慣れてるのね」

「ああ、まあな。……悪かったな、迷惑《めいわく》かけて」

「ううん、そんなことないわ。その……すごく楽しかったから」

と、照れたようにはにかむシセラ。

「ずっとお喋りしてた、って言ってたよな？　どんな話をしたんだ？」

「えっと、私のこと聞いてきたから、あなたにしたのと同じ話を。そしたらね、小毬ちゃん、『そんなのあんまりです！』っていきなり怒って、泣き出して、ばたばたしたあと棚《たな》にぶつかって、一緒《いっしょ》にちらばった本を片付けて、それからララちゃんにバナナをわけてもらって、なぜかトランプで遊んで……そのあと二人して寝たわ」

うん、さすがは小毬たち。実にやりたい放題である。

「まあこういうやつらだからな、友達は苦労するぞ」

「へ？」

俺の言葉に一瞬きょとんとしたシセラは、すぐにあわあわと首を振《ふ》る。

「と、友達なんて、私、そんな……だって、そういうのわかんないし、うまく友達できないし、今日あったばっかの引きこもり女なんて、そんな風に思ってくれるはず……」

と早口で予防線を張るシセラ。まったく、まだわかっていないようだ。仕方がないから現実を教えてやろう。

「残念だが、手遅《ておく》れだ。お前がどう思おうとこいつらはとっくにお前と友達になったつもりでいるよ。どうせ明日からも押《お》しかけてくるぜ。そういう奴らだからな。まっ、疫病神《やくびょうがみ》にとりつかれたとでも思って諦《あきら》めるんだな」

と言うと、シセラは少し照れくさそうに……だけど、とても嬉《うれ》しそうに微笑《ほほえ》む。……ただし、それから余計なことを思い出したようだ。

「あ、そういえばキョーヤ、さっき嘘《うそ》ついたでしょ」

「は？」

「あなた、やっぱり二人のことよく知ってるんじゃない。っていうか最初の時も名前呼ばれてたし」

「いや、それは、腐《くさ》れ縁《えん》って言うか昔の話っていうか……」

「ちょっと、ちゃんと聞かせなさいよ！」

と詰《つ》め寄ってきたシセラは……そこでハッと立ち止まった。

「……そうね、やっぱりそれ、今度でいいわ」

「シセラ……？」

「二人を連れてもう行って。……夜が明けるわ」

そう呟《つぶや》くシセラの表情は、これまで見た中で一番暗く曇《くも》っている。

「その……できるだけ遠くに行ってね。日が昇ればこの結界内も毒で満たされる。私以外は誰も生きられない。だから絶対に近づかないで。……あなたたちを傷つけちゃったら、嫌だから……」

きっとそれが彼女《かのじょ》にとって何よりの恐怖《きょうふ》なのだろう。

だから俺にできるのは『わかった』と頷《うなず》くことだけだった。

「おやすみ、シセラ」

「……うん」

そうして二人を抱えて塔を後にする。

螺旋《らせん》階段を降り切り外に出たところで……不意に声をかけられた。

「──おっと、先、越されちゃいましたか～」

振り返らなくてもわかる。そこに立っていたのは新たな小毬のチームメイト──祇隠寺《ぎおんじ》凛《りん》。やはり来たか。

……いや、『来た』というより恐《おそ》らく最初からいたのだろう。

「ほら、荷物だ」

「どーもどーも」

まずは眠《ねむ》りこけている二人の受け渡し。……だが、当然それだけで終わらせる気はない。

「……で、お前は……いや、お前らは何を知ってる？」

「何って、なんのことですか？」

「前に言ってたろ。『そろそろ動き出す』だの、『抑止力《よくしりよく》』がどうだの」

思わせぶりに口にしていたあの言葉は、明らかにこの現状を予期してのもの。祇隠寺とその背後にいる誰かさんたちは知っていたのだ、世界を滅《ほろ》ぼす終焉呪法が大量発生することを。

「あ～、その話っすか？　ならこれも前に言いましたよねえ？　知りたいなら仲間になってくださいよ。もちろん裏切られたら困るんで、契約魔法《けいやくまほう》にサインはお願いしますけどね」

「そんなリスク呑めるわけないだろ」

「えー、そうですか？　ジブンだったら、アレを見れば頷いちゃいますけどね～？」

と祇隠寺がうそぶいたちょうどその時、東の地平線から一条《ひとすじ》の光が差した。眩《まばゆ》い黎明《れいめい》の煌《きら》めきは矢の如く大地を駆け、静謐《せいひつ》な闇《やみ》を鮮《あざ》やかに切り裂《さ》いていく。――とうとう夜明けが来たのだ。……そしてそれは、《冬枯れの毒》の目覚めをもまた意味していた。

暁《あかつき》の光が差し込んだ瞬間、塔内部《とうないぶ》で爆発的《ばくはつてき》に膨《ふく》れ上がる魔力《まりよく》。それは光と熱を喰らい際限なく自己増殖《じこぞうしょく》を続ける腐敗《ふはい》の毒。万象《ばんしょう》を喰《く》らい尽《つ》くしてなお留《とど》まるところを知らぬ厄災の呪詛《じゅそ》。世界樹の結界内にあってなおこの禍々《まがまが》しさ、こんなものが解き放たれれば確かに世界樹は終わる。まさに終焉の名を冠《かん》するにふさわしき破滅《はめつ》の力だ。

「いやあ、やっぱとんでもないっすよね～、終焉呪法。ジブンも最初に聞いた時は『世界を滅ぼすとか大げさすぎ～』なんて思ったもんすけど、こうして目《ま》の当たりにしちゃうとね～。わる～い人たちに悪用されたら、とか考えると夜も眠れなくなっちゃいますよね～」

「だからお前たちがそれを阻止《そし》すると？」

「イエス、って言ったら手伝ってくれます？」

なんて白々しく問われた俺は、思わず鼻で笑ってしまった。

「馬鹿《ばか》言うな。お前らどうせ反学園派の組織だろ？　学園は悪で、お前らは正義の味方。終焉呪法の悪用を防いで世界を救う、ってか。――ははっ、冗談《じょうだん》だろ。なんでそれが信用できると思ってんだ？　俺から言わせればどっちも似たり寄ったりさ」

「あれれ、もしかしてなんすけど……なんか怒ってません？」

怒ってるかって？　――当たり前だ。

「答えろ、なぜ小毬を巻き込んだ？　学園潜入《せんにゅう》の隠れ蓑《みの》にするにしろ、わざわざ危険なこの世界へ連れてくる必要はなかったはずだ。俺への脅《おど》しのつもりか？」

「だから違いますって。あなたたちが来たのは偶然。こっちにはこっちの事情があるんすよ～。っていうか、今更保護者面ですか？　小毬さんを捨てたのは誰でしたっけ～？」

「ああ、そうだな。俺に他人を非難する資格はない。だけど、お前だってもうわかってるはずだぞ。そいつは……小毬は本物だ。俺や、学園や、お前らみたいに、力があるくせに内輪もめばかりしてるくだらないエセとは違う。いつだって目の前の困ってる奴に全力な、本物の勇者だよ。だから……もしお前らに正義があるって言うのなら、こいつを危険に晒《さら》すような真似《まね》はしないはずだ」

感情に任せてそう口にするが、本当はわかっている。こいつみたいなタイプに伝わりっこない。だからこの言葉には何の意味もないと。……けれど、返って来たのは予想外の呟きだった。

「……知ってますよ、そんなこと。あなたよりずっと前から」

零《こぼ》れるようなその呟きに滲《にじ》むのは、紛《まぎ》れもない苛立《いらだ》ちの色。それはこの少女が初めて見せる感情の一端《いったん》だ。……ただ、それは俺へ向けたものとは違う。もっと大きな何かへ対する諦め混じりの憤《いきどお》りのような……

「……もしかしてお前、小毬を知っていたのか……？」

思わず問うも、一歩遅かったらしい。

「何言ってるんすか？　そんなわけないじゃないっすか～。あなたの言う通り、小毬さんはただの隠れ蓑ですよ」

一瞬垣間《いっしゅんかいま》見えた感情は消え、その顔にはいつもの笑《え》みが張り付いている。きっとこれ以上は拷問《ごうもん》したって本音を吐かないだろう。

と、その時だった。朝日に反応してむにゃむにゃと動き始める小毬。太陽が昇《のぼ》ったら起きて、太陽が沈《しず》んだら眠る。それが小毬という生物の超健康的《ちょうけんこうてき》な習性である。

「おっと、時間切れっすね。それじゃあまたどこかで」

そう言い残した祇隠寺は、小毬とララを抱えたままどこかへ転移していく。

三人が消えた後、俺はそっと後ろを振り返った。

太陽の下、悠然《ゆうぜん》と立つ世界樹の塔。その最上部ではおぞましい呪《のろ》いと共に一人の巫女《みこ》が眠っているのだろう。腹のうちに大きすぎる何かを抱えた少女というのは、どこの世界にもいるようだ。

「……さて、俺も帰るか」


――――――……

――――……

それから数日。

極夜を待つだけの日々は淡々《たんたん》と過ぎていく。

あれ以来天野たちからの妨害《ぼうがい》はなく、葛葉も工房にこもりきり。俺は俺でひたすら術式の仕込みをするだけ。ある意味で退屈《たいくつ》な毎日だ。

ただし、欠かさずやらなければならぬ日課が一つ――

「――また来たのね、キョーヤ」

「ああ」

夜明け間際の塔にて、今日も裸足《はだし》の少女が出迎《でむか》えてくれる。

俺がここを訪《おとず》れる理由とはずばり……寝落ちした小毬たちの回収だ。

『塔の中で孤独《こどく》に処刑《しょけい》を待つ少女』――そんな境遇《きょうぐう》のシセラを小毬が放っておくはずもなく、あれ以来毎日遊びに来ているらしい。

だが、困ったことに塔に入れるのは夜限定。規則正しい生活習慣の小毬とララに昼夜逆転は難しく、遊びに来ては夜明けまでもたずに寝落ちしてしまうのだ。

よって、三日目の今日もこうして俺が迎《むか》えに来たのである。

「あなたも毎日大変ね」

「これぐらいは慣れてるよ」

なんて言葉を交わすのも既にお決まりの光景だ。

「でも、どうせなら一緒に来ればいいじゃない。二人ともあなたに会いたがってたわよ」

「ちょっと色々あってな。顔を合わせづらいんだ」

「あっ、もしかして……元カノとか⁉」

と、何やら嬉しそうに食いついてくるシセラ。というかその単語、この世界にも存在してるんだな。

「そういうのじゃないから」

「でも親しいんでしょ？　もしかして喧嘩《けんか》中とか？」

「ああ……まあ、そんなようなもの……」

と言いかけて首を振った。

「いや、やっぱり違うな。俺が一方的に悪いんだ、それを喧嘩とは呼ばないだろ。……っていうか、この話はヤメだ」

「え〜、面白《おもしろ》そうなのに〜！　もっとちゃんと聞かせてよ！」

これ以上追及《ついきゅう》されてはたまらない。さっさと退散しよう。……と思い小毬たちを担ぎ上げようとしたその時、不意におかしなものが目に入った。

「ん？　なんだこれ……？」

　思わず床から拾い上げたのは分厚い紙束。その一ページ目にはでかでかと『マル秘・脱《だっ》走《そう》大作戦!!』の文字が。

「……いや、マジでなんだこれ？」

「ああ、それね。昨日二人と一緒に作ったの。ここを脱出《だっしゅつ》する計画書よ」

「だ、脱出って……それ、本気で……？」

　と尋ねると、シセラはけらけら笑った。

「もー、何言ってるの、そんなわけないでしょ。脱走なんて子供の頃散々やったわ。でも無《む》駄《だ》。私の体は外へ出ようとすると引き戻されるの。そういう風になってるのよ。……けど、できないってわかってても、色々空想するのって楽しいじゃない？」

　そう微笑みながら計画書のページをめくるシセラ。

『ステップ1、処刑人を後ろから闇討《やみう》ち！　ステップ2、逃《に》げ出す！　ステップ3、あとは気合でなんとかする！』――肝心《かんじん》の脱走計画はシンプル且《か》つ杜撰《ずさん》そのもの。さすがは小毬謹製《きんせい》だ。

　その代わり次ページにでかでかと踊《おど》っていたのは『自由になったらやることリスト!!』

の文字。しかも、それが何ページにも渡って延々羅列《られつ》されている。きっとこっちを考え始めたら楽しくて止まらなくなってしまったのだろう。

「小毬ちゃんってすごいのよ、素敵《すてき》なことたくさん思いつくの！　私がやってみたいこと全部知ってるみたいに」

「あいつの場合、自分がやりたいこと書いてるだけだぞ。『他人の気持ちを考える』って能力が著《いちじる》しく欠如《けつじょ》してるからな」

「もー、ひどいこと言わないの！　でももしそうなら、小毬ちゃんも私と同じような時期があったのかもね……」

と呟きながら、シセラは爆睡《ばくすい》中の小毬の頬《ほお》を優しくなでる。すっかり仲良くなったらしい。……その穏《おだ》やかな姿を見ると、どうしても尋ねずにはいられなかった。

「……本当に逃げようとは思わないのか？」

「何よ突然《とつぜん》。さっきも言ったでしょ。そんなの無理って……」

「もしも……もしも可能だったとしたら？」

しつこいとはわかっていても、勝手に口から出てしまう。それを聞いたシセラは少し真面目《まじめ》に……けれど、同じ答えを繰《く》り返すのだった。

「決まってるじゃない、やらないわ。塔の外では《冬枯れの毒》を抑《おさ》えられない。そうなれば私も死ぬし世界も終わってしまう。どっちにしても死ぬのなら、せめて一人で死ぬべきでしょ？」

どちらにしても結果が同じなら、より不幸が少ない方を選ぶ……彼女の言葉は疑いようもなく『正しい』ものだった。彼女はきっと理解しているのだろう。名前も与《あた》えられず、靴《くつ》を履《は》くことも許されず、生涯《しょうがい》を幽閉《ゆうへい》されて過ごす運命が、最初から定められたどうしようもない〝役割〟なのだと。そしてだからこそ、せめてその役に正しく殉《じゅん》じようとしている。誰《だれ》に命令されたわけでもなく、唯一抱《ゆいいつだ》くことを許された己《おのれ》の良心に従って。その信念と覚悟《かくご》はそれこそ『正しい』もの。賞賛こそすれ、非難すべきものではない。……だけど、わかっているからこそ思ってしまう。どうしてこいつらはいつもこうなんだろう？

「……外にいるのなんて、全部お前に押し付けた連中だろ？　呪詛も役割も何もかもお前に背負わせて、自分たちだけ幸せに暮らしてる。そんなの筋が通らない。お前が死ぬんなら……そいつらだって死ぬべきだ。それが道理ってもんじゃないか」

我ながらなんと子供じみた理屈《りくつ》だろうか。だが口をついてしまうものは仕方ない。

すると、束《つか》の間《ま》きょとんとしたシセラは……さもおかしそうに笑い始めた。

「な、なんだよ……」

「ふふふ、ごめんごめん。なんか今の、悪役っぽい台詞《せりふ》だと思ってさ」

なんだその感想は。

「でも、あんまりおすすめしないわよ。あなたの顔じゃそういう台詞、全然似合ってないから」

「ほっとけ。地味な顔で悪かったな」

天野にしろシセラにしろ、人様の顔にケチをつけるとはなんてやつだ。

「あれ、怒った？　別に悪口じゃないのよ。でもやっぱり、あなたは悪役とか主役とかってよりは『従者役』って感じ？　あ、ほら、アーノルドとか似合いそう！」

「誰だそれ？」

「知らないの？　私が一番好きなお話に出てくる男の子でね、勇者ルミナ王子の従者なの。動物のお世話が好きなイイ子なんだけど、実は主人であるルミナ様に禁断の恋心《こいごころ》を抱いていて……」

「そ、そりゃなかなかに先進的な設定だな……」

と素朴《そぼく》な感想を漏《も》らした瞬間、シセラががばっと食いついてきた。

「もしかして、興味わいた⁉」

鼻息荒く詰め寄ってきたかと思えば、こっちが答える前に本棚《ほんだな》へダッシュするシセラ。

そして引っ張り出してきたのは一冊の本だった。

「『塔の上のシセラ姫《ひめ》』……？」

「ええそうよ、これ、私の大好きなお話なの！　塔に幽閉されたシセラ姫と勇者ルミナ王子の物語なんだけど、このルミナ様が超《ちょう》イケメンでね～！　もちろんシセラ姫をエスコートする姿もカッコイイんだけど～、私的にはアーノルドとの主従を超《こ》えた絡《から》みが最推《さいお》しで～、あ、一番好きなのは236ページの――」

と、何やら加速度的に早口になっていくシセラ。話の内容はわからないが、自分の名前にするぐらい大好きだということはよく伝わった。推しへの愛は万国《ばんこく》共通ということか。

なんにせよ、これ以上ヒートアップする前に止めなければ。

「あー、わかったわかった。あれだろ？　最後にはその勇者ルミナ様が迎えに来てめでたしめでたし、って感じだろ？」

確か外国の寓話《ぐうわ》にそんなような話があったはず。この手の結末は大抵一緒《たいていいっしょ》だろう。……と思いきや、どうやらそうでもなかったらしい。

「あら惜《お》しいわね。でもハズレよ。この話、ハッピーエンドじゃないから」

そうしてシセラは少し落ち着いて話し始めた。

「シセラ姫はね、先祖が受けた呪いによって雲より高い塔のてっぺんに閉《と》じ込《こ》められていたの。そんな彼女を助けようと、勇者であるルミナ王子は様々な障害を越えて毎日塔に登ったわ。そして扉越《とびらご》しに逢瀬《おうせ》を重ねることで次第《しだい》にシセラ姫に惹《ひ》かれていった勇者は、ついに彼女へ結婚《けっこん》を申《もう》し込むの。呪いを解く唯一《ゆいいつ》の方法はね、愛する人と結ばれることだったのよ！」

寓話にありがちな唐突《とうとつ》な結婚賛歌である。……ただ、そこで終わる話ではなかった。

「だけどね、彼女に惹かれたのは勇者様だけじゃなかった。昼間に来る勇者様と同じように、夜になると毎晩彼女の元に一匹《いっぴき》の悪魔《あくま》が現れるようになったの。そして悪魔もまた彼女に求婚《きゅうこん》するのよ。王子は世界で一番安全な城での生活を。悪魔は世界で一番の自由を。それぞれ姫に約束するの。そして姫が選んだのは……悪魔の方だった。城の中でただ寵愛《ちょうあい》されるだけなら、今までと何も変わらないってね」

不意に怪《あや》しくなる雲行き。そしてシセラの話は予期した通り進むのだった。

「選ばれた悪魔はね、姫に氷でできた魔法《まほう》の靴をあげるの。そして塔の壁《かべ》を壊《こわ》して姫を解放した。自由になった姫は雲の海へ踏《ふ》み出すの。最初の一歩目はこわごわと。次の二歩目は確かめるようにそっと。そして三歩目は笑いながら。魔法の靴で踏み出すたび、雲が凍《こお》って彼女だけの道になる。姫は走った。どこまでも、どこまでも」

そう語るシセラの眼は、どこか遠くを見ていた。まるで今この瞬間、自分も物語のお姫《ひめ》様《さま》と同じ空を駆けているかのように。

だけど——

「けどね、彼女の靴は氷なの。だから太陽が昇ったらその熱で溶《と》けてしまう。夜が明けて靴を失ったお姫様は雲の上から真っ逆さま。そうして死んでしまうってお話よ」

なるほど、そっち系か。子供への教育のため、こういう寓話は無駄に恐ろしいエンドが多かったりすると聞いたことがある。

「悪い男に騙《だま》されるな、って教訓用のお話か？」

「多分ね」

と肩《かた》をすくめたシセラは、それから囁《ささや》くような声で呟く。

「……でもね、私は思うの。悪魔の約束は嘘じゃなかったって。空から落ちて死ぬまでの、ほんの数秒……彼女は確かに世界で一番自由だったんじゃないかな」

静かにそう言いながら、シセラはそっと本の背を撫《な》でる。

そこでようやく気づいた。彼女の抱《かか》えるその本は、古いだけじゃなくかなり傷《いた》んでいる。というか、本棚に並ぶすべての蔵書が同じぐらいボロボロだ。きっと代々の巫女たちが何度も何度も読み返してきたのだろう。窓すらないこの塔では唯一、物語だけが外とつながる窓であり、ここではないどこかへ続く扉だから。そう、勇者も悪魔も訪れぬこの塔で、巫女たちは空想の世界だけを夢見て、そして死んでいったのだ。……シセラがこれからそうするように。

「そろそろ夜が明けるわね。さあ、もう行って」

「……ああ、おやすみシセラ」

※※※※※

それからも変《か》わり映《ば》えのしない数日が続いた。

世界樹の塔にて眠りこけている小毬を回収し、そして……夜が明けるまでのほんの束《つか》の間《ま》、シセラと話をする。

といっても、シセラはこちらの話を聞きたがるばかり。だから喋るのはもっぱら俺の役目。学校でのこと、家でのこと、好きだった漫画《まんが》のこと。っても、俺の人生なんて平々《へいへい》凡々《ぼんぼん》。これといった大冒険《だいぼうけん》もなければ、胸躍《おど》るロマンスも当然ない。だから俺の話など、自分でも飽《あ》きるぐらいに退屈な内容だった。刺激《しげき》を求める十六の少女にとってはなおさら聞く価値もない話だったろう。

けれど、シセラはそんな俺の話をなぜか聞きたがった。そしていつも楽しそうに頷いてくれるのだ。それが少し不思議で、ある時尋《たず》ねた。

「こんな話、大して面白くないだろ？」

するると、シセラはあっさり頷いてしまった。

「ええそうね、山場もないし盛り上がりもないし、っていうか、キョーヤあんまり話上手《うま》くないしね」

「うぐっ、そこまで言わなくても……」

「でもね、それが楽しいの。……誰かとこうして顔を合わせてお話するの、ずっと夢だったから」

他人と会話する……常人にとって『普通《ふつう》』でしかないその行為《こうい》は、彼女にとっては遠い『夢』。巫女という役割に縛《しば》られた彼女には、そんな当たり前すら許されなかったのだ。

……だが、それがわかるからこそ理解できない。

どうしてシセラは笑っていられる？

「……理不尽《りふじん》だと思わないのかよ……」

思わず零《こぼ》したその問いを、俺はすぐに後悔《こうかい》する。思わない、はずがない。ただそれを表に出さないだけ。こんな聞き方は彼女を侮辱《ぶじょく》するようなものだ。

けれどシセラは怒らなかった。その代わり穏やかに微笑むと、

「そうね、理不尽かもね。……でも、今はもういいの。だって毎日小毬ちゃんたちが会いに来てくれるから。それに……あなたもね、キョーヤ。だから私はもう満足よ」

なんて、どこかの誰かと同じ言葉を、同じ笑顔《えがお》で答えるのだった。


そうして時間は淡々と流れ、ついにその日がやってくる。――俺たちが出会って七日目、彼女にとって最後の一日が始まる朝。

その黎明間際《れいめいまぎわ》、俺たちはいつも通り向き合っていた。

「さてと……そろそろ夜が明けるわね」

いつもと同じ部屋、いつもと同じ別れ際《わかぎわ》。

「今日の日没《にちぼつ》から極夜が始まるわ。そこで私は処刑される。だから、あなたと会うのはこれで最後ね」

シセラはいつもと変わらずぺらぺら喋る。……まるで、事前に考えていた台詞を朗読するみたいに。

「あなたとのお喋り、まあまあ楽しかったわよ。小毬ちゃんたちにも遊んでくれてありが

とうって伝えといて。そうだ、小毬ちゃんと仲直りすること、いい？　これ、私の最後のお願いってやつね」

それに答えないでいると、シセラは『もー』と唇《くちびる》を尖《とが》らせる。

「さっきからそんな顔しないでよ。最初から知ってたことでしょ？　私は今日のために生まれて、今日のために生きてきた。だから別に怖《こわ》くないわ。だって、これが終わったら私はまた生まれ変わって、今度は明るい昼の世界で思い切り遊べるんだもの！　むしろワクワクするぐらいよ！」

と、シセラは明るく笑う。……けれど、気づいてしまう。微笑むその唇が微《かす》かに震《ふる》えていることに。

そして彼女もまた俺の視線で気づいたのだろう。悪戯《いたずら》っぽくちょこっと舌を出した。

「って、ちょっと演技が下手だったかな？」

『いつもと同じ』――そんなわけがないんだ。自分が殺されるその日を冷静に受け入れるなんて、そんなの無理に決まっている。それでも彼女が平静を装うのは、それが彼女にとって精一杯《せいいっぱい》の格好つけだから。

思えば最初に出会った時もそうだった。似合わない大仰《おおぎょう》な台詞に、たどたどしい大人びた演技。きっとあれは、彼女が本で読んだ一番カッコイイ誰かの真似だったのだろう。そんな無理をする理由は一つ——何も持つことを許されなかった彼女が、それでも己の矜持《きょうじ》だけは守り抜《ぬ》くために。生涯で唯一自分で選べる〝死に様〟だけは、せめて潔《いさぎよ》く。それがこの運命に対する彼女なりの最後の抵抗《ていこう》なのだ。

だったら、俺のやるべきことだって決まっている。彼女の儚《はかな》い強がりに騙されてやること。震えを抑えられないその唇を見て見ぬふりをすること。彼女が理想とする最後の姿を、そのままこの目に焼き付けていくこと。それが傍観者《ぼうかんしゃ》である俺にできる最善であり、『正しい』選択《せんたく》だ。それはわかってる。……わかってる、けど……

どうしてもそれが、許せない。

「《転身《メタス》》」

軽くそう呟いて、ベッド上の小毬とララを空間転移させる。二人の拠点《きょてん》は既に調べてあるから簡単なことだ。

ただ少しいきなりすぎたのか、シセラが隣《となり》で驚《おどろ》きの声を上げた。

「え……ちょっと、何今の？　魔法？　キョーヤ、そんなことできたんだ……」

感心したように呟いたシセラは、

「あれ？　でも、それならなんで今まで使わな——」

と首をかしげる。……だがその言葉を遮って、俺はあるものを差し出した。

「シセラ。これ、受け取ってくれないか？　……一応、誕生日プレゼントだ」

そう言って、俺は用意してあった木箱を手渡《てわた》す。

それを前にしたシセラは……ぽかんと呆《ほう》けてしまった。

ヤバイ、やっぱりいきなりすぎたか？　それともこの世界には誕生祝いって風習がないのだろうか？　いや、そもそも突然男からプレゼントとか気持ち悪いよな普通……なんて心配になったが、どうやら杞憂《きゆう》だったらしい。

数秒後、我に返ったシセラの頬にぱあっと笑顔が咲《さ》いた。

「私、プレゼントなんて初めて!!　ねえねえ、これ開けてもいい!?」

と尋ねつつ、待ちきれないのか既に蓋《ふた》を開けているシセラ。

その中に入っていたのは、一揃《ひとそろ》いのスカイブルーの靴だった。

「わあぁ、素敵……!!」

歓声《かんせい》を上げるシセラの表情は喜びに満ちている。プレゼントした側としては一安心だ。

……ただ、なぜだろう？　『わあ～！』と眺《なが》めるだけで、いつまで経《た》っても履こうとしない。

やはり本当は気に入らなかったのだろうか？

「すまん、やっぱ色とか形とか微妙《びみょう》だったか？　こういうのには疎《うと》くて……」

「違《ちが》うわ、そうじゃないの！　……その、私……靴って履いたことないから……」

と、シセラは少し恥《は》ずかしそうに眼を泳がせる。……ああ、そういうことか。

「シセラ、そこに座《すわ》ってくれ」

「え？　うん……」

言われるがまま、素直に椅子《いす》に腰《こし》かけるシセラ。その前に跪《ひざまず》いた俺は、靴を手に取ってそっと彼女の足にあてがう。すると、靴は吸い付くようにあっさりと彼女の足を包み込んだ。まるで最初から彼女のためだけに誂《あつら》えられたみたいに。

そうしてもう片方も履かせてやっていると、不意にシセラがくすくす笑い始めた。

「？　どうした？　くすぐったいか？」

「ふふふ、そうじゃなくて……やっぱりあなた、従者が似合うと思ってね」

「ほっとけよ。……ほら、履けたぞお姫様」

「う、うん、ありがと」

椅子から立ち上がったシセラは、初めて履く靴の感触《かんしょく》を確かめるみたいにその場で足踏《あしぶ》みする。そして初めての一歩を踏み出した。最初の一歩目はこわごわと。次の二歩目は確かめるようにそっと。そして三歩目は笑いながら。何度も何度も足元に目を落としつつ、狭《せま》い部屋を行ったり来たりするシセラ。嬉々《きき》としてはしゃぐその姿はまるで童女のよう。

だけど……その笑顔が不意に曇った。

「でも、ごめんね？　こんなに素敵な靴なのに、外で履いてあげられなくて……」

なんて申し訳なさそうな顔をする。確かに空色の靴はこの暗く狭い部屋では少し浮《う》いている。これは明るい陽射《ひざ》しの下でこそ映《は》える色だ。

……でも、それなら問題ない。だって解決法なんて至極《しごく》簡単なのだから。

「そうだな、靴ってのは普通外で履くもんだ。だから……外、行くぞ」

「え……？」

軽く魔力を練って指を鳴らす。——次の瞬間《しゅんかん》、部屋の半分が吹《ふ》き飛んだ。

「きゃあああっ?!!」

崩壊《ほうかい》した壁から轟々《ごうごう》と舞《ま》い込む夜明け間際の風。透《す》き通るような星空の光が燦々《さんさん》と降り注ぐ。ウエディングケーキを半分にしたみたく真っ二つになった塔からは、なんとも素晴《すば》らしい夜景が見渡《みわた》せた。……せっかくこんなに高い塔なのだ、やはり外が見えなくちゃつまらない。

なんて景観に見惚《みと》れていると、隣から情けない悲鳴が聞こえてくる。

「ちょ、ちょっと、何してるのよ?!　もう夜明けが、呪いが……！」

テンパって叫《さけ》びながら、わたわたと本棚の陰《かげ》に引っ込むシセラ。今にも出てきそうな太陽からなんとか隠《かく》れようと必死だ。まあそりゃそうか。だけど……

「心配すんな、もうそんな必要はないから」

小動物の如く怯《おび》える少女の傍《かたわ》らに屈《かが》みこんだ俺《おれ》は、そっと彼女の額に手をかざす。そして一言「大丈夫《だいじょうぶ》だ」とだけ告げて……術式の構築を開始した。

属性は氷《ヨルズ》。

式は北欧魔術体系《セイズ》。

構成言語《スクリプト》には四十四種の『原初のルーン』を使う。

一つ一つが創世級の力を宿す神聖文字を複製し、綴《つづ》るは8128行からなる氷と微睡《まどろみ》の封印《ふういん》術式。

『氷獄回牢《ひょうごくかいろう》』――そう名付けたこの術は、単なる封印のための式ではない。無限に循環《じゅんかん》する ねじれた環《わ》……俺とシセラをつなぐためのパイプだ。

そう、彼女につきまとう問題はシンプル。それは《冬枯れの毒》とシセラの魂《たましい》があまりに深く結びついていること。破壊《はかい》だろうが封印だろうが、呪詛の機能が停止すればそれが即《そく》シセラの死につながってしまう。

だが、逆に言えば問題はそれだけ。だったら解決法は単純明快――破壊も封印もせず、《冬枯れの毒》を好きなだけ暴れさせておけばいい。……ただし、シセラと接続した俺の根源の中で、だ。

『結界外に出ることで発生する毒を、俺自身が受け皿となってすべて受け止める』――そうすればシセラにも世界にも被害《ひがい》は及《およ》ばず、かつ彼女が弱ることもない。無論、無限に増殖《ぞうしょく》する毒を永久に受け止め続けることなど不可能だし、そもそも急造品のパイプである『氷獄回牢』の方がもたないだろう。だがそれでも、今日一日ぐらいは耐《た》えてみせる。俺にしてやれることはそれしかないのだから。

「よし、接続完了《かんりょう》。時間もちょうどいいな」

白み始める東の空。高い塔《とう》は日の出も早い。瞬《またた》く間に朝一番の日差しが入ってくる。

……だが、当のシセラは身をすくめたまま。陰から出てこようとしない。

そりゃそうだ。夢に見るのと実際に踏み出すのは決定的に違う。しかも、これに関しては自分の命だけじゃなく、世界の命運が丸ごとかかっているのだ。臆《おく》すのはむしろ正常というもの。彼女が嫌《いや》だと言うのなら、無理《むり》強《じ》いする権利など俺にはない。

でも……

「この術式はもって一日だけ。俺にはお前を解放することはできないし、救うこともできない。だけど……約束するよ。この一日だけは、お前は世界の誰よりも自由だ。だから――この先は自分で選べ」

それだけ告げて、シセラへ手を差し伸《の》べる。

これはきっと、彼女にとって人生で初めて与えられた選択肢《せんたくし》。怖いだろう。不安だろう。だがそれでも、少女は勇気を振《ふ》り絞《しぼ》って憧《あこが》れに手を伸ばす。震えながら、怯えながら、それでも焦《こ》がれた夢へ。

ありったけの勇気を振り絞って伸ばされたその手を、俺は確かに掴《つか》む。そしてそっと日の当たる方へと導いた。おずおずと太陽の下へ進み出たシセラは、暁の光に照らされた瞬《しゅん》間恐《かんおそ》れるように身を縮めてしまう。だが、それはほんの最初だけ。徐々《じょじょ》に自分から太陽の方へと顔を向けるシセラ。

眩《まぶ》しそうに目を細めながら、それでももう逃げようとはせず、両手を広げて全身で温かな日差しを受け止める。まるで野花の蕾《つぼみ》がほころぶように。羽《う》化《か》したての蝶《ちょう》が翅《はね》を広げるように。雛鳥《ひなどり》が巣から飛び立つように。陽だまりの中に立ち、眩い煌めきを一身に浴びるその姿は、彼女が大好きな物語の挿絵《さしえ》のようで──

そして少女は一言、照れくさそうに微笑《ほほえ》んだ。

「おひさまって、あったかいのね……！」

「ああ、そうだな。初めて知ったろ？　けど世界には他にもまだまだお前の知らないことがある。だから……今からそいつを見に行こう」

そうして俺はそっとシセラを抱きかかえる。あまりにも軽く華奢《きゃしゃ》な体は、彼女《かのじょ》が籠《かご》の鳥だったことを何よりも如実《にょじつ》に示す証左。……でも、それは今終わる。

俺はシセラを抱えたまま、崩《くず》れた塔の淵《ふち》から思い切り跳躍《ちょうやく》した。

「ひゃあああ⁉︎!」

全身に感じる柔《やわ》らかな大気。

びゅうびゅうと風を切る心地《ここち》よい音。

重苦しい重力から自由になった解放感。

シセラの悲鳴さえ置き去りにして、俺たちは朝焼けの空へ駆《か》ける。……だが次の瞬間、後ろ方向へ引っ張る強烈《きょうれつ》な衝撃《しょうげき》が走った。俺たちを引き戻《もど》さんとするその力は、間違《まちが》いなくあの塔から放たれるもの。世界樹の結界は、半壊してなお呪《のろ》いの脱走を阻《はば》もうとしているのだ。

だが、それがどうした？　残酷《ざんこく》すぎる役目に縛られた少女の、たった一日だけの外出――それを邪魔《じゃま》する権利なんて、神様にだってあるものか。

「ちょっと黙《だま》ってろ」

抵抗する結界を力押《お》しで打ち破り、遥《はる》か眼下の草原へと降り立つ。そして目を丸くしているシセラをそっと地面へ下ろした。

「わ、私、ほんとに外にいる……」

しばらくの間、遠くの塔を呆然《ぼうぜん》と仰《あお》ぎ見ていたシセラは、それからようやく実感が湧《わ》いてきたらしい。最初は俺にしがみついたままきょろきょろしているだけだったのに、次第に自分の足で草原を歩き始める。

「これが地面……！　柔らかいのね！」

塔の固い石床《いしゆか》とは違う、土と草の感触。彼女にとってはそれすら初めて味わうもの。何度も何度も足踏みしつつ、『わあー』と感激していた少女は……不意に足を止めた。

「うん、飽きたわ」

「え？　早くない？」

まあ、好奇心旺盛《こうきしんおうせい》な十六の少女に土いじりで満足しろというのも無理な話か。

「それよりも私、『街』ってとこに行ってみたい！　人がたくさんいるんでしょ！」

と、代わりに熱烈《ねつれつ》な要望が。無論、その程度ならお安い御用《ごよう》だ。

俺は再びシセラを抱き上げると、またしても跳躍する。――数分後、俺たちはこの世界で一番栄えている『ラベルの街』に立っていた。

「うわあぁ～……！」

ずらりと立ち並ぶレンガ造りの家、忙《せわ》しなく往来を行き交《か》う人々、それらすべてから発される活《い》き活きとした喧騒《けんそう》……ラベルの街はお祭りじみた活気に満ち溢《あふ》れていた。

そんな街の様子を目の当《ま》たりにしたシセラは、ぽかーんと口を開けたまま目をぱちくりさせるばかり。なぜか一歩も進もうとはしない。

「どうした、行かないのか？」

「え、いや、その……こ、心の準備というか……まだ時期じゃないというか……」

と、何やらもごもご言いながら、子犬の如く俺の後ろに隠れてしまう。どうやら街の活《かっ》況《きょう》にすっかり圧倒《あっとう》されてしまったようだ。……やれやれ、ここまで来て何を言っているんだこいつは。

「おいおい、なに気おくれしてんだ、堂々としてればいいんだよ。この街があるのは全部お前のお陰なんだから」

「……？　何の話？」

シセラはきょとんと首をかしげる。

まさか、本当にわかっていないのだろうか？

「何のって……あのな、お前が巫女として《冬枯れの毒》を抑えてきたから、ここの人たちはこうやって平和に生活できてるんだろ？　ほら、よく見てみろ。人も建物も動物も、みんなお前が守ってきたものなんだぞ。だから胸を張っていいんだ。お前はここにいる人たちみんなの命の恩人なんだから」

そう、この街の活況はすべて彼女のお陰。どこにびくつく必要があるというのか。

「そっか……私が守ったんだ……えへへ、そっかぁ……」

ようやく理解できたのか、シセラはこそばゆそうに頬を緩《ゆる》ませる。そして数秒後、俺の視線に気づくやこほんと咳払《せきばら》いした。

「ま、まあ、別に気おくれとかしてないけど？　ちょっとタイミングを窺《うかが》ってただけよ！」

「はいはいそうですか」

さっきまで俺にしがみついていた癖《くせ》に、見栄《みえ》っ張《ぱ》りなところは相変わらずだ。

まっ、何にせよこれで緊張《きんちょう》も解けただろう。いよいよここからが本番……なはずだったのだが、そこでちょっとしたトラブルが。

「それじゃあキョーヤ、早く行きましょう！」

「わかってるって。で、どこ行きたいんだ？」

「どこって……そんなのわからないわ」

「は？　いや、行きたいとことかあるだろ？」

「何言ってるのよ。私、街なんて来るの初めてだし。何があるのかも、どんなところかも知らないんだから、行きたいところなんてわかるわけないでしょ？」

「うっ、た、確かに……」

まずいな、これは困ったことになった。結界の考案・構築で手一杯《ていっぱい》だったせいで、脱出した後の計画までは考えていなかったのだ。……いや、事前に考えていたとしても結果は同じだったろう。なんせこの手の経験皆無《かいむ》な俺には、女子が喜ぶ街のスポットなんてさっぱりわからないのだ。

さて、降って湧いたこの難題、一体どうすれば……

「何よその顔、ほんとに考えてなかったわけ？　エスコートは男の役目じゃないの？」

「ぐ……すまん……」

これに関しては返す言葉もない。

こうなったら行き当たりばったりでもどうにかするしかない、と覚悟を決めたその時、不意にシセラが笑った。

「ふっふっふ、しょうがないわね。頼《たよ》りない従者君にとっておきの秘密兵器を授《さず》けましょう！」

なんてもったいつけながら取り出したのは、見覚えのある分厚い紙束——小毬たちが作っていたあの『脱走計画書』だ。

そういえば、と思い出す。脱走には何の役にも立たなかった計画書だが、ここには載《の》っているのだ。小毬たちがシセラのために一生懸命《いっしょうけんめい》作った『やりたいことリスト』が。……

なるほど、こいつは確かに秘密兵器だ。

「よし、そんじゃここにあるの片《かた》っ端《ぱし》からやってくか！」

「うん！」

かくして目標を手に入れた俺たちは、リストに従って街を練り歩く。

流行《はや》りの服を買い漁《あさ》り、駄菓子《だがし》を買い食いし、野良猫《のらねこ》を追いかけた後は、広場の子供たちにまじって遊ぶ。お金も人目も気にする必要はない。パンテサリウムには腐《くさ》るほど金貨があるし、誰もシセラの顔を知らないのだ。どうせ二度と来ない街なのだからどれだけ不《ふ》審《しん》がられようと知ったことか。

そうやってくだらない遊びに興じていると、ふと疑問に思う。こうしてだらだら遊び歩くのは確かに楽しいが、最後の一日にやることとしては些《いささ》か地味ではなかろうか？　もっと金貨を使って豪遊《ごうゆう》したりとか、この世界の名所や観光スポットを巡《めぐ》ったりとか、そういう派手な遊びもできるのだが……

その疑念を口に出すと、シセラは満面の笑《え》みで首を振った。

「これでいいの。ううん、これがいいの！」

まあ、楽しそうならそれが何よりだ。

そうして他愛《たあい》なく遊び歩くうちに、気づけばすっかりお昼時。リストに従い市場の隅《すみ》の屋台でホットドッグを頬張《ほおば》る。たいして旨《うま》くも珍《めずら》しくもないそれに嬉《うれ》しそうにかぶりつくシセラは……不意にとんでもないことを言い出した。

「ところでさ……これって〝デート〟かしら？」

「はあっ⁉」

唐突な発言に思わず吹き出す。

「な、なにをいきなり……」

「だって、デートってこういうものなんでしょ？」

「いや、男女で遊ぶことが必ずしもデートかというとそうではないというか……まあ俺も知らんけど……」

そりゃ男女がペアになって遊んでいればそう見えるかもしれないが、大事なのは互《たが》いの気持ちというか心というか……

と、しどろもどろになる俺。……それを見て、シセラはくすくすと笑った。

「なーんてね、冗談《じょうだん》よ。キョーヤ、動揺《どうよう》しすぎ」

「こいつ……！」

どうやらからかわれただけらしい。……『他人を弄《もてあそ》ぶ』なんて項目《こうもく》はリストになかったはずだが？

そうやってひとしきり笑ったシセラは……それからふと、声を潜《ひそ》めて言った。

「ねえキョーヤ、あなた……好きな人がいるでしょ」

「な、なんだよ急に」

「いーから！　いるの、いないの？　どっち⁉」

「……そりゃ、まあ、いるけど……」

「ふふふ、やっぱりね。女の勘《かん》よ」

と、なぜかしたり顔をするシセラは、おかしな問いかけをした。

「じゃあ質問二つ目。……私ってさ、そんなにその人に似てる？」

「え――？」

「だってあなたの眼、いつも私じゃない人を見てるもの」

それを聞いた瞬間、心臓を突《つ》き刺《さ》されたような気がした。

「……そんなつもりはなかった。だけど……否定はできない。すまん……」

世界からどうしようもない役割をかせられ、理不尽に自由を奪《うば》われた少女――フェリスと同じ境遇《きょうぐう》、初めて会った時にそう思ったのは誤魔化《ごまか》しようもない事実だ。目の前の本人を見ていないなんてひどく失礼なことだとわかっていても、『そうしていなかった』と断言はできない。

けれど……

「あはは、頭なんて下げないでいいわよ。責めてるわけじゃないから」

と、シセラはあっさり笑い飛ばす。

「っていうか、前も言ったでしょ？　私的にもあなたの顔、タイプじゃないし。デートするならやっぱルミナ王子っぽいシュッとしたイケメンじゃなきゃね～」

「うぐっ、そ、そこまで言わなくても……」

「ふふふ、だからこれはデートじゃなくて、ごっこ遊び。お互い理想の相手の代わり。でもさ、遊びだから楽しも？」

「……ああ」

そうしてまた街の散策を再開する。

といってもやることは午前と同じ。泉で水遊びしたり、本屋で立ち読みしたり、昼寝《ひるね》中の犬にちょっかいをかけたり、やっぱり他愛のない戯《たわむ》ればかり。だけど、それが本当に彼女が夢見ていた日常だということは、その笑顔が何よりも物語っている。……本当に小毬に感謝だ。俺だけじゃとてもこんな表情をさせられなかっただろうから。

そうして次なる項目に移ったところで、俺は思わず我《わ》が目を疑った。

「……なんだ、こりゃ？」

リストに記されていたのは『思いっきり走る！』の文字。しかもこれまでで一番大きく花丸までついている。マストでやれということなのだろうが……もはや遊びですらないような。これ、自分の特訓メニューと勘違《かんちが》いしてないか？

「これはさすがにやめとくか。その、走るとか慣れてないだろうし……怪我《けが》でもしたら台無しだ、と思い提案するが……

「ううん、これ、やってみたい！」

と目を輝《かがや》かせるシセラ。

まあ、本人がそう言うのなら仕方がない。

「そうか？　ならとりあえず場所を移さないとな」

さすがに街中でやれるミッションではないので、再び最初の草原へひとっ飛び。

無人の原っぱに着いたシセラは、何やらやる気満々でストレッチを始める。

ただ……

「ほ、本当に大丈夫か……？」

彼女は十六年間ずっと塔に幽閉《ゆうへい》されていた。当たり前だが走るという行為自体初めてのこと。靴《くつ》に体力補助の魔法をかけておいたため遊び歩く程度なら問題なかったが、それだって全力疾走《しっそう》を想定したものではない。正直言って、かなり不安だ。だけど……

「キョーヤ、そこで見ててね。ゼッタイ手出ししないでよ！」

そう言われてしまえば、俺には彼女を引き留《と》めることはできなかった。なぜならシセラはとても真剣《しんけん》な表情をしていたのだ。まるで今から人生で一番の大勝負に出ようとしているかの如く。じっと前だけを睨《にら》むその姿は、強大な魔王《まおう》に挑《いど》む勇者のようでもあった。

そうしてシセラは走り出す。

最初はぎこちない足取りで、懸命《けんめい》に振る手もたどたどしく、当然スピードなんて全然出ていない。バランスを取ることすら難しく、何度も何度も転びそうになっている。……とてもじゃないが見ていられない。俺はこっそり魔法で補助しようと構える。

……だが、じきに気づいた。

はじめは覚束《おぼつか》なかった足取りが、次第に力強く大地を蹴《け》り始める。空回っていた両手が、徐々に大気を掴み始める。一歩ごとに全身が躍動《やくどう》し、一呼吸ごとに速度が増す。まるで忘れていたことを思い出したかのように、シセラは確かに走り始めたのだ。

無論、それが永遠に続くわけなんてない。駆ける少女の額からは汗《あせ》が溢れ、呼吸もひどく乱れている。どう見ても体力的な限界だ。だがそれでも少女は止まらない。先へ、先へ、先へ――まるで今この瞬間、ここで走るためだけに生まれてきたみたいに、一心不乱に一歩一歩を刻んでいく。運命も、役目も、呪詛《じゅそ》も、何もかも置き去りにして、ただひたすらにその向こうへと駆け抜ける。

そうして走り続けたシセラは……唐突にばたりと倒《たお》れ込んだ。

「おい、大丈夫か⁉」

我に返った俺は、すぐさまシセラの下へ駆け寄る。やはりこんなのは無茶《むちゃ》。すぐに止めるべきだったんだ。

だが、仰向《あおむ》けに倒れたまま苦しげに呼吸する少女は……しかし、同時にとても楽しそうに笑っていた。

「はぁ……はぁ……はは、あはははは……!!」

「ほ、本当に大丈夫かよ？　苦しくないか？　痛いところは……？」

暮れかけた空を仰ぎながら、乱れた息で笑う少女。心配になって尋ねると、少女は疲《つか》れ切った声で答える。

「あのねえ、見ればわかるでしょ？　――苦しいわよ！　すごく息が苦しい！　それに胸も！　めちゃくちゃ痛いわ！　ほんとにもう最悪、死にそう！　あー、しんどーい!!」

と、ぜぇぜぇ叫ぶシセラ。しかしどうしたものか。一対一の戦闘《せんとう》技能しか学ばなかった俺は、自己再生なら得意でも他人の治療《ちりょう》は専門外なのだ。

……だが、どうやらその必要はなかったらしい。

「でも、でもね……こうしてると、苦しいのも痛いのもだんだんに収まってくの……とくん、とくんって……私の中に色んな音があって、それがくすぐったくて、あったかくて、気持ちよくて……ああ、走るってこういう感じなんだ……ふふ、ふふふ……」

と、目を閉じ静かに呼吸を繰《く》り返すシセラ。乱れていた息が次第《しだい》に収まり、鼓動《こどう》が徐々に静まっていく。

そうして数分後、シセラは満足そうに呟《つぶや》いた。

「私って、ちゃんと生きてたのね」

「当たり前だろ。俺は死人と喋《しゃべ》ってたのかよ」

うまくもない俺の返しを、シセラはふふっと笑ってくれる。

「ねえキョーヤ、たまにでいいから、私のこと思い出してね」

「……それよりも、息が整ったら次行こうぜ」

「うん」

頷《うなず》いて起き上がるシセラだが、なぜか次のページへ進もうとしない。その理由はすぐにわかった。

ゆっくりとめくったページに、記されていたのはたった一行だけ。つまり、これが最後のお題なのだ。そしてその内容は——

「『お花畑でお昼寝！』か……」

　ずっと閉塞《へいそく》的な狭い部屋で眠ってきたし、外で眠るのは解放感を味わうのにいいだろう。

……ただ、この指令には大きな問題が二つある。一つは季節だ。この世界は今冬季手前。草原はあっても既《すで》に花の季節ではない。

　そしてもう一つは……既に夕暮れであること。——とうとうタイムリミットが来たのだ。

「んー、これは無理そうね」

と肩《かた》をすくめるシセラ。最後の一つの指令、何が何でもやりたいとわがままを言ってもおかしくないのに、彼女はいたって落ち着いている。……それがなんだか無性《むしょう》に嫌だ。

「……いや、まだだ。花畑ぐらいこの世界のどこかにあるだろ。どこまでだって連れてくよ。……俺はほら、従者だからな」

「ふふっ、ありがとう」

　これは単なる俺のわがまま。本来なら立場が逆なのだろう。だがそれでも付き合ってくれるらしい。俺はシセラの手を取る。

　……まさにその時だった。

「——いやー、そりゃ無理じゃねーかなー」

　不意に響《ひび》くけだるげな声。

続いて次々と転移してきたのは膨大《ぼうだい》な魔力《まりょく》を纏《まと》う勇者の集団。

そしてそれを率いているのは、見覚えのあるピアスの男だった。

「——そろそろエンディングの時間だぜー、恭弥くん？」

第三章　自由を手にしたお姫様

「にしてもよー、随分《ずいぶん》と好き勝手やってくれたなー」

夕暮れの平原にて、天野《あまの》は追い詰《つ》めた二人をねめつける。

その冷たい眼差《まなざ》しから滲《にじ》むのは、手を煩《わずら》わされた苛立《いらだ》ちと……僅《わず》かばかりの賛美だった。

「ただ、正味驚いた。……っつか、感心した？　よくあそこから抜け出したじゃねーか」

と、天野は素直に称賛する。

それは世界樹の塔についてだけの話ではない。当然ではあるが、あの塔には四重の監視《かんし》網《もう》を張り巡らせていた。葛葉《くずは》と恭弥《きょうや》にも監視《かんし》をつけ、常時おかしな動きがないか見張っていたのだ。そしてこの一週間不審な動きは一つとしてなかった。……はずなのに、恭弥は今こうしてここにいる。

数時間前、回収のために塔へ赴《おもむ》いた時は本気で驚いた。なにせ遠くから見えていた塔は幻影《げんえい》で、本物の塔は既に半壊《はんかい》。巫女《みこ》は連れ去られていたのだから。そこで初めて監視術式が書き換《か》えられていたことに気づいたのだ。欠片《かけら》の痕跡《こんせき》も残さぬ術式改変……これほど巧《こう》妙《みょう》な手管は今まで見た事がない。事実が判明した今でさえ、いつどうやって書き換えられたのかわからないぐらいだ。

だからその手腕《しゅわん》は素直《すなお》に認める。ただ……

「けどな、同時に安心もしたぜ。――やっぱおめー、バカだわ」

巫女が逃《に》げたとわかった後、天野はすぐさま三十人の部下を捜索《そうさく》にあたらせた。ただ、はっきり言って期待はしていなかった。いくら狭い世界とはいえ、半日程度なら隠れ潜むのは簡単だ。日没《にちぼつ》までひたすら気配を隠し、極夜が来ると同時に制約に従って回収する。それでこちらの負け。正直ほとんど諦《あきら》めていた。

……だが、結果はどうだ？

部下からあがってきたのは、街で遊び惚《ほう》ける不審な男女の目撃《もくげき》情報。半信半疑で足取りを追わせてみれば、ダミーでもなんでもなく本当にここにいるではないか。どうやらうまくこちらの目を欺《あざむ》いたことで油断しきっていたらしい。

「しっかしほんと、何やってんだおめー？　時間まで隠れときゃよかったものをよー。頭おかしくなったのか？　それとも……ああ、あれか？」

と天野は思い当たったように問う。

「俺たちがまだ手を出せないと高でもくくってたか？　ははっ、ばーか。んなわけねーだろ。今日は回収日だぜ？　そーゆー大事な日こそ事故ってのは起こるもんだ。そうだろ？

——ぜってー逃がさねーから、安心しろ」

いつも通り冷淡《れいたん》な口調で告げられるその言葉。しかし部下たちは知っている。この男がそう言うのなら、それは必ず実行されるのだと。

そして対する恭弥の返答は……命乞《いのちご》いでも反抗《はんこう》でもなかった。

「逃げる？　そんなわけないじゃないですか。むしろちょうどよかったです。こっちもあなたたちに用があったので」

「あ？」

まさか、わざと隠れなかったとでもいうのか？

眉《まゆ》を顰《ひそ》める天野に向かって、恭弥は正面からその続きを口にした。

「——シセラの命、あなたたちなら救えませんか？」

彼女の魂は《冬枯れの毒》と不可分。ゆえに彼女が生き残る道はない——それが恭弥の至った結論であり、一週間策を練った今でもそれは変わらない。なにせ、恭弥が三万年かけて学んだのはあくまで一対一の戦闘術、他人の根源を呪《のろ》いから解放する方法など教わっていないのだ。……だが、それはあくまで『恭弥にはできない』だけの話。もしかしたら、世界の理から完全に逸脱《いつだつ》した勇者の固有異能であれば、何か打つ手があるかもしれない。

その一縷《いちる》の望みにかけたのだ。

そしてそれを聞いた天野は……快く頷いた。

「あー、なるほどな。そういうことなら協力するぜ」

と意外なほど協力的に微笑む天野。だが、その言葉にはまだ続きがあった。

「ただし、一つ条件がある。……ほら」

と言って天野は自分の足元を指さす。その意味するところは明瞭《めいりょう》すぎるほど明らかだった。

「――土下座、しろ。頭こすりつけて俺に懇願《こんがん》しろよ。そしたら教えてやる」

「なっ……ちょっとあんた、何言ってんのよ！　そんなことするわけ――」

あまりに度を越《こ》した侮辱《ぶじょく》に、シセラが思わず食《く》って掛《か》かる。

だが、それを止めたのは恭弥だった。

「よせ、シセラ」

「で、でもあいつ、あんなこと……！」

「いいから、少し下がってろ」

そう言ってシセラをなだめた恭弥は……内心ほっとしていた。

協力の対価として何を要求されるか不安だったのだが……なんだ、そんなことでいいのか。それならお安い御用だ。

恭弥は微塵《みじん》の躊躇《ちゅうちょ》もなく膝《ひざ》をつくと、深々と頭を下げた。

「どうかお願いします、方法を教えてください」

「ちょ、ちょっと、やめてよキョーヤ……！」

恥《はじ》も外聞も捨て、言われるがまま地面に額をこすりつける恭弥。シセラは必死でやめさせようとするが、恭弥は身を起こそうとはしない。

その無様な醜態《しゅうたい》を見て満足げに笑った天野は……無防備な恭弥の頭を思い切り踏《ふ》みつけた。

「くくく……いやー、驚《おどろ》くわ。こんな馬鹿《ばか》ってマジでいんだな。だからてめーは落伍勇者《ジャンク》なんだよ」

恭弥を足蹴《あしげ》にしたまま、天野は乾《かわ》いた声で笑う。

「なー恭弥くんよー、教えてくれよ。てめーの安いプライド売った程度でなんで望みが叶《かな》うと思っちまったんだ？　情報が欲《ほ》しいなら自分の手で奪えばいーじゃねーか。それができねーのはてめーが弱いせいだろ？　それを誤魔化すために見せかけのポーズとってんじゃねーよ。腹ん中じゃ『プライド捨てられる俺ってかっけー』とでも思ってんだろ？　きもちわりーなー。あー、きもすぎて吐《は》き気《け》がするわ。っつーか、むかつくから死ね」

憎々《にくにく》しげに吐き捨てて、顔面を思い切り蹴り上げる天野。大きく蹴り飛ばされた恭弥は、しかしすぐに立ち上がる。

恭弥にとってはこの程度の攻撃《こうげき》など、どれだけ喰《く》らったところでダメージには――

「……っ⁉　ごほっ、ごほっ……」

「キョーヤ、血が……！」

立ち上がった恭弥の口元から、突如《とつじょ》どろどろと溢れ出す濁《にご》った血。それを見て、蹴った本人である天野すら怪訝《けげん》な顔をする。

「ああ？　そんなに力入れた覚えはねーが……あー、まさか、あれか？」

と、途中《とちゅう》で何かに気づいたらしい天野はにんまり笑った。

「てめー、さては〝代償《だいしょう》〟を払《はら》ってるな？　ははっ、そりゃそーだよなー、終焉呪法を夕ダで制御《せいぎょ》できるわけねーもんなー？　大方腹ん中に閉《と》じ込《こ》めてるだけで封印はできてねーんだろ？　その様子じゃ相当きっそーだなーおい。内臓、もうほとんど腐ってんだろ？生きてるのがすげーよマジで」

どれだけ人格が腐っていようと、天野は学園上位のSランカー。その見立ては実に正確だった。――呪詛をその身に受け入れてからおよそ半日。無限に増殖し続ける呪詛の影響《えいきょう》が、ついに肉体に現れ始めたのだ。

「キョーヤ、それ、本当なの……?! なら今すぐやめてよ!! 私のためにあなたが傷つくなんて……!」

「落ち着けって。……大丈夫だ、問題ない」

恭弥は真っ青になるシセラをなだめるも、それを嘲笑《あざわら》う声が響く。

「へー、『問題ない』ときたか。かっこいーじゃん。んじゃーどこまで問題ないか試《ため》してみよーぜ? ――お前ら、遊んでやれ」

冷たく命じた瞬間《しゅんかん》、部下たちが一斉《いっせい》に恭弥へ肉薄《にくはく》する。

左右正面から飛来する強烈な魔術攻撃《まじゅつこうげき》。即座《そくざ》に防壁《ぼうへき》を展開しつつ、切りかかってくる三人を体術のみで捌《さば》き切る。そして敵の剣《けん》を奪い取るや、返す刀で反撃《はんげき》………しようとしたところで、恭弥は再び血を吐いた。

「……ごふっ、ぐっ……」

《冬枯れの毒》は光と魔力を喰らう呪詛。戦闘のために魔力を練ればそれに応じて毒が増《ぞう》幅《ふく》してしまう。反撃、防御《ぼうぎょ》、治癒《ちゆ》、どれを行うにも肉体は蝕《むしば》まれ、それを補助しようと魔力を練ればその分だけ呪いが強化される。まさに最悪の悪循環《あくじゅんかん》。こんな状態ではとてもまともに戦えるはずがない。

内側からは終焉呪法に侵《おか》され、背後にシセラを庇《かば》いながら、三十人以上の高ランク勇者を相手取る――両手両足を縛《しば》られているに等しいこの状況《じょうきょう》において、恭弥にできるのはただひたすら多勢に無勢の猛攻《もうこう》に耐えることだけ。もはや戦闘とすら呼べぬリンチである。

そんな無様な戦いを遠巻きに眺《なが》める天野は、取り出した煙草《たばこ》にのんびりと火をつけた。

「にしても恭弥くんよー、ちょっと無茶しすぎじゃねーか？　その巫女に入れ込みすぎだぜ？　一旦《いったん》落ち着いて考えてみろって」

と、加勢する素振《そぶ》りも見せぬまま、天野は世間話でもするかのように口を開く。

「この世にはよー、最初から決められた〝役割〟ってもんがあんだよ。努力だの根性《こんじょう》だのじゃどーにもならねー役割が。そんなことねーっつー野郎《やろう》はただの冷血漢だね。だってそーだろ？　生まれてすぐ虐待《ぎゃくたい》されて死ぬガキがごまんといる。そいつらにどーしろっつーんだ？　それも努力不足か？　自己責任か？　そりゃあんまりに残酷ってもんだろ。結局、歴史に名を遺《のこ》す偉人《いじん》も、怠惰《たいだ》で無能なクズも、そーゆー役割として生まれてきただけなのさ。だからそこの巫女も同じだよ。みんなが引くくじびきで、たまたま最悪のハズレを当てちまった不運な女。ただそれだけの話さ。だからもうできることなんて一つだろ？　――大人しく死んどけ」

だらだらと間延びしたその話に、返答はない。……というより、今の恭弥にはもう話を聞く余裕《よゆう》もなかった。際限なく増幅し続ける毒により、既に左耳の聴覚《ちょうかく》は失われ、右手の感覚もない。肺は腐り堕《お》ちて呼吸もままならず、自己再生するそばからすぐにまた毒に蝕まれていく。

だが、天野はそんな恭弥の窮状《きゅうじょう》に一瞥《いちべつ》もくれぬまま、淡々《たんたん》と話を続ける。

「だいたいよー、冷静に考えてみ？　十六年ごとに一人死ぬ……たったそれだけでこの世界の人間全員が救われてんだぜ？　終焉呪法にしちゃとんでもなくぬるい制約じゃねーか。だってのによー、てめーはそれを連れ出した。勝手に全世界の命を危険に晒《さら》してんだ。もし制御に失敗したらどーすんだ？　それとも、たった一人に役目を押し付ける奴《やつ》らなんか死んでもいいってか？　おいおい、勘弁《かんべん》してくれよ。そりゃ巫女なんて役目は可哀想《かわいそう》だぜ？でもよー、だからって全世界巻《ま》き込んじゃダメだろーが。死んだら可哀想なのは他の奴らだって同じだろ？　そうさ、命は平等に大切だ。だからこそより少ない犠牲《ぎせい》を選ぶ。それのどこに納得《なっとく》いかねーんだ？　だからさー、やっぱ結論は一つだろ。――黙って死ね」

無感情にそう言いながら、ふー、と煙《けむり》をくゆらせて遊ぶ天野。その視線はくねる白煙《はくえん》にあって、戦局など見てすらいない。

「つーかさ、単純な疑問なんだけどよー、可哀想な子を救いたいならわざわざ異世界来なくてよくね？　ほら、紛争《ふんそう》地帯の武装解除とかしろよ。ほら、貧困国で金貨ばらまいて来いよ。ほら、病院じゃ治療を待ってる患者《かんじゃ》がごまんといるぜ？　全部お前なら簡単だろ？

どーした恭弥くん？　行かないのか？　まさか、法律だの校則だのくだらねー言い訳はしねーよな？　正義のヒーローはそんなものに屈《くっ》したりしないもんな？　ほらほらどーした？　早く行けよ。今すぐ行けよ。一秒ごとに可哀想な子供が死んでくぞ？　それともあれか？　自分の気に入った女しか興味ないか？　いや、んなわけねーか。自分の欲望優先で世界を滅《ほろ》ぼしちまうよーな奴は、それこそ勇者じゃなくて魔王っつーんだもんなー？」

などとだらだらと喋っていた天野は、二本目のタバコに手を伸《の》ばしかけてふと気づいた。

「そういや、さっきから返事ねーけど……俺《おれ》の話聞いてんのか？」

と、ようやく戦闘の方へ目を向けたところで、天野は残念そうに呟いた。

「……って、んだよ、もう答えらんねーか」

退屈《たいくつ》そうな視線の先、力なく膝をつくのはボロボロの恭弥。その足元には夥《おびただ》しい量の血だまりが。左腕《ひだりうで》と右目は完全に機能を失い、呼吸は荒《あら》く虫の息。意識さえ朦朧《もうろう》としている。

『もう動かないで』と泣き叫《さけ》ぶシセラの声も届いてはいないだろう。

――天野がくだらない話をしている間に、戦闘はとっくに終わっていたのだ。

「意外と早かったな。まー、これでわかったろ？　道理もねー、力もねー、なんもできねーてめーはここで死ぬべきだってことがよ」

その言葉が聞こえているかさえ定かでないまま、恭弥はそれでも身を起こす。そして弱々しく口を開いた。

「……ああ……そうだな……よくわかったよ……」

消え入りそうな声で呟かれたそれは、ほとんど病人のうわごとのよう。誰《だれ》がどう見ても限界だ。勝ちを確信した天野たちはその無様な醜態を嘲笑う。……ただ、そのうわごとの続きを聞いた時、彼《かれ》らの表情は一変した。

「……お前らが……本当に役に立たないってことがな……」

「ああ？」

強がりめいた挑発《ちょうはつ》と共に、唯一《ゆいいつ》まともに動く右手で剣を拾い直す恭弥。……が、当然それが見過ごしてもらえるはずもない。前後左右、あらゆる方向から放たれる強烈《きょうれつ》な攻性魔《ま》術《じゅつ》。たとえ虫の息だろうと、まだ戦おうというのなら応じるまで。勇者たちは容赦《ようしゃ》なくトドメを刺しに来たのだ。

そしてその集中砲火《ほうか》は……一つとして恭弥には届かなかった。

「は……？」

全員の顔が驚愕《きょうがく》と困惑《こんわく》にゆがむ。その理由は二つ。

一つは満身創痍《まんしんそうい》の男が防いだことへの驚愕。

そしてもう一つは……その防ぎ方への困惑だった。

回避《かいひ》、防御魔術《ぼうぎょまじゅつ》、術式改変——恭弥はこれまで様々な技能を見せてきた。だが今回はそのどれでもない。彼がやったのは……ただ軽く魔力を纏ったただけ。それも子供が自然に放つ程度の、誤差とも呼べる微量《びりょう》の魔力を。たったそれだけで勇者の固有異能をすべて防いでしまったのだ。

爪《つめ》の先ほどの微量で、術式の構築すらなしに防ぐなど、一体どれほど高純度の魔力を精製すればなしえるというのか——？

困惑をあらわにする部下たち。そして彼らにとっては残念なことに、その驚愕さえまだ半分に過ぎなかった。

「……死にたくない奴は下がってろ……今はあまり、加減が利《き》かない」

警告と同時に、恭弥が反撃に移る。

といっても、やることは単純。唯一動く右手に握《にぎ》った剣を振《ふ》るうだけ。それも、魔術強化もスキルも伴《ともな》わず、達人級の剣技を披露《ひろう》しているというわけでもない。ただ踏み込んで斬《き》るだけの単調な攻撃だ。

だというのに、どうしてか。剣が振るわれるたび舞《ま》い散る血しぶき。構えた盾《たて》ごと砕《くだ》き、展開した防壁ごと両断する。適当に剣を振り回しているだけの、もはや雑ですらあるその攻撃が全く防げないのだ。

内側からは終焉呪法に侵され、背後にシセラを庇いながら、三十人以上の高ランク勇者を相手取る――両手両足を縛られているに等しいこの状況においては、いかに恭弥といえどまともに戦うことは不可能。

だが……そもそも最初から『まともに戦う』必要などなかったのである。

そうやって雑に蹂躙《じゅうりん》されていく部下たちを眺めながら、天野は『へー』と嘆息《たんそく》を漏《も》らした。

「なるほどなー、裏戸《うらと》をやったのはダテじゃねーってか。……ただわからねーな。なんですぐ反撃しなかった？　おちょくってたのか？」

「……別に、遊んでたわけじゃない……あんたらの固有異能を知るために反撃しなかっただけだ。……もしかしたら、シセラを救える力があるかもしれないと思って……」

と、恭弥は淡々と答える。

「……けど、期待した俺が馬鹿だった……お前らの中には、誰一人《だれひとり》使えそうな奴はいなかったよ……」

挑発ともとれるその返答を聞いて、部下たちの眼の色が変わる。

彼らだって上院直属に選抜《せんばつ》されるほどの勇者。百戦錬磨《ひゃくせんれんま》の精鋭《せいえい》であり、相応の矜持《きょうじ》がある。死にかけの落伍勇者風情《ふぜい》に舐《な》められて黙《だま》っていられるものか。

だが、本気になったところで結果は何一つ変わらなかった。

何のやる気もない一振《ひとふ》りで防いだ腕《うで》ごと両断される。何の工夫《くふう》もないただの魔力に全力の固有異能が弾《はじ》かれる。明らかに瀕死《ひんし》なはずなのに手も足も出ない。一人、また一人と虫けらのように倒されていく。結局、それはごく簡単な算数の問題。たとえ0・00001%の力しか発揮できなくとも、母数があまりに膨大すぎれば関係ないのである。

そして、そのことに誰よりも失望していたのは、他でもない恭弥自身だった。

「なんだよ、どうしたんだ……これだけ言われて悔《くや》しくないのか……？　本当にそれが全力なのか……？」

ぞんざいに剣を振るいながら問う恭弥。

だが、眼前の勇者たちは誰一人答えない。圧倒的《あっとうてき》な力量差を思い知らされた彼らは、もはや余裕も怒《いか》りもなくただ慄《おのの》き後ずさるだけ。誰も立ち向かおうとはしない。

それでも恭弥は問いかけ続ける。

「なあ、お前らは勇者なんだろ？　そういう役割なんだろ？　世界を救い、弱者を守る救世主なんだろ？　俺と違《ちが》って、本物の……！」

世界もお姫様も救い出す――勇者というのは本来そういうもの。シセラが憧《あこが》れた物語の主人公は、この程度の逆境で折れたりしないはず。

「なら、なんで俺一人ぐらい倒せない……？　なんでそんな簡単に諦める……？　なんで……なんで、こんな少女一人救えないんだよ……⁉」

だがどれだけ問うても答えは返ってこない。すっかり戦意を喪失《そうしつ》した生徒たちは、我先にと逃げ出す。誰も恭弥に歯向かおうとはしない。

――ただ一人、勇者という理想から最も遠い男を除いて。

「くく……バカだなー恭弥くん」

恐怖《きょうふ》が支配する平原に、天野の乾いた笑い声が響く。今しがた恭弥の力を目《ま》の当たりにしたというのに、その態度はまったく変わっていない。まるで、この程度では騒《さわ》ぐほどでもないと言わんばかりに。

「確かに俺たちは勇者さ。だから役割に従って呪詛を潰《つぶ》す。そしてその女は巫女だ。だから役割に従って勇者に殺される。このどこがおかしい？　勇者が世界滅亡《めつぼう》の呪いを助けちゃあべこべだろーが。それぐらいわかんねーかなー？」

「……そう思うなら、お前が役目を果たしたらどうだ？」

口先だけで一向に動こうとしない天野へ、恭弥が鋭《するど》い視線を送る。

すると、天野は思いのほかあっさり頷いた。

「あー、いいぜ」

そうして煙草を投げ捨てて立ち上がる天野。

だが相変わらず戦意は見られず、武器を構える様子も魔力を練る素振りもない。不気味なほど無防備なままの天野は……小さく一言呟いた。

「《残晶投影《ざんしょうとうえい》──《天乱遊戯《セネト＝ケ＝ラ》》」

刹那《せつな》、天野の背後から人型をした半透明《はんとうめい》の霊体《れいたい》が現れる。それが天野と同化した瞬間、一瞬《いっしゅん》にして辺りの景色が変化した。

四方にそそりあがるトランプ柄《がら》の壁《かべ》、あちこちから生えてくるド派手なスロットマシーン、ぐるぐると回るルーレット台の隣《となり》では、大量のコインが湯水の如く湧《わ》き出ている。──ただの草原が瞬《また》く間《ま》に悪趣味《あくしゅみ》な巨大《きょだい》遊技場へと変貌《へんぼう》したのだ。

「なー恭弥、ゲームは好きか？」

あらゆる物理・魔法《まほう》の法則を無視したその異常現象は、間違《まちが》いなく固有異能によるもの。それも、恭弥が最も警戒《けいかい》するルール強制系統の能力だろう。なにせ、さっきから天野の首を刎《は》ねようとしているのだが、意思に反して体が動かない。この領域下では定められたルールに違反《いはん》する行為《こうい》はできないようになっているのだ。

そんな遊技場の真ん中で、天野はだるそうに口を開く。

「だいたい察しはついたみてーだな。ま、考えてる通りだよ。──お前には今から俺とゲームをしてもらう。勝負は三回、チップは互いの命、敗者へのペナルティは……まーわかるよな？　っつーことでよく聞け。第一ゲームのルールを説明してやる――」

そうして淡々と、だがやけに丁寧《ていねい》に説明を始める天野。その様子からしてルール説明自体がこの固有異能に含《ふく》まれた制約の一つなのだろう。勝負はあくまでフェアに、説明なしで初見殺しはできないというわけだ。

もっとも、制約があるということはすなわち、それだけ固有異能が強固であることの証左であり――

「なるほど……やっぱりお前も役には立たないな」

「あ？」

本来であれば生死を分かつことになる重要なルール説明。それを平然と遮《さえぎ》った恭弥は……静かに魔力を放つ。

次の瞬間、空間に亀裂《きれつ》が走った。軋《きし》み、ひび割れ、ボロボロと崩《くず》れ落ちていく遊技場。単純な魔力の放出だけであっという間に領域そのものが崩壊《ほうかい》していく。

「おいおい、マジか……？」

崩れ行くその様を前にして、天野はただ呆《あき》れたように呟く。

固有異能とは世界に新たな法則を刻《きざ》み込む術。それによって創造された領域はすなわち世界そのもの。それが壊《こわ》されるなどどうして信じられようか。それも、単なる力押《お》しでだなんて前代未聞《ぜんだいみもん》だ。……だが、恭弥にとってそれは何の不思議もないことだった。

先ほどの戦闘も含め、これまでで勇者についてわかったことが二つある。

一つは彼らの固有異能にも限度があること。綺羅崎雛《きらさきひな》の〝死〟という概念《がいねん》を覆《くつがえ》せたように、固有異能は決して絶対ではない。現実の物理法則や魔術法則と同じく、やろうと思えば壊せない代物《しろもの》ではないのだ。

そしてもう一つ——これが本当に重要なのだが——彼ら勇者は皆《みな》、び、っ、く、り、す、る、ぐ、ら、い、弱、い、ということ。

そもそも恭弥にとって強弱の基準はフェリスだ。攻撃、防御、魔術、耐性《たいせい》、すべての指標においてフェリスが基本であり、それと比べてどうこうという思考になる。なんせ三万年間彼女《かのじょ》としか戦ってこなかったのだから当然だろう。

だが、これが良くなかった。みんな本気を出せばフェリス並なのだと勝手にそう思《おも》い込んでいた。どれだけ見かけが弱くとも、それは相手を油断させるためのフェイク。裏では二百や三百の覚醒《かくせい》やら奥《おく》の手《て》やらを握っていて、相手が隙《すき》を見せるのを待っているのだろうと。だから安易に力押しで潰すことはなく、都度相手に合わせて丁寧に戦ってきた。

けれど、慎重《しんちょう》な恭弥でもそろそろ気づく。彼らには奥の手なんてものはない。今見せている力がほぼ全部。切り札的に使ってくる源種解放とやらも、元々10だった力が1000ぐらいになるだけ。たかがその程度じゃ何も変わりやしない。フェリスとは強さの桁《けた》が数万近く離《はな》れているのだ。

であれば、彼らへの最も効率的な処理方法は一つ。ただ普通《ふつう》に上から踏みつぶすこと。いちいち警戒して戦闘ごっこなどしてやるより、強引《ごういん》に薙《な》ぎ払った方が早いし力も温存できるのだから。

ゆえに、天野の領域を粉々に打ち砕いたことは、恭弥にとっては特段大した話ではないのだった。

「やっぱりこの程度か……お前も他と同じ役立たずだ。大人しく帰れ」

《冬枯れの毒》に汚染《おせん》されている状態でなお、容易《たやす》く破壊《はかい》できる程度の固有異能……もはや殺す必要すらない。こんな雑魚《ざこ》に構うことよりも、今は最後のリストを消化する方が優先だ。

恭弥はさっさと踵《きびす》を返す。だが……

「おい待てよ。まだ終わってねーだろ？」

「？　何を言ってるんだ？　終わったんだよとっくに。そんなこともわからないのか？」

「あー、わからないねー」

と、なぜか恭弥を引き留める天野。

部下たちの手前で虚勢《きよせい》を張っているのか、もしくは本当に彼我《ひが》の実力差もわからないのか。なんにせよ、そこまで言うのなら仕方ない。

「《墜陽《フォール》》」

たった一言の詠唱《えいしょう》で、頭上に極大の疑似《ぎじ》太陽が現出する。これで逃げるのならよし、まだ居座《いすわ》るというのなら……それも一つの選択《せんたく》だ。

そうして放たれた破滅《はめつ》の業火《ごうか》は……しかし、天野に届くことはなかった。

「《顕晶投影《けんしょうとうえい》――『墜陽』》」

再び現れる半透明の霊体。それが天野に憑依《ひょうい》した次の瞬間、まったく同じ《墜陽》が展開したかと思うと、二つは正面からぶつかり合い……あっけなく相殺《そうさい》したのだった。

（スキルトレース？　なら――）

相殺の衝撃《しょうげき》も収まらぬうちに、パンテサリウムから宝剣《ほうけん》を呼び出す恭弥。一瞬で天野の背後に回り込むと、その首を狙《ねら》う。

だが……

「へえー、はえーなこりゃ。次元がちげーわ」

他人事のように呟くや、あっさり剣戟《けんげき》を受け止める天野。普段《ふだん》の恭弥からすれば欠伸《あくび》が出るような速度ではあるが、それでも彼ら程度が視認《しにん》できる領域を遥《はる》かに超《こ》えていたはず。いや、驚くべきはそれだけじゃない。天野がいつの間にか握っていたその剣は、恭弥のそれと寸分たがわぬ宝剣だったのだ。

　その瞬間、恭弥ははっきりと理解した。

　これは単なるスキルコピーではない。魔力、術式、身体能力、はては所持している武装に至るまで、完全に対象をトレースする異能。それはまるで――

「――『鏡』、か……」

「察しがいいねー、正解だ」

　そう唇《くちびる》の端《はし》で笑う天野は、今日で一番上機嫌《じょうきげん》に見えた。

「《己惚の水鏡《ナルキス・スペクラム》》――そいつが俺の固有異能さ。説明は……もう必要ねーよな?」

　対象のありとあらゆるステータスを、映し鏡の如く模倣《もほう》する力。それが天野の本当の固有異能。先ほど使った《天乱遊戯》は過去にトレースした固有異能の一つにすぎなかったのだろう。だからこそ、恭弥がどれだけ圧倒的な力を見せつけようと天野は動じなかったのだ。なにせ、この固有異能を持つ彼にとって敵の力とはすなわち自分の力。相手がどれだけ強かろうが、不都合など少しもないのだから。

　そしてそれを理解した恭弥は……おもむろに自分の左手を刺《さ》し貫《つらぬ》いた。

「おー、判断がはえーな。ま、『鏡』と聞きゃーまずそれを思いつくよなー」

左手から血を流す恭弥を眺めながら、天野は白々しく理解を示す。

「けど残念だったなー。自傷行為やダメージはトレースしねーよ。んなことしたら敵を殺せば俺まで死ぬ欠陥《けっかん》スキルになっちまうじゃねーか。いくら落伍勇者でもそろそろ理解できてんだろ？　俺たちの固有異能ってのは都合よくできてるって」

ふざけた言い方ではあるが、それは紛《まぎ》れもない事実だった。

反作用を受けない高速移動、絶対に壁や物にめりこまないワープ能力、酸素だけは遮断《しゃだん》しない結界術――これまでの学園生活で、『都合のいい』固有異能を幾《いく》つも見てきた。無論、通常の魔術でもこの手の弊害《へいがい》は緩和《かんわ》しているが、それは術式自体に最初からそういう機能を組《く》み込んでいるからだ。けれど、生徒たちはそうじゃない。彼らは副作用など考えもせず固有異能を行使し、そして実際うまくできてしまっている。発生するはずのリスク《弊害》が自動的になかったことにされているのだ。……まるで、世界そのものが彼らを保護しているかのように。

しかし、それはある意味当然でもある。固有異能とは世界を守護する剣。であれば、その担《にな》い手である勇者が世界から優遇《ゆうぐう》されるのはむしろ自然な道理。世界そのものから忖度《そんたく》を受けたご都合主義の塊《かたまり》――だからこそ人はそれをチート能力と呼ぶのだ。

「そーゆーわけで小細工は効かねんだわ。っつか、そもそもてめーの生命力や耐久力《たいきゅうりょく》もトレースしてんだから効いても意味はねーけどな。どうせやるならさっきみてーな力押しの方がまだマシ…………いや、そうでもねーか」

と、天野は思い直したように呟《つぶや》く。

「なんせこれは鏡だ。王様だろうが奴隷《どれい》だろうが、太陽だろうが石ころだろうが、鏡ってのはありのままをただ映す。そこには区別もねーし限界もねー。だから対象の能力が強かろうが弱かろうが同じことだな」

相変わらず淡々と結論を述べた天野は、それから軽く肩をすくめた。

「つってもまー、完全無敵の能力なんてありえねー。実際力押しでやってみりゃ案外簡単に突破《とっぱ》できたりするかもな。俺自身この能力の限界なんてしらねーんだ、誰にもわかりっこねー。だからあれだ、まーせいぜいあがいてみろや」

と、まるで他人事のように投げやりに言い放つ天野。それは絶対に勝てるという余裕によるもの……ではなかった。事実、天野は本当に自己の限界を知らないし、負ける可能性がゼロだと確信しているわけでもない。ただ、彼は理解しているのだ。ここから先は相手依存《いそん》。わかりようのないことで不安になったり動揺《どうよう》したりするのは馬鹿のやることであると。

そして選択をゆだねられた恭弥は……一歩も動けずにいた。

現状は至ってシンプル——恭弥の限界と《己惚の水鏡》の限界、どちらが上か？　ただそれだけの丁半博打《ちょうはんばくち》。無論、万全《ばんぜん》な状態であれば迷わず力押しを選んだだろう。だが、今はそうじゃない。《冬枯れの毒》により普段の一パーセント以下の力しか出せないこの状況では、現時点の全力を出し切ったとしても《己惚の水鏡》のトレース上限を超えられない恐《おそ》れがある。そうなれば力をそっくりそのまま奪《うば》われて一巻の終わり。賭《か》けるにはあまりにも分が悪すぎるのだ。

そしてさらに最悪なのは……考えがまとまるまで待ってくれるほど、天野は優《やさ》しい先輩《せんぱい》ではないということ。

「ん？　どーした、やらねーのか？　ならもういいわ。そのまま大人しく死んどけ」

失望したように言い放つや、天野は続けざまに《墜陽》を乱射する。一度トレースしたものはいつでもノーコストで再現可能、それが《己惚の水鏡》の能力だ。

そして対する恭弥はといえば、ひたすら防壁を展開して耐《た》えるしかなかった。なにせ相手は鏡。反撃すればそれさえトレースされてしまう。今の恭弥にできる最善は、最小限の力で防御し続け少しでも相手に手札を与《あた》えないようにすることだけ。

それはまさに鏡の中の自分と戦っているようなものだった。向こうが自分である以上絶対に殺すことはできず、工夫も戦略も即座に模倣されるだけで意味をなさない。馬鹿らしくなるぐらい不毛な戦闘《せんとう》である。しかもただでさえジリ貧の状況に加え、《冬枯れの毒》が内側から恭弥を蝕むのだ。もはや戦況《せんきょう》は絶望的――

そうして無益な抵抗《ていこう》を続ける恭弥を、天野は嘲《あざけ》るような眼で眺めていた。

「頑張《がんば》るなー、恭弥。世辞抜《ぬ》きで大したもんだ。それだけの強さ、相当努力したんだろ？……けど、だからこそ悔しいよなー？　努力の欠片もしたことねー俺相手に、手も足もでねーなんてよー。だけど仕方ねーんだよ。世界ってのはそーゆー風にできてんだから。てめーは敗者で、俺が勝者。この女が今日死ぬのと同じ、最初からそー決められてたのさ。だからさっさと諦めろって」

『すべては最初から決まっている。だから何をやっても意味がない』――その投げやりな運命論はもはや稚拙《ちせつ》でさえある。

だが、それも当然といえば当然のこと。なにせ彼の固有異能はあらゆる努力の結果だけを奪い取る力であり、それを他でもない世界そのものから与えられたのだ。こんな固有異能を持っていながら、『世界は自分の力で切り開ける』なんて口が裂《さ》けても言えるものか。

そして対する恭弥もまた、もうその運命論を否定することはできなかった。

「……そうだな、確かにそうかもな……」

既《すで》に疲弊《ひへい》しきった恭弥は、力なくそれを認める。

追い詰《つ》められているのは事実。

役割が存在するのも事実。

そして三万年の努力に意味がなかったこともまた事実。……少女一人救えないのであれば、こんな力無価値以外の何物でもないのだから。

ただ、揺《ゆ》るがぬ事実ならもう一つだけある。

それは、まだ戦いが終わってはいないということ――

「……でも、一つ訂正《ていせい》だ。確かにお前は敗者じゃない。けどな……勝者にもなれないよ」

そう呟いた瞬間、恭弥が初めて反撃に移った。

「《根絶やしの宿火《ヴァイサ・カルナ》》」

刹那、恭弥の指先に灯《とも》る小さな炎《ほのお》。《墜陽》の数千分の一程度しかない実にちっぽけな灯《ひ》だが、内包された魔力量《まりょく》に関してはむしろ逆。恭弥の手から放たれるや、《根絶やしの宿火》は無数の《墜陽》をあっという間に焼き尽《つ》くし、天野本体へと牙《きば》を剥《む》く。

だが……

「あーあ、やっちまったな」

せせら笑う天野が展開するのは、まったく同じ《根絶やしの宿火》。……確かに強力な術ではある。だがこの呪文《じゅもん》も天野の限界を超えるものではなかった。――つまり、恭弥の反撃はさらに強力なカードを与えただけだったのだ。

「馬鹿だなー、力押しなら最初にやらねーと。削《けず》られてから慌《あわ》てて全力じゃおせーよ。つってもま、この程度ならどっちにしろ――」

と勝利を確信し嘲笑う天野は……唐突《とうとつ》にどす黒い血を吐きだした。

「ごふっ………は、あ……？」

まるで内臓に直接手を突《つ》っ込まれぐちゃぐちゃに掻《か》きまわされているかのような、尋常《じんじょう》でない苦悶《くもん》と激痛。どろどろと腹の底から溢《あふ》れ出す血は腐《くさ》った泥水《どろみず》の味がする。一体自分の体に何が起きているのか、わけもわからないまま悶《もだ》える天野。

その様子を静かに観察していた恭弥は、一つの結論を呟いた。

「やっぱりそうか……攻撃と同時に発生する制約なら自傷扱《あつか》いはされないんだな」

その可能性に気づけたのは、ある意味《天乱遊戯》のお陰《かげ》だった。

戦闘の一番最初、《天乱遊戯》を行使したあの時。天野は丁寧にルールを説明しようとしていた。ただの親切心なわけもなし、この男がわざわざそんなことをする理由は一つ――それが固有異能に付随《ふずい》する制約だからだ。

そう、ノーコストで何度でも再演できる《己惚の水鏡》だが、鏡であるがゆえに術式そのものに付随された制約や代償もまた、正確にそのままトレースしてしまうのである。

それに気づけばあとは簡単なこと。防戦しつつ即席《そくせき》で魔術式を構築し、攻撃と代償によるダメージが同時に発動する魔術を創造するだけ。これにより、もしトーレスすれば制約が天野を襲《おそ》い、それを嫌《きら》ってトレースをやめればそのまま術式が直撃《ちょくげき》するという二者択一《にしゃたくいつ》を迫《せま》ることができる。そしてどちらを選ぶにしろ、天野はダメージを避《さ》けられない──《己惚の水鏡》を打ち破る恭弥の作戦は見事成功したのだ。

──だが……

「……おい、待てよ。なんかドヤ顔してるけどよー……ふつーにダメじゃね、それ？」

初めて流す血を拭《ぬぐ》いながら、それでも天野は冷静なまま。

そして彼の言葉通り……次の瞬間、今度は恭弥が血を吐くのだった。

「っ……」

「ははっ、そーだよなー？　お前も喰らうよなー!?」

それは少し考えればわかる当然の帰結。制約による反動は恭弥にだって牙を剥くのだ。

無論、反動を防ぐ術式ぐらい幾らでも構築できる。だが、それをやってしまえば防衛術式ごとトレースされ結局意味をなさない。ゆえに、天野へダメージを入れようと思えば自ら代償を受け入れるしかないのだ。

　そして両者が互《たが》いに代償を払い続けた場合……先に死ぬのは間違いなく恭弥だった。《己惚の水鏡》により、天野は既に恭弥と全く同じ耐性と自己治癒《ちゆ》能力を得ている。そこへプラスして彼自身の耐久力が加算されるのだ。それだけでも既に勝負は決まっているのに、恭弥は今《冬枯れの毒》に蝕まれ続けている。この状態で同じダメージを受け続ければ、どう転んでも恭弥の方が先に力尽《ちからつ》きるのは自明の理。

　ゆえに、恭弥の選んだ戦略は必敗に至る自滅《じめつ》の道であり、天野は正確にそれを見抜《みぬ》いていたのだ。

「大方、ハッタリで俺に能力を解かせようとしたんだろ？　だが残念だったな、その手にはのらねーよ。先にくたばるのはてめーだ。だいたい、ひよってんじゃねーよ。それをやるなら即死《そくし》する代償だろーが。結局てめーは自分の命も捨てられねーチキン野郎。だから落ちこぼれなんだよ！」

　と、吐血《とけつ》する様を見下ろしながら詰《なじ》る天野。

　そして恭弥は、それを否定しようとはしなかった。

「そうだな、確かにその通りだ……俺の体はそんなにやわじゃない。この程度の代償で死ぬことはない。ただ少し苦しいだけでな」

　恭弥はその事実を素直《すなお》に認める。

そう、内臓が腐り堕ちる程度の反動では何度やっても自己再生能力の方が上回ってしまう。ゆえにこのダメージは見掛《みか》け倒《だお》しの虚仮《こけ》であり、現状打開の策にはなりえない。すべて天野の言う通りなのだ。

……ただ、彼には一つ見逃《みのが》していることがある。――この世には、死ねない苦しみというものがあるということ。かつてフェリスが永劫《えいごう》の停滞《ていたい》の中で苦しんでいたように。

「だからまあ、そんなに怯《おび》えて吠《ほ》えるなよ。心配しなくてもお前は死なないよ。何万回この苦痛を味わおうと、そのせいで精神が異常をきたそうと、互いの腐った臓腑《ぞうふ》で世界が覆《おお》われたって……お前は死なないさ」

そう囁《ささや》いた瞬間、恭弥の頭上に展開される《根絶やしの宿火》。それも一つや二つじゃない。数百、数千、数万……無数に展開された極黒の炎は、容易く世界をも焼き滅ぼすだろう。終焉呪法を抑《おさ》えながらなお恭弥はこれだけの余力を残していたのだ。

だが、対する天野もまた最上位の勇者。そのすべてを即座にトレースしてみせる。《己惚の水鏡》もまだまだ余力十分、結局は先ほどと同じ状況に。

ただ、先ほどとは違って天野の表情に余裕はなかった。なぜなら彼はその優秀《ゆうしゅう》さゆえに気づいてしまったのだ。恭弥が本当は何を狙っているのかを。

「正気か、てめー？　チキンレースのつもりかよ……⁉」

《己惚の水鏡》の所有者だからこそ、彼はよく知っている。万象《ばんしょう》を映すこの鏡が、唯一トレース不可能なもの──それが精神だ。

といっても、それはごく当たり前の話。相手の精神までトレースしてしまえば、完全に相手そのものになってしまう。世界から保護された固有異能はそんなリスクを所有者に負わせたりはしない。ゆえに精神だけは今なお天野のまま。……そして、恭弥の狙いはそこにあった。

──反動に伴う地獄《じごく》の苦痛、それによって狙うのは肉体ではなく精神の方。恭弥は心を折る戦いを始めようとしていたのだ。

その目論見《もくろみ》を看破した天野は、それでもなお嘲笑《ちようしよう》を浮《う》かべてみせる。

「ははっ、いい度胸じゃねーか。けどやっぱ馬鹿《ばか》だわおめー。必ず勝つとわかってるチキンレースで降りるわけねーだろーが！」

根性勝負、などという低俗《ていぞく》で泥臭《どろくさ》い戦いは確かに天野の望むところではない。……が、別にできないとも言っていない。ましてや肉体面においてはどうあがいても恭弥が先に壊れるのは明白なのだ。こちらから降りてやる義理などどこにもないのである。

そう、結局はこれもこけおどしのハッタリに過ぎない。であれば受けて立つのみ。

そして対する恭弥は……もう何も言わなかった。その代わりに軽く指先を振るう。それが始まりの合図だった。

両者の頭上から降り注ぐ《根絶やしの宿火》。完全な鏡写しで行われる不毛な相殺合戦に終わりはなく、あるのは無限に繰《く》り返される反動だけ。焼け爛《ただ》れ、腐り堕ち、切り刻まれた内臓を、血反吐《ちへど》と共に吐《は》き散らす。本来なら即死しているはずの代償《だいしょう》だが、鍛《きた》え抜かれた恭弥の肉体ならば死なない……というより、死ねない。臓腑が腐り堕ちたそばから再生し、再生したそばからまた腐る。死をも超えた苦痛だけが永遠に再演され続けるのだ。

それは天野にとってあまりにも耐えがたい拷問《ごうもん》だった。なにせ固有異能を得てからダメージを負うことなど一度としてなかったのだ、自分の臓腑の中でのたうち回る苦痛に慣れているはずがない。

だが、一秒が一年にも感じる苦悶の中で、それでも天野は内心笑っていた。

彼は気づいていたのだ。恭弥が犯《おか》した致命的《ちめいてき》なミスに。

それは……恭弥自身がこのチキンレースを終わらせる選択権《せんたくけん》を持っていること。いつやめるか自分で決められるのは一見有利なように思えるが、実際はそうじゃない。根拠《こんきょ》は簡単——人間の意思なんてものはとても脆弱《ぜいじゃく》だからだ。

卑近《ひきん》な例を挙げようとすれば、それこそ腐るほどある。勉強、仕事、ダイエット……やると決めたことを途中《とちゅう》で投げ出したり、疲《つか》れたからと手を抜いたりといった経験は、普通に生きていれば誰しもあるだろう。常にあらゆることを100％完璧《かんぺき》にこなしてきた、なんてのたまう人間がいるとしたら、そいつはただの嘘《うそ》つきだ。

人間は必ずどこかでさぼる。必ずどこかで妥協《だきょう》する。必ずどこかで楽をする。それは人間という生物の歴史自体が物語っていること。だってそうだろう？　個々が己の意思のみですべてを完遂《かんすい》できるというのなら、なぜ人間は法律を作る？　なぜ人間は宗教を作る？　なぜ人間は社会を作る？

法、神、国……これらはすべて個人よりも上位の存在だ。だが少し考えるとおかしくはないだろうか。せっかく種として地上の覇者《はしゃ》となった人類が、なぜわざわざ上位のシステムを創造しそれに従わなければならない？　あえて自分たちを縛《しば》るなんて馬鹿みたいではないか。だがこれらのシステムは世界中で当たり前のように存在している。それはなぜか？　答えは明白だ。否応《いやおう》なく正しいことを強制するシステム……それがないと人間はすぐに堕《だ》落《らく》してしまうから。法律がなくなったら？　宗教がなくなったら？　社会がなくなったら？　想像すれば答えは出る。犯罪は増え、道徳は廃《すた》れ、世界はめちゃくちゃになるだろう。人間は自らの意思や自制心が貧弱だとちゃんと知っている。だから世界はこういうシステムだらけになったのだ。

いや、それを証明するのに本当はこんな理屈《りくつ》など必要ない。

だってこの目で見てきたじゃないか。我《わ》が子を捨てるクズ。友を裏切るクズ。綺麗事《きれいごと》ばかり並べて結局何もしないクズ。どいつもこいつも弱者と見れば痛めつけ、強者と見ればこびへつらう。そんな人間ばかりだった。だから天野はこう考える。それらはすべて仕方のないこと。だって人間の意思なんてものは吹《ふ》けば飛ぶほど貧弱なのだから。彼らクズは自分でやりたくてやったんじゃない。ただそういう風に生まれてきてしまっただけ。そういう役割を担ってしまっただけ。……そう思わないと、とてもやっていられない。

ゆえに、天野は断言する。

この苦痛はそう長くは続かない。九条恭弥《くじょう》はじきに音をあげる。それは彼が人間という生物である以上必然の帰結だ。否応なき拷問を耐えるだけならまだしも、自分の手で、自分の意思で、自らを拷問し続けるなんて人間という生物には元来不可能な所業。できるわけがない。そう、人間の意思は弱い。必ずどこかでためらう。必ずどこかで憶《おく》す。必ずどこかで逃《に》げ出す。そういう風に世界から決められた生物なのだから。きっと今頃《いまごろ》、向こうだってのたうち回っているはず。いつやめれば体裁《ていさい》が保てるか、いつ折れれば恰好《かっこう》がつくか、そんな無様なことを考えている頃合《ころあ》いだ。……何なら、今からその顔を拝んでやろうか?

その思い付きに従って、四苦八苦しながらも視線をあげる天野。恭弥が無様に苦悶する顔を見ればこの苦痛もだいぶ紛《まぎ》れるはず。……だが、その思惑《おもわく》は全くと言っていいほど外れていた。

「……は……？」

彼の想像通り、確かに恭弥は血を流していた。いやむしろ、《冬枯れの毒》を抱《かか》えているぶん天野の想定よりずっと大きな代償を支払《しはら》い続けていると言っていいだろう。

だが彼の想像とは違い、恭弥は悶えてなどいなかった。

己の血の海に没《ぼっ》してなお微動《びどう》だにせず。死をも超えた苦痛を浴びてなお表情一つ変えず。恭弥はただ淡々《たんたん》と自らに拷問をもたらす術式を紡《つむ》ぎ続けている。そこには躊躇《ちゅうちょ》も逡巡《しゅんじゅん》も欠片《かけら》も見られず、ただ機械の如くそれを遂行《すいこう》するだけ。だがそれでいて、その眼には機械が決して持ちえない確かな感情が灯っている。

世界が定めた運命さえも覆さんとする不屈《ふくつ》の覚悟《かくご》――それは天野が否定し続けた、人間の意思そのものだった。

ああ、こりゃダメだ。

天野はその瞬間《しゅんかん》に理解してしまう。この男は成《な》し遂《と》げるだろう。誰に強制されなくとも、誰に阻《はば》まれようとも、どれだけの代償を支払おうと、どれだけの苦痛を伴おうと、この男はやる。自らの意思のみに従って――

「チッ、付き合ってられるか……！」

そう吐き捨てた天野は、即座《そくざ》にトレースを中断し転移の固有異能を起動する。

こんな異常者と張り合うなんて時間の無駄《むだ》。こういう場合はさっさと引き上げるのが最善で——

「——どこへ行くつもりだ？」

「っ?!」

耳元の声に気づいた時には、既に顔面を鷲掴《わしづか》みにされた後。

反応も警戒もまるで間に合わなかった。——そう、〝別の誰《だれ》か〟ではダメなのだ。九条恭弥に対応するには、九条恭弥でなければ。

逃走《とうそう》のためトレースを解いたその瞬間に、天野の命運は決していた。

「お前の覚悟なんてこんなものか。ならこれで終わりだな」

抵抗を考える隙すら与えることなく、天野の顔面をそのまま地面に叩《たた》きつける恭弥。その衝撃で大地には深々と亀裂が走り、天野の意識は朦朧《もうろう》とかすむ。そして恭弥は掴《つか》んだままの頭部へさらに力を込《こ》めた。

「そういえば言ってたよな？　事故はつきものだって。……お前の能力、思ったより面倒《めんどう》そうだ。消しておくにこしたことはない」

軽く力を入れるだけでミシミシと軋む頭蓋骨《ずがいこつ》。相手が最上位勇者だろうと恭弥の力の前では何の問題にもならない。それは彼《かれ》にとって卵を割るよりも簡単なこと――

「――待って!!」

だが、天野の頭蓋《ずがい》が無惨《むざん》に潰れる寸前、シセラの声がした。

「もういいよ、もういいから……行こうよキョーヤ」

「だけど、こいつはお前を……」

相手はたった一日だけの外出を邪魔《じゃま》し、平気でその命を摘《つ》もうとした男だ。慈悲《じひ》をかけてやる義理も理由もない。それこそ自業自得《じごうじとく》というものだろう。

だが、シセラの答えは変わらなかった。

「別にいいわ、そんなの。それに、前に言ったでしょ――あなたに悪役は似合わないって」

「……わかった。お前がそう言うのなら」

恭弥は言われるがまま手を放す。

今日は彼女にとって最後の日。それを血で汚《けが》すわけにはいかない。……もしもまた襲ってくるようなら、その時に対処するだけだ。

思考を切り替《か》えた恭弥は……ふっと微笑《ほほえ》んだ。

「さてと、そんじゃ、花畑を探しに行かないとな」

「うん！」

もう間もなく日が暮れる。この国の処刑人《しょけいにん》たちが動き出す頃《ころ》だ。一刻も早く花畑を見つけなければ。

そうして恭弥はシセラの手を取る。……そんな二人の背後から、呆れたような声が響《ひび》いた。

「──おいおい、花畑だー？　なんだそりゃ？」

乾《かわ》いた笑いと共に起き上がったのは、今しがた敗れたばかりの天野。流血で紅に染まったその相貌《そうぼう》で、目だけがぎらぎらと輝《かがや》いている。

「ちげーだろ、そうじゃねーだろ。てめーの本性《ほんしょう》はそんなんじゃねーだろーが！　なにまともぶってんだよ九条恭弥！　内臓が腐り堕《お》ちて平気な奴《やつ》がまっとうな人間なわけねーだろ！」

「……まともかそうじゃないかは、強さが決めるわけじゃないだろ」

恭弥は静かにそう答える。……少なくとも、一人の少女を平然と見殺しにする奴らよりよほど人間的なはずだ。

だが、返って来たのは大きな溜息《ためいき》だった。

「……あー、ダメだこりゃ。一番たちわりーやつじゃねーか。マジでずれてるよお前

「……」

そう呟く声はこれまで通り冷静で、そして……これまでになく本気だった。

「てめーは有害だ、九条恭弥。あまりにも度が過ぎてる。世界に存在していい一線を越《こ》えてんだよ。そんで何より厄介《やっかい》なのは……自分でそれに気づいてさえいねーことだ。だから——てめーはここで潰す」

淡々と放たれる処刑宣告と、初めて見せる本気の敵意——それは紛れもない〝勇者〟の役割を担う者の顔。

その瞬間、恭弥は次に起きることを理解した。

「《源種解放——『万福叛禍《ばんぷくばんか》』》」

刹那、世界を駆《か》け抜ける半透明の光。

咄嗟《とっさ》にシセラを庇《かば》う恭弥だが……二人には特段のダメージはなく、辺りにも何ひとつ変化は見られない。

まさか、失敗したのか？　何にせよ距離《きょり》を取るに越したことはない。とシセラを庇いつつ後退しようとしたその時、恭弥はようやく異変に気づく。

——後ずさったはずの足が、意思に反してなぜか前へ進んだのだ。無論、それ自体は些細な異常にすぎない。だが、決して起こり得ない現象であることもまた事実。そして恭弥が予感した通り、それはほんの前触《まえぶ》れでしかなかった。

不意に反転する左右の視界。

唐突に倒錯《とうさく》する上下の感覚。

寒暖の体感が逆になり、呼吸の仕方はあべこべに。足を動かそうとすれば手が動き、目を動かせば口が動く。しかも、この異常事態に心はなぜか安堵《あんど》を感じてしまっている。——あらゆる動作、あらゆる知覚、極《きわ》めつけにはあらゆる思考までもが混線しているのだ。

《源種解放：万福叛禍》——それはいびつなる鏡面世界を創造する力。あらゆるものが不規則かつ無作為《むさくい》に反転するこの領域では、己すら歪《ゆが》んだ虚像《きょぞう》と化してしまう。そう、失敗などとんでもない。天野は確かに世界を創《つく》り変えていたのである。

そんな鏡面世界を前にして……恭弥は思わず呟いてしまった。

「驚《おどろ》いたな……まさか——ここまでくだらない異能があるとは……」

と、心底拍子抜《ひょうしぬ》けしたように溜息をつく恭弥。鏡面世界にありながら、その動作は普段と全く変わらない。——領域発生から僅《わず》か一秒。恭弥は既にこの反転現象に適応していたのだ。

なにせ、あの三万年の修行《しゅぎょう》において一番最初に叩き込まれたことこそが自己のコントロール。身体操作、魔力生成、思考制御《せいぎょ》……いずれも完璧に掌握《しょうあく》している恭弥であれば、それらがどれだけ反転しようと都度それに応じて操作を変えるだけ。その手の細かい制御は恭弥の最も得意とするところである。

かくしてあまりにもあっけなく奥の手を破られた天野は……しかし、欠片の動揺もしてはいなかった。

「くくく……そーだよな、まーそーなるよなー」

と唇を歪めて笑うその顔は、まるで最初からわかっていたと言わんばかり。

強がりか、ハッタリか、それとも——

「そうさ、ハナからわかってたよ。こんな子供騙《こどもだま》しは通じねー。あーそーだ、だからしょーがねー、しょーがねーんだよな……？」

ぶつぶつと呟かれるそれは、何やら弁明めいた独り言。

固有異能は破られ、部下たちは使い物にならず、奥の手の『源種解放』さえ秒で攻略《こうりゃく》された今、天野にはもう打つ手などないはず。……だというのに、なぜだろう。恭弥はひどく嫌《いや》な寒気を覚える。

そしてその悪寒《おかん》が正しいと証明するかのように、顔を上げた天野は勝利の笑《え》みを浮かべていた。

「なー恭弥、確かにてめーは規格外だ。けどな……規格外ってんなら、ここにはもう一つあるんだぜ――？」

「……！　まさか……⁉」

その言葉でようやく天野の真意に気づく。……だが、一歩遅《おそ》かった。

「《反転魔境《はんてんまきょう》――‼》」

刹那《せつな》、再び迸《ほとばし》る半透明《はんとうめい》の光。ただし今回反転したのは感覚や知覚のようなくだらないものではない。天野の狙いはたった一つのある〝概念〟――

「ね、ねえキョーヤ……これ、どういうこと……？」

いち早く異変に気づいたシセラが呆然《ぼうぜん》と呟く。

その視線が向く先は、まさに今太陽が沈《しず》もうとしている空。とうとう時間切れが来たのである。……だが、彼女が言いたいのはそういうことではない。

普通、日没《にちぼつ》とは文字通り日が沈み夜になること。けれど今、太陽が西の空に消えた後に登って来たのは、静かな月……ではなく眩《まばゆ》く輝く白熱の太陽。今しがた沈んだはずの太陽が再び東の空から現れたのだ。

そう、天野が反転させたのは昼夜という概念そのもの。勇者の切り札は大いなる星の運行さえも歪めてみせたのだ。そして殊《こと》この状況《じょうきょう》において、昼と夜が逆転することは特別な意味を持つ――

「っ……！」

朝日を浴びたその瞬間、どくりと体内で蠢《うごめ》く何か。

それは光と魔力を喰《く》らう闇《やみ》の権化《ごんげ》にして、世界を死滅《しめつ》させる終焉《しゅうえん》の具象——氷獄《ひょうごく》の底でまどろんでいた《冬枯れの毒》が、新たな朝日の到来《とうらい》に目を覚ましたのだ。

そこから先はあっという間だった。

燦々《さんさん》と降り注ぐ陽光を貪《むさぼ》り、瞬《また》く間《ま》に肥大化していく呪詛《じゅそ》。その速度も純度もこれまでとは比べ物にならない。だがそれもそのはず。天野が反転させたのはただの夜ではない。『十六年に一度訪《おとず》れる《冬枯れの毒》が最も弱まる極夜』だ。それは呪詛《じゅそ》封印《ふういん》のための魔術的《まじゅつてき》な制約を帯びたもの。であれば、それが反転したこの朝陽もまた普通であるはずがない。決して沈むことのない白夜《びゃくや》……それも、《冬枯れの毒》を強化する権能を帯びた太陽なのだ。

どす黒い血を吐き出し、思わず膝《ひざ》をつく恭弥。常人なら即死の呪詛をそれでもギリギリで中和し、何とか抑え込もうとする。……が、暴走した毒の影響《えいきょう》は恭弥だけに留《とど》まる代物《しろもの》ではなかった。

「……キョー、ヤ……」

消え入りそうな声で呟くシセラは……次の瞬間、血を吐いて崩《くず》れ落ちる。

咄嗟にその体を抱《だ》き留《と》めるものの、蒼白《そうはく》な顔に生気はなく、既に手足も動かない様子。

そして何より最悪なのは、異変がそれだけでは済まなかったこと。

白熱の太陽に照らし出されたシセラの影《かげ》……それがぞわりと蠢いたかと思うと、不意に輪郭《りんかく》を失ってまるで零《こぼ》したインクの如く広がっていく。それは瞬く間に大地を塗《ぬ》り潰《つぶ》し、大気を汚染《おせん》する。美しかった草原は不毛の荒野《こうや》と化し、辺りを飛び交《か》う虫や小鳥はぼたぼたと腐り堕ちる。世界は一瞬《いっしゅん》にして死地へと姿を変えたのだ。

そんな地獄の如き惨禍《さんか》に、響くのは天野の笑い声だけ。

「くくく……あはははは!!　わかるか恭弥、こいつは全部てめーのせいだからな！　さっきは偉《えら》そうに覚悟がどーだのほざいてたがよー、そりゃこっちの台詞《せりふ》だ。本当に女を救う覚悟があったなら、なぜ俺《おれ》を殺さなかった？　女に止められた程度でひよってんじゃねーよ。無抵抗《むていこう》な相手だろうが、生まれたての赤子だろうが、誰にどれだけ止められようが、目的のためなら殺す。それが本当の覚悟ってもんだろーが！」

一方的にまくしたてる天野の瞳《ひとみ》には、眼前の地獄も《冬枯れの毒》も映ってはいない。天野はただひたすら恭弥のみを睨《にら》み続ける。

「その程度の覚悟もねーくせに、なんでその女を連れ出した？　可哀想《かわいそう》によー、たった一日の外出で何が満たされるっつーんだ？　半端《はんぱ》に外を知っちまったぶん余計未練が残るだけだろーが。てめーは何がしたかったんだ？　……って、簡単か。カッコつけたかったたんだろ？　良い奴って思われたかったんだろ？　哀《あわ》れな女を見殺しにする罪悪感から逃げたかったんだろ⁉　そうさ、てめーは自分の自己満に女を利用しただけだ！　役目に従う人形のままなら恐怖《きょうふ》もなかったろーに！　外を知らねーままなら諦《あきら》めもついたろーに！　何も変えられねーくせに叶《かな》いもしねー夢を見せるなんてよー、ひでーなー恭弥くん！　あんまりだよなー恭弥くん！　まるで悪魔《あくま》だよてめーは！　そーゆー奴をなんて言うか知ってるか？　──だからてめーは偽善者《ぎぜんしゃ》なんだよ‼」

激しく畳《たた》みかける天野に対し、呪詛を抑えるので精一杯《せいいっぱい》な恭弥には反論する余裕《よゆう》さえない。……いや、そうでなくても結局同じことだっただろう。天野の吐くその言葉には、一つとして反論の余地などなかったのだから。

「てめーが何をしたかよく考えろ！　自分がどういう人間か正しく自覚しろ！　そしてそれでも善人ぶろうってんなら……悪いことは言わねー、ここで死んどけ！　それが唯一《ゆいいつ》てめーにできる本物の善ってやつだ‼」

そう吐き捨てながら空間魔術《まじゅつ》を展開した天野は、部下たち共々世界から離脱《りだつ》する。

だが、恭弥にはもう天野などどうでもよかった。今はとにかく、眼前の少女を助けなければ。

「だ、大丈夫《だいじょうぶ》だ、シセラ……！　俺がなんとかするから……！」

腐蝕《ふしょく》の影が広がらないよう必死で結界を張りながら、少女を励《はげ》まそうとする恭弥。だがもはや返事もできないらしく、シセラはただ黒濁した血を吐き出すだけ。そうしている間にも彼女《かのじょ》の体は急速に冷たくなっていく。暴走する呪詛は巫女《みこ》である彼女さえ喰い尽くそうとしているのだ。

明るい太陽の下、ただ一人熱を失っていくシセラは……それでも辛《かろ》うじて唇《くちびる》を動かした。

「……お願い、キョーヤ……封印《ふういん》、して……あなたならできるんでしょ……？」

消え入りそうな声を振《ふ》り絞《しぼ》り、必死で懇願《こんがん》するシセラ。

事実、それは可能だった。

相手は無限に増殖《ぞうしょく》する呪《のろ》い。あと数分もすれば恭弥でさえ手に負えなくなるだろう。だが、逆に言えば今ならまだ破壊《はかい》も封印もできはする。

ただし、そこには当然代償がある。そしてシセラはそれが何かを正確に理解していた。

「このままじゃ世界が終わっちゃう……だから、私のことは気にしないで……」

今まで彼女が生きていられたのは、《冬枯れの毒》があったからこそ。それを完全に封印すれば当然彼女の命もない。このまま毒を放置しようと封印しようと、彼女にとって結果は同じ。どちらにせよ彼女の世界は終わるのだ。

だからこそ、せめて世界を守りたい――そんな最後の願いが恭弥にはわかる。……わかる、けど……どうしても頷《うなず》くことができなかった。

「やめろ……そんなこと言うな！　約束しただろ⁈　今日だけは、お前を自由にするって！　まだ今日は終わってないだろ……！」

そうだ、あの塔《とう》の上で確かに約束した。今日だけは世界で一番自由にすると。それは、たった一日しか残されていない少女と交わした、たった一つの約束。それを守れないなんてことがあっていいはずがない。

それを聞いて……シセラはふっと微笑んだ。

「ありがとうキョーヤ……でもね、もういいの。だって私はとっくに満たされてるから」

「は……？」

「あなたと会ってからの一週間……私、本当に楽しかったの……毎日小毬《こまり》ちゃんたちが来て、一緒《いっしょ》に遊んでくれて、それからあなたが来て、少しだけおしゃべりして……そうして眠《ねむ》りにつくの。それまではね……寝《ね》る時は『別にこのまま起きなくてもいいや』って、ずっと思ってた……どうせ起きてても寝てても何も変わらないから……だけど、あなたが来たあの日から……起きるのが楽しみになったの。気づいてた？　あなたが毎日『おやすみ』って言ってくれるの、あれ、結構嬉《うれ》しかったのよ？　……その上今日は外に出て、デートまでしちゃったんだもん。私の夢、全部叶っちゃった。だから……もう満足よ」

そう囁くシセラが浮かべるのは、まじりっけのない心からの笑み。

嘘でも偽《いつわ》りでもなく、彼女は本心から幸せを感じている。

……だが、その想《おも》いが伝わるからこそ、むしろ恭弥にはそれが許せなかった。

「ふざけんなよ、満たされたなんてそんなわけあるか！　望まない役目を負わされて、あんなところに閉《と》じ込められて、そしてまた世界のために犠牲《ぎせい》になろうとして……その対価があんなごっこ遊びだと？　まだだ、まだ割に合わない。あんな程度の幸福で十分なわけがないだろ……！」

その憤《いきどお》りが少女の望んだものではないと知りながら、それでも恭弥は怒《いか》りを抑えられない。

「もっと望めよ、もっと欲《ほ》しがれよ、もっと理《り》不《ふ》尽《じん》だと叫《さけ》べよ！　おかしいだろこんなの！　なんでお前だけが死ななきゃならない？　なんでお前だけがこんな役目を背負わされる？　なんでお前は……お前たちは、もっと幸せを望まないんだ……!?」

たった一日、好きでもない男と街で遊んだだけ。そんな当たり前が『救い』だなんて、そんなことがあってたまるものか。こんなちっぽけでくだらないことが幸福だなんて、そんな不幸があってたまるものか。

そうだ、これは違《ちが》う。こんな結末はおかしい。決定的に間《ま》違《ちが》っている――

だったら、正しく書き換《か》えなければ。

「俺が絶対に何とかする！　お前が生きられるように、この命に代えても――!!」

彼女には本当の幸せを知ってもらわなければ。たとえどんな犠牲を払《はら》おうとも。今度こそ覚悟を決める恭弥。

だが、それを遮《さえぎ》ったのは他でもないシセラ自身だった。

「本当に優《やさ》しいね、キョーヤ……でも、ダメじゃない。こんなところで命なんて賭《か》けちゃ」

そうたしなめるみたいに囁いたシセラは、悪戯《いたずら》っぽく問うのだった。

「だって……あなたが本当に救いたいのは、私じゃないでしょ？」

その瞬間、恭弥は言葉に詰まる。

それはデートごっこの時と同じ問い。そして今度もやはり、それを否定することはできなかった。ここで嘘をつくことが何より彼女を傷つけると知っているから。

そしてその沈黙《ちんもく》こそがシセラにとって何よりの答えになる。だから少女は優しく……ほんの少しだけ寂《さび》しそうに微笑むのだった。

「あのねキョーヤ……最後に来てくれたのが、あなたで良かった……」

その笑顔《えがお》を見て、恭弥は思う。

ああ、本当に……どうしてこいつらはいつもこうなのだろうか？　そんなことを言われたら、選べる道なんて一つしかないじゃないか。

「……大丈夫だ、痛みはない。ただ少し眠くなるだけだ。そして次に目覚める時は、きっと……こんな役割なんてない自由な世界が待ってるから。だから……」

そっと手を伸《の》ばし、少女の瞼《まぶた》を閉じる。

少なくともこれでもう、彼女は恐ろしいものを見ることはないだろう。

恭弥は静かにその続きを囁いた。

「──おやすみ、シセラ」

※※※※※

その荒野を、小毬は必死で駆《か》けていた。

夕暮れ間際、世界樹の塔近郊《とうきんこう》で突如《とつじょ》起きた天変地異。

激しく飛び交う魔術、有り得ない昼夜の反転、そして、溢れ出るおぞましい呪詛の気配──脱走《だっそう》計画の準備を整えていた小毬は、その異変に気づいた瞬間《しゅんかん》駆け出していた。何かとても嫌な予感がしたのだ。

そうしてようやくその場所へたどり着いた時……すべてはもう終わっていた。

数時間前まで豊かな草原だったはずの荒野には、氷と、呪詛と、戦禍《せんか》の傷痕《きずあと》が。けれど、そのいずれも既《すで》に終わったもの。辺りには何の気配もなく、眠っているみたいに静まり返っている。

そんな荒野の中心にて、小毬は一人の少年を見つけた。

「――恭弥さん！」

見覚えのあるその後ろ姿を目にした瞬間、ざわついていた胸がほっと温かくなる。

この地で何かが起きたのは疑いようがないだろう。それも、とてもとても恐《おそ》ろしい何かが。……だが、もう何の心配もいらない。だって彼がいるのだから。

そう、九条恭弥はいつだって最悪の悲劇を覆《くつがえ》してきた。

新堂勇樹《しんどうゆうき》の裏切りに遭《あ》った時も、レジスタンスに囚《とら》われた時も、恐ろしい禍憑樹《マガツキ》が暴れた時も。あの圧倒的《あっとうてき》な、それでいてどこか優しい力ですべてを救ってくれた。そして少しはにかんだ笑顔で言ってくれるのだ。『よく頑張《がんば》ったな』と。

だから大丈夫。彼がここにいる、それだけでもう何も心配いらないのだ。

――だが、振り返った少年の顔に笑みはなかった。

「……よお、来たか小毬」

出迎《でむか》える少年の声音《こわね》はいつも通りすぎて、かえって何の感情も読み取れない。微《かす》かな違《い》和《わ》感《かん》を覚えつつ、小毬は恭弥の下へと駆け寄る。

「あの、ここで一体何が……？」

「まあちょっとな。でもお前は気にしなくていい、もう全部終わったから」

それを聞いて改めて安堵する小毬。

やはりとっくに解決していたのだ。今度は一体どんな難敵をやっつけたのか、武勇伝を聞きたくてうずうずする小毬は……そこでふと気づいてしまった。

少年の足元に横たわる、一人の少女の存在に。

「シセラ……ちゃん……？」

両手を胸の上で組み、静かに目を閉じている少女。安らかに微笑んだその横顔は、何かとても良い夢でも見ているかのよう。きっと恭弥が塔から連れ出し、広い外で眠るという望みを叶えてあげたのだ。

……ただ、なぜだろうか？　喜ばしいことなはずなのに、さっきから嫌な胸騒《むなさわ》ぎが収まらないのは？

「あの、恭弥さん……シセラちゃんは、大丈夫、なんですよね……？　眠ってるだけですよね……？」

　思わず口をついて出る問い。

　だが恭弥はそれに答えようとせず、逆におかしなことを訊《き》いてきた。

「なあ小毬、この世界をどう思う？」

「え……？」

「世界は一見平和に見えるけど、その陰《かげ》で犠牲になってる奴がいる。俺たちが気づいてさえいないだけで、そんな役割を押《お》し付けられた犠牲者《ぎせいしゃ》がこの世界樹にはたくさんいるんだ。それってさ、理不尽だと思わないか？　間違ってると思わないか？　犠牲の上でしか成立しない世界なら……いっそ滅《ほろ》んだ方がいいと思わないか？」

「きょ、恭弥さん？　何言って……？」

　小毬は震《ふる》える声で問い返す。さっきからどこか様子がおかしい。普段《ふだん》の彼とは何かが違う。

　だがその声すら耳に入らぬらしく、恭弥は淡々と問い続ける。

「なあ小毬、教えてくれよ。この世界には勇者がいて、女神《めがみ》がいて、世界樹の意思なんてものがある。なのに誰も犠牲になる一人を救わない。だったらさ……そんな奴らもう、いらなくないか？」

それだけ問うた恭弥は、答えも待たず踵《きびす》を返す。

「ま、待って――！」

このまま行かせてはダメだ――なぜかそう直感した小毬は咄嗟に引き止めようとする。

だがその手が届くことはなく、恭弥は転移魔法陣《まほうじん》へと消えて行った。

後に残されたのは、一人ぼっちで横たわる少女だけ。

「シセラちゃん……！」

恭弥のことは気になるが、今はまず目の前の彼女だ。

横たわるシセラへと駆け寄った小毬は、飛びつくようにその手を取る。そして……そこには確かに温かなぬくもりがあった。

……うん、大丈夫だ。

「もー、びっくりしたよシセラちゃん。こんなところにいるんだもん。恭弥さんに連れ出してもらったの？　いいな～、私も誘《さそ》ってくれればよかったのに～」

声が震えないように唇を噛《か》みながら、シセラの傍《かたわ》らに腰《こし》を下ろす。

……大丈夫。大丈夫。

「二人でどこへおでかけしたの？　ラベルの街とかかな？　あ、だったらあそこのホットドッグ食べた？　おいしいよね～！　ララちゃんも大好きなんだよ！」

嗚咽《おえつ》が漏《も》れないよう噛み殺しながら、明るく笑顔を浮かべる。

……大丈夫。大丈夫。大丈夫。

「そうだ、今度はララちゃんたちも誘ってまた行こうよ！　一緒にしたいことたくさんあるんだ！　リストに書き切れなかったこともいっぱいあってね……！　……その、本当に……本当に、いっぱいあるの……だから、ねえ……シセラちゃん……」

涙《なみだ》が零れないよう堪《こら》えながら、小毬は心から懇願した。

「お願いだから……返事を聞かせてよ……」

大丈夫。大丈夫。大丈夫。大丈夫――こんなのは何かの間違いに決まってる。気のせいに違いない。だってほら、まだこんなに温かいじゃないか。

聞こえない鼓動《こどう》、感じられない呼吸、次第《しだい》に失われていく体温……そのすべてに気づかないふりをしながら、小毬は何度も声を掛《か》け、何度もその体をゆさぶる。何度も、何度も、何度も。

こんなの絶対に気のせいだ。そうに決まっている。こんなことが起こるわけがない。だってそうだろう？　世界のために過酷《かこく》な役目を背負ってきた彼女が報《むく》われないなんて、そんな理不尽があっていいはずがない。たくさん辛《つら》い目に遭った分、これから先たくさんの幸福と出会わなきゃダメなんだ。そうでなくちゃ釣《つ》り合いが取れない。そうでなくちゃあまりに世界は残酷《ざんこく》だ。孤独《こどく》と不自由に囚われたお姫様《ひめさま》の物語は、必ずハッピーエンドで終わる――ずっとそう信じてきたのに。

それなのに……

「どうして……こんな……」

声が震える。

嗚咽が漏れる。

堪えていた涙が溢《あふ》れ出す。

どんなに誤魔化《ごまか》そうとしても、事実はたった一つだけ。

――彼女はもう二度と目覚めない。

『大丈夫』、なんかじゃなかった。

『なんとかなる』、なんて嘘だった。

何もできなかった。

救済なんてなかった。

ハッピーエンドなど訪れなかった。

この荒野にあるのはただ、報われなかった少女と、救えなかった現実だけ――

「……違う。こんなの間違ってる……」

堪え切れず思わず呟《つぶや》く。

そうだ、これは違う。こんな結末はおかしい。決定的に間違っている。

そう口にした瞬間、胸の内で何かが蠢き始める。

「まだ……まだ終わりじゃない……終わらせない……」

頭をもたげたその衝動《しょうどう》に従って、小毬は静かに立ち上がる。

こんなものは望んでいたエンディングじゃない。彼女が死ぬ世界は正しくない。どこかで何かが狂《くる》ってしまったのだ。

だったら……正しく書き直さなければ。望む通りの結末を、望む通りの力で。そのやり方を、私たちは知っているのだから――

「《女神の天涙《エル・ヴィスカム》》――」

詠唱《えいしょう》に従って宙空に咲《さ》き誇《ほこ》る巨大《きょだい》な剣《つるぎ》。だが、その形状も魔力《まりょく》も普段《ふだん》彼女《かのじょ》が扱《あつか》うそれとは根本からして別物。それが一体何なのか、どうやって展開したのか、失意にぼやける意識では小毬本人にさえわからない。

だが、過程も仔細《しさい》もどうでもいい。これの使い方を私は知っている。それで十分じゃな

いか。

「――《『ゼンマイ仕掛けの女神の手』《デア・エクス・フェイト》形態《オルタ》》」

刹那、起動する剣。

放たれる異様な魔力。

呼応するように変質を始める世界。

不毛の荒野と化したはずの大地が、徐々《じょじょ》に緑の草原へと戻《もど》っていく。

死に絶えたはずの虫たちが、いつの間にか鳴き声を交わし始める。

腐《くさ》り堕ちたはずの鳥たちが、再び大空へと飛び立っていく。

それはまるで時計のゼンマイを逆に回しているかのように。世界が終わったはずの過去へと回帰していく。戦禍の痕跡《こんせき》が消え、漂《ただよ》う瘴気は消滅《しょうめつ》し、草原は春の花園まで巻き戻る。

そして加速する逆流現象は、もはや世界だけにとどまらない。

――花園となった大地にて、横たわる少女の指先が微かに動いて――

「――それ以上はやめてください。今のあなたじゃ無理です。あなたのためにも、その子のためにもなりませんよ」

不意に背後から響く声。

いつの間に現れたのか、そこに立っていたのは祇《ぎ》隠寺《おんじ》凛《りん》だった。……だが、少し様子がおかしい。普段の飄々《ひょうひょう》とした表情は鳴りを潜《ひそ》め、ひどく心配そうにこちらを見ている。

その視線で、小毬は初めて気づいた。

足元に広がる真っ赤な血だまり。命溢れるこの新しき世界で、一体誰が血など流しているのだろう？　と疑問に思った小毬は、数秒遅《おく》れてその答えを知る。目から、口から、耳から……どくどくと溢れ出る紅の鮮血《せんけつ》は、すべて自分のもの。世界改変の代償《だいしょう》はどうやらこの命ということらしい。

だけど——

「小毬さん聞いてますか?!　やめてくださいってば！」

その制止を無視したまま、小毬はなおも剣へ力を注ぐ。

このままでは死ぬ——きっと凛の言う通りなのだろう。だが、どうしてそれがやめる理由になる？　小毬にはさっぱりわからない。だって、この悲劇を正せないというのなら……こんな命に価値なんてないのだから——

「……すみません」

小さく謝《あやま》る声。と同時に凛の手がそっと背中に触《ふ》れる。

——その瞬間《しゅんかん》、突如《エル・ヴィスカム》が途絶《とだ》えた。

「あ、あれ……？」

唐突《とうとつ》に力を失った小毬は、困惑《こんわく》と動揺《どうよう》にうろたえる。

さっきまでうまくできていた。あと少しですべてを覆せた。だというのに……なぜだろうか、いきなり力の使い方がわからなくなってしまった。無意識に理解できていたはずのやり方が、まるで健忘症《けんぼうしょう》みたいに思い出せなくなってしまったのだ。

「なんで……？　まだだよ、まだ……」

「もういいんです。もう終わったんです」

「違う、違うよ！　ダメだよこんなの！　まだ終わってないよ……！」

小毬は必死で《エル・ヴィスカム》を展開する。だが、現出する剣は普段と同じもの。当然何の力も宿ってはいない。どうやってあれを使っていたのか、どうしても思い出せないのだ。

ただ、本当は小毬にだってわかっていた。あの力の有無《うむ》なんて最初から関係ない。すべてはもう終わっていたのだと。けど、それでも、このまま悲劇を見過ごすことなんて――と、なおもあがこうとしたその時だった。

「――完全蘇生《そせい》……いや、過去改変ですか？　どちらにせよあらざる力だ。それを一時の感情に任せ行使するなど論外。不適格と断定します」

「――え～、そお？　あたし的にはー、できるのにやろうとしないより全然マシだと思うけど～？」

一体いつからそこにいたのか。背後から現れたのは一組の男女。

一人は眼鏡をかけたスーツ姿の男。棘《とげ》のある口調と冷めた表情からは神経質な性格が見て取れる。

そしてもう片方は一転して軽薄《けいはく》そうな女。気合の入った派手なファッションとばっちりキメた濃《こ》い目《め》の化粧《けしょう》は、まるでこれから合コンにでも行こうとしているかのよう。

どちらも年齢《ねんれい》は三十代前半。服装からして間違いなく地球から来た人間である。

一体この人たちは誰《だれ》？　なんで今ここに？

突然《とつぜん》の来訪者に困惑する小毬。だがその疑念が晴れる前に、さらなる三人目が現れた。

「……一手、遅かったようだな……」

現れた三人目の男は、齢《よわい》にして五十も半ば。白髪《しらが》交じりの頭髪《とうはつ》に質素な甚兵衛《じんべえ》というそのいでたちは、まさに老夫という呼称《こしょう》がふさわしい年齢相応のもの。……ただ、その体躯《たいく》に関しては違っていた。

二メートル……いや、二メートル十センチはあるだろうか。歳《とし》不相応のごつい巨躯《きょく》は荒《あら》ぶる獅子《しし》を思わせ、筋骨隆々《りゅうりゅう》の手足は怒《いか》れる竜《りゅう》を彷彿《ほうふつ》とさせる。鍛《きた》え抜《ぬ》かれたその肉体はもはや一つの武具のよう。そこへさらに拍車《はくしゃ》をかけるのはその相貌だ。

無数の傷と皺《しわ》が刻《きざ》み込《こ》まれた老夫の顔は、控《ひか》えめに言ってもさながら鬼《おに》。街中でばったり出くわそうものなら、大の大人でも悲鳴をあげて逃《に》げ出すぐらいの強面《こわもて》である。

だが、だからこそ小毬は不思議に思った。

これだけの巨躯と強面を併《あわ》せ持ちながら、その老夫からはなぜか微塵《みじん》の威圧《いあつ》感も感じない。部分部分はとても恐ろしいはずなのに、ちっとも怖《こわ》いと思わないのだ。

たとえるならそれは、枯《か》れた大樹や、苔《こけ》むした巌《いわお》や、凪《な》いだ湖。とても大きな存在でありながら、決して他者を傷つけることなく悠然《ゆうぜん》とたたずむ……老夫が纏《まと》っているのはそういう自然物に似た気配なのである。それは落ち着いた深みのある声のせいだろうか？　それとも静かな立ち居振《ふ》る舞《ま》いのせいだろうか？　いや、きっとそうではない。姿形や所作といった表層から遠く離《はな》れた、もっとずっと奥深《おくふか》く。存在の根底から滲《にじ》み出る何かがそう感じさせるのだろう。

そんな不思議な老夫に向かって、二人組は揃《そろ》って振り向いた。

「柳凪《やなぎ》さん、私は反対です。彼女は幼すぎる。即刻《そっこく》処分も検討すべきかと」

「あたしはいいと思いまーす。ってかこの子、きゃぴきゃぴしてないし気に入ったわ。『私イマドキＪＫでーす、はーと』、みたいなのだったらゼッタイ反対だけど！」

と正反対のことを述べる二人。

〝柳凪〟と呼ばれた老夫は、静かにそれに答えた。

「そうだな、阿蒙《あもう》君の懸念《けねん》は理解できる。これは危険な兆候だ」

と、柳凪が示したのは眼鏡の男への同意。

その瞬間、凛が小毬を庇うように前へ出る。……が、老夫の言葉にはまだ続きがあった。

「……だが、それはあくまで可能性の話。そして子供とは元来あらゆる可能性を抱くもの。それを悲しき方向へ進ませぬために、我々大人はいるのではないか？」

諭《さと》すようにそう問いかけながら、柳凪はもう一つ付け加えた。

「何より……対話もせずに決めるべきではなかろう」

そう言った次の瞬間、静かな湖面の如き老夫の瞳が、真正面から小毬を見据《みす》えた。

「伊万里《いまり》小毬君、そなたに問う。君はこの世界をどう思う？　――そこの幼き少女は世界により役割を負わされ、世界のために死んだ。そして残念だが、かような悲劇はこれが最初ではないし最後でもないだろう。この世界樹は犠牲のもとに成り立っているのだ。この事実を君はどう考える？　理不尽だと思わぬか？　間違ってると思わぬか？　犠牲の上でしか成立しない世界なら……いっそ滅ぶべしとは思わぬか？」

老夫が口にするそれは、奇《く》しくも恭弥と同じ問い。まるで破滅的《はめってき》な回答を誘導《ゆうどう》するかのようなその訊《き》き方《かた》に、凛がたまらず割って入ろうとする。が……

「そ、そんな言い方やめてくださいよ！　小毬さんは今動揺してて――」

「はいはーい、凛ちゃんちょっと静かにね～」

「祇隠寺凛、自分の役目を違《たが》えるな」

と、即座《そくざ》に二人組に制される。この問答だけは何人《なんぴと》も邪魔《じゃま》することは許さない――その点においてだけは二人の思考は一致《いっち》しているようだ。

そして当の小毬はといえば……そんな周囲の動向に気づいてさえいなかった。小毬はただ一生懸命《いっしょうけんめい》に考えていた。世界樹について。役割について。犠牲となる少数について。救われる多数について。考えて、考えて、考えて――そうしてぽつりと答えを口にした。

「……確かに、あなたの言う通りだと思います。誰かが犠牲にならなきゃいけないなんて、そんなの絶対に許せないから……」

多数のためとか、少数だからとか、そんなことは関係ない。罪もなくすべてを奪《うば》われた少女の悲劇を『仕方なかった』で済ませることなどどうしてできる？　人が幸せになる権利を奪うなんて、神様にだって許されるはずがないじゃないか。

ゆえに、小毬は同意する。

この世界は理不尽だ。

こんなのは間違っている。

誰かを不幸にしなければ存続できぬ世界なら、いっそ――そう思うのに、どうしてだろうか？

「でも……それでも私は、この世界を嫌《きら》いになれない……だって、シセラちゃんが憧《あこが》れていた世界は綺麗《きれい》だって、そう信じてるから……！　今は理不尽でも、間違ってても、きっとみんなが笑顔になれる日が来るって、そう信じたいから……！　だから私は――犠牲になる人も、この世界も、両方守りたい……!!」

犠牲となる少数か、その犠牲の上で成り立つ世界か――提示された二者択一《にしゃたくいつ》に対し、小毬が出したのは何の答えにもなっていない結論だった。

「どちらも救う？　論外ですね。ただの絵空事だ」

「別にいいんじゃなーい？　子供が絵空事も描《か》けなくなったらいよいよ終わりでしょこの世界」

と、二人組の意見はまたしても真っ二つ。

そして残る老夫は……ただ空を仰《あお》ぎ見ていた。

「世界は綺麗、か……」

そう静かに呟いた柳凪は、それから不意におかしな表情になる。

それは失望か、落胆《らくたん》か、侮蔑《ぶべつ》か……数秒迷った末、小毬は気づいた。それがひどく不器用な微笑《ほほえ》みであることに。

「うむ、私もそう思う」

どうやらその一言がすべてだったらしい。

「……柳凪さんがそうおっしゃるのなら、私は従うだけです」

「うーっし、じゃー決まりね！　なら早いとこ話進めましょ！」

と、裁決を待っていた二人組は揃って頷く。

だがここには、まだ解決していない問題が残っていた。

「いや、話を進める前に……これ以上あの子を放っておくわけにもいくまい」

柳凪の視線が向いた先は……横たわるシセラの遺体。

その意味に気づいた小毬は、思わず遮るように立ちはだかる。

……そう、本当はもうわかっている。とうに手遅《てお》れであることも。これが彼女のためでなく、自分のためのわがままであることも。

だがその幼稚《ようち》な行為《こうい》に対し、柳凪は怒ることも呆《あき》れることもしなかった。その代わりとてもすまなそうな顔で首を振るのだった。

「その子の魂《たましい》はもうここにはない。せめて安らかに眠らせてあげてはくれまいか？　その尊厳と自由を、二度と誰にも踏《ふ》みにじらせぬように」

そう諭す老夫の瞳に浮《う》かぶのは、嘘偽《うそいつわ》りのない悲しみの色。――彼《かれ》はただ悼《いた》んでいるのだ。会話もしたことのない見知らぬ少女の死を、心の底から。

それがわかってしまえばもう、小毬には道を開けるしかなかった。

「君の勇気に敬意を表しよう。……美樹《みき》君、頼《たの》む」

「はーい」

軽い返事をするや、〝美樹〟と呼ばれた女はくるりと指先を振る。

次の瞬間、シセラの体が宙に浮いたかと思うと、血で汚《よご》れていた肌《はだ》や服が一瞬で浄化《じょうか》される。そしてぱっくり口を開けた地面が優しくその体を受け入れた後には、美しい大理石の墓標がどこからともなく隆起《りゅうき》してくる。穢《けが》れ一つない純白のその墓石には、華々《はなばな》しい装《そう》飾《しょく》まで刻まれていた。

「んー、我ながら完璧《かんぺき》！　やっぱ女子はお墓も綺麗じゃなきゃね～」

と自画自賛するように、この墓標はこの世界で一番素敵《すてき》な墓だろう。……だが、一つだけ翳《かげ》りがあるとすれば――

「しっかしあれ、邪魔ね～」

と美樹が鬱陶《うっとう》しそうに睨むのは、遥《はる》か向こうに聳《そび》える世界樹の塔。

恭弥によって半壊《はんかい》した塔は、それでもなおシセラの墓に暗く冷たい影を落としている。

まるで、死んだ後でさえ少女の魂を逃がすまいとしているかのように。

それを見た柳凪は……一言だけ呟いた。

「……明るい方が、よかろうな」

そうして静かに背中へ手を伸ばす柳凪。

小毬はそこで初めて気づいた。老夫の背に鎮座《ちんざ》する一振《ひとふ》りの大剣――2、3メートルはあろうかという巨大なその両手剣は、刃《やいば》というよりむしろ鈍器《どんき》のような圧倒的迫力《あっとうてきはくりょく》を帯びている。見れば見るほど今までその存在に気づかなかったことが不思議に思えるが、それほどまでに大剣と老夫とは調和しているのだ。まるで剣もまた肉体の一部であるかのように。一体どれほど永く同じ時を共にすれば、そんな領域にまでたどり着けるのか――

そんな無骨な大剣を抜き放った柳凪は、ごつごつとした大きなその手でしかと柄《つか》を握《にぎ》りしめる。そしておもむろに剣を構えると……静かに一振りした。

刹那《せつな》、迸《ほとばし》る凄《すさ》まじい剣閃。だが、それはスキルや魔力に由来するものではなかった。『振り上げ、下ろす』――老人が見せたのは剣術《けんじゅつ》の初歩とも呼べる基本の型。特殊なことは一切《いっさい》していない。ただ普通《ふつう》と違うのは……その基礎《きそ》動作があまりに疾《はや》く、あまりに鋭《するど》かったこと。

小毬にはわかる。それは一朝一夕《いっちょういっせき》に身につくような代物《しろもの》とは格が違う。ただ一歩一歩研《けん》鑽《さん》と鍛錬《たんれん》を繰《く》り返し、万の挫折《ざせつ》と億の再起を繰り返した者のみが到達《とうたつ》できる武の極地。気の遠くなるような修練の末に至ったであろう単純にして純粋《じゅんすい》なその一振りは、鮮《あざ》やかな剣閃となって空を駆《か》け——恭弥が半分残したその塔を、粉々に打ち砕《くだ》いたのだった。

彼方《かなた》にて崩《くず》れ行く塔。その瞬間、遮られていた陽光が差し込み、純白の墓を明るい光が照らす。もはや何物も彼女を汚すことはないだろう。……今ここに初めて、塔の呪縛《じゅばく》は完全に消え失《う》せたのだ。

そんな降り注ぐ陽光の下、老夫はそっと剣を収める。驕《おご》るでもなく、誇るでもなく、ただなすべきことをなす——その力の在り方に、小毬は真の強者の姿を見た。

「あの……あなたたちは……？」

すべてが静まり返った後、小毬は今更《いまさら》のように問う。

すると柳凪は静かに答えた。

「我々はかつて女神に呼び出され、異なる世界を旅した者。そして、その役目を終えた元勇者だ。君たちと同じようにな。……もっとも、我らの場合は学園創設よりも前の話であるが。ゆえに現役《げんえき》である学園の子らにはこう呼ばれているそうだ——『オールド・ミィス』と」

〝終わった世代《オールド・ミィス》〟——その呼称は明らかに揶揄《やゆ》を含《ふく》んだもの。だが、柳凪は気を悪くした様子もなく笑っていた。

「この呼び方は実に正しい。我々は既に自らの旅路を終え、一度は日常に戻った老骨たち。新たな世代の物語に出しゃばるにはあまりに無粋《ぶすい》な老いぼれだ」

あっさりそう認めた柳凪は、『だが……』と澄んだ眼で付け加えた。

「それでも我々はこの世界を守りたいのだ。これよりかの女神によってもたらされる悲劇から。そのために――」

と、柳凪はその無骨な手を真っ直ぐ小毬へ差し出した。

「伊万里小毬君、我々に力を貸してはくれまいか？」

そう問われた小毬は、一度だけためらうように振り返る。

美しい太陽の下、花畑に佇《たたず》む純白の墓石……そこに眠る少女はもう、この先二度と誰かに束縛《そくばく》されることはない。だから、それを『救い』だとか『自由』だとか呼ぶことはきっと簡単だ。

だが、小毬はそうしようとは思わなかった。死んで欲しくなかった。生きて自由になって欲しかった。誰が何と言ったって、これはハッピーエンドなんかじゃない。みんなが笑ってなくちゃダメなのだ。

だから、小毬は墓標に誓《ちか》う。

この犠牲が最後になるように。

この悲劇が繰り返されぬように。

この心臓が動く限り進み続ける、と。

零《こぼ》れ落ちる涙を強引《ごういん》に拭《ぬぐ》い去って、小毬は真っ直ぐに答えた。

「はいっ!!」

第四章　嘘

――一日後――


「――わあ～、本物だ～！」

ユグラシア学園執行部本棟《しっこうぶほんとう》。そのとある一室にて、鈴《すず》の鳴るような歓声《かんせい》が木霊《こだま》する。

満面の笑《え》みではしゃぐその女神……ローゼの前に捧《ささ》げられていたのは、凍《い》てつく氷に封《ふう》じられた漆黒《しっこく》の宝玉――終焉呪法・《冬枯れの毒》。それが世界を滅ぼすおぞましき呪《のろ》いであると知りながら、それでも女神の表情は嬉々《きき》と輝《かがや》いていた。

「綺麗だなあ、宝石みたい！　これでブローチとか作ったらどうかなあ！」

などと、満足げに呪法を眺《なが》めるローゼ。……が、気まぐれなこの女神がいつまでもそうしているわけもない。不意に大きな欠伸《あくび》をしたローゼは、まるで飽《あ》きたかのようにぽいっと《冬枯れの毒》を放《ほう》り投《な》げる。その先にはいつの間にか伽羅《きやら》色の旅行鞄《かばん》が。鞄はひとりでに口を開くと、恐るべき呪詛《じゆそ》を無造作に飲《の》み込んだ。

「うん、これでよしっと！」

パチン、と留め具を閉じたローゼは一仕事終えたように頷《うなず》く。そして……ようやく背後へと振《ふ》り返った。

「ってことで、二人ともお疲《つか》れ～」

笑いかける先に跪《ひざまず》いていたのは……新たな『ローゼン・シニル』となった二人組だった。

「いやあ、ご満足いただけたなら何よりですわローゼさん」

「うんうん、大満足だよ！　やっぱ君たち強キャラだったねえ、最初から僕にはわかってたんだ～」

白々しくそう言ってのけるローゼは、『それより、次はどうしてもらおっかなー？』ともう次の話を始める。

「あっ、そうだ！　《原初の勇者の剣》でも取りに行ってもらおうかなあ？　キミたちならあっさりゲットできちゃうんじゃない？」

「もー、堪忍《かんにん》してくださいよ～。うちらに『死ね』言うんですか？」

「ふふっ、冗談《じょうだん》冗談。ま、明日にはまた何かお願いするからよろしくね」

「おや、今日じゃなくていいんですか？」

「やだなあ、僕ってばそこまで人使い荒くないよ？　……っていうか、実はこれから会議があってね。普段ならさぼっちゃうんだけど、今日は絶対とか言われちゃってさ〜。そういうわけだから、今日のところは休んでいいよ。じゃあね〜」

そうして鞄と共に消えていくローゼ。その姿が無くなった後、葛葉《くずは》は『うーん』と大きく伸びをした。

「これでよーやく一段落やな。お疲れさん、恭弥《きょうや》くん」

「……いえ、別に」

と、ずっと黙《もく》したままだった少年は首を振る。その表情には先ほどと変わらず何の色もない。そんな少年を振り返りもしないまま、葛葉は「せや」と思い出したように口を開いた。

「なあ知っとるか？　前にうちらと揉《も》めた天野《あまの》くんおったやろ？　……彼、死んだらしいで」

と告げながら、葛葉はちらりと恭弥の表情を盗《ぬす》み見る。だがやはり顔色一つ変わる様子はない。

「まあ、『死んだ』ゆうのはちょいと語弊《ごへい》があるか。何でもな、今朝方氷漬《づ》けになって発見されたんやと。学園の炎《ほのお》系術者が総出で解凍《かいとう》しとるらしいんやけど、未《いま》だに一ミリも溶《と》けんそうや。警備班の見立てじゃ反学園派の犯行ってことらしいが……いやあ、怖いもんやねえ」

「そうですか。それは俺《おれ》たちも気を付けないといけませんね」

恭弥が返すのはごくありきたりな反応だけ。

それで諦《あきら》めたのか、葛葉は正面から恭弥へ向き直った。

「恭弥くん……すまんかったな」

「……何がですか？」

「君らを放置すべきやなかった。うちがついているべきやった。あれはうちのミスや、すまん」

と葛葉は素直《すなお》に頭を下げる。

「せやからきっとうちの言葉なんて聞きたないやろう。けどな、これだけは言わせてくれ。この世にはどうにもならん役割っちゅうもんがある。その犠牲《ぎせい》になった子はたくさんおったし、これからもたくさん出るやろう。ただな、そんな悲劇の中でも、あの子はきっと随《ずい》分《ぶん》とマシな最期やったと思うで。だって、君が傍《そば》にいてくれたんやから。……なんて、部外者のくだらん慰《なぐさ》めなんざくそくらえよな。忘れてくれ」

そう首を振る葛葉の言葉には、普段の軽薄さは欠片《かけら》も見られない。慰めるどころか職務を逸脱《いつだつ》した恭弥を責めて当然なはずなのに、そんな気はさらさらないらしい。

いつもとはあまりにも違《ちが》うその態度を目《ま》の当たりにして、今日初めて恭弥の眼が正面から葛葉を見据えた。

「……珍《めずら》しいですね。なんだか優《やさ》しい先輩《せんぱい》みたいだ」

「ははは、なに言うとるん。うちはいつだって優しいお姉さんやないか！」

と、恭弥が反応したのを聞いて安堵《あんど》したように笑う葛葉。……が、それはすぐに自嘲的《じちようてき》な呟きによってかき消された。

「……いや、優しくはないか。こんな状態の君をまだ使うつもりでいるんやからな」

「何の話ですか？」

その問いには答えないまま、葛葉は改まって尋《たず》ねた。

「なあ恭弥くん、まだ護衛官を続ける意思はあるか？」

彼女《かのじよ》にしては珍しいぐらい直球なその問いかけは、葛葉なりの警告に他《ほか》ならない。まだ続けるというのなら、今後も同じような悲劇にいくらでも対面しうる。降りるのなら今しかない──そう告げているのだ。

だが、恭弥の答えはとっくに決まっていた。

「もちろんです。……もっと知らなきゃいけないことができてしまったので」

「そうか、わかった。君がそれだけ真剣《しんけん》なら、うちもそろそろ応《こた》えてやらんといかんな。

……約束するわ恭弥くん。次の仕事が終わったら、うちは全面的に君に協力したる。うちが握ってる情報すべて君にあげるわ」

それは恭弥にとって願ってもない約束。……だが、恭弥はむしろ怪訝《けげん》な顔をしていた。

「あの、それはすごく嬉《うれ》しいんですが……本当にどうしたんですか？　そんな気前の良いこと言うなんて……正直怖《こわ》いんですけど」

「いやあ、ちょいと次の仕事は骨が折れるからな。それぐらいの約束はしてやらんと割に合わんのや」

終焉呪法回収の時だってこんなことは言わなかった。あの葛葉がわざわざご褒美《ほうび》を用意するほどの仕事……一体何をさせられるのか、恭弥は一層寒気を覚える。

「その仕事の中身って……？」

「ああ、それは……って、もうええやろこのやりとり」

「そうですね、どうせ『来ればわかる』でしょ？　それも『今から』」

「ははは、まっ、そういうことや」

なんて笑った後に、葛葉は一転して真面目《まじめ》に問う。

「せやけど……ほんまに大丈夫《だいじょうぶ》か？　あれだけの戦いの後や、魔力や体力はまだもつか？」

「ええ、問題ないです。というかむしろ……少し発散したい気分なので」

「そうか、そら頼もしいな。なら早速《さっそく》行こか。行先は……つい、さっき見た、ところや」

そう言って軽く指を鳴らす葛葉。すると、眼前に空間魔術《まじゅつ》の扉《とびら》が現れる。

そしてその扉をくぐった先に待っていたのは——

「なんだ、これ……？」

七色に輝く王冠《おうかん》に、聖なる光を纏う宝剣《ほうけん》、複雑な呪文《じゅもん》の刻まれた鎧《よろい》の隣《となり》には禍々《まがまが》しいオーラを放つ魔導書。床《ゆか》という床は眩《まばゆ》い金貨で埋《う》め尽《つ》くされ、大粒《おおつぶ》のダイヤが石ころみたくあちこちに転がっている。

——扉の先に待っていたのは、文字通りの金銀財宝の山だったのだ。

（《万宝殿《パンテサリウム》》……?! いや、違うな……）

数多《あまた》の財宝がひしめきあう宝物庫……その光景は恭弥の有するパンテサリウムと瓜二《うりふた》つ。無論そんなわけないとわかりきってはいるが、所有者である恭弥がそう錯覚《さっかく》してしまうほどに似通っているのだ。

となれば、この場所がどこなのかも見当がつく。

「まさか、ここって……」

「せや。世界三大宝殿《ほうでん》の一つ——フール・エッダの中や」

《フール・エッダ《狂言廻しのちっぽけな嘘》》——ローゼが所有する旅行鞄にして、その正体はパンテサリウムと同格に数えられる宝殿神器の一つ。道理で似ているわけである。

「よし、警報は作動してないな。ひとまず第一関門はクリアや。それもこれも君のお陰《かげ》やで恭弥くん」

と身に覚えのない感謝を示しながら、葛葉は足元に転がっていた何かを拾い上げる。漆黒の宝玉に似たそれは、つい先ほどローゼが回収したばかりの《冬枯れの毒》。それを見てようやく恭弥にも察しがついた。

「あの時言ってた『仕込《しこ》み』って、このためのバックドア《転移座標》だったんですか……」

終焉呪法回収までの一週間、葛葉が工房《こうぼう》に籠《こも》って用意していたもの……それがこの《冬枯れの毒》に仕込んであった転移術式用の座標なのだろう。創世級の宝殿神器さえ欺《あざむ》くとんでもないレベルの代物である。

そしてもちろん、この潜入《せんにゅう》はまだ過程にすぎない。なにせここは宝物庫。そこへ忍《しの》び込んだということは、その目的は一つだけ——

「こんなことまでして、何を盗むつもりですか?」

世界を滅《ほろ》ぼす究極の呪詛を踏み台《だい》にしてまでこの宝殿へ侵入《しんにゅう》したのだ。となれば必然、彼女の目的は終焉呪法よりもさらに上の『何か』ということになる。それも、全女神《めがみ》から恐《おそ》れられるローゼが秘匿《ひとく》しているものというおまけつき。一体どれだけ恐ろしい秘宝なのか。

だが当然、素直に答えが返って来るはずもない。

「ん～、気になるか？　なら先へ進まんとなあ。ここはまだフール・エッダの中層。目的のブツは一番底にあるんやから」

といつもみたいにはぐらかす葛葉は、それから急に真面目な顔になった。

「せやから恭弥くん、ほんまに気合入れていけ。侵入はできた。まだローゼちゃんには気づかれてもおらんやろう。ただ……ここから先はこう簡単にはいかんからな」

そう警告しつつ、フロア出口の扉へと向かう葛葉。荘厳《そうごん》なその扉を開けた先には、煌《きら》めく宝物庫とは打って変わって暗くじめじめした横穴が続いている。その様相はまさしくダンジョンといったところ。

「三大宝殿の共通点はな、どれも自らの意思を持っとるっちゅうことや。せやから侵入者《しんにゅうしゃ》を察知した場合には、こうして迷宮《めいきゅう》と化し財宝を守ろうとする。それがこの子らの本能なんや。っちゅうわけで……ダンジョン攻略《こうりゃく》の始まりや」

『勇者らしくなってきたなあ』などとおどける葛葉の隣で、恭弥は憂鬱《ゆううつ》の溜息《ためいき》をついた。

どうやら先はまだまだ長そうだ。

――――……

――――……

かくして始まったフール・エッダ攻略。

張り巡《めぐ》らされた致死《ちし》のトラップ、枝分かれする無数の道、そこを徘徊《はいかい》する凶暴《きょうぼう》な魔獣《まじゅう》の群れ……迷宮内部はまさにオーソドックスなダンジョンではあるが、一つだけ普通のそれとは違う点が。

それは……

「っ⁉　またか……！」

突如《とつじょ》響《ひび》き渡《わた》る地鳴り。と同時にぐらぐらとダンジョン全体が揺《ゆ》れ出したかと思うと、四方の壁《かべ》や天井《てんじょう》、地面までもが生き物みたいに蠢《うごめ》き始める。そして見る見るうちに迷宮はその形を変えてしまった。――数分おきにダンジョンの構造そのものが変化するのだ。

といっても、それはある意味不思議ではない。なにせここは実在する洞窟《どうくつ》ではなく、フール・エッダそのもの。宝具の意思がすべてを定めるテリトリー《支配領域》だ。『形状が変わる迷宮』などという現実では実現不可能なものだって当然のように現れる。同じ三大宝殿であるパンテサリウムを所有する恭弥は、そのあたりのことはよく理解している。

ゆえに、恭弥が驚《おどろ》いていたのはフール・エッダに対してではなく……むしろ葛葉に対してであった。

「ほれ恭弥くん、こっちやで。あ、そこトラップあるから注意してな。そっちの道はダミーやから、ここから回っていくで」

と、まだ揺れも収まらぬうちから新たな迷宮をすたすた進み始める葛葉。その足取りには微塵の迷いもなく、生成されたトラップの位置さえ既《すで》に把握《はあく》している様子。それは知識や機転のなせる業……などというレベルの話じゃない。迷宮の生成アルゴリズムそのものを完璧に熟知していなければできない芸当だ。

「あの……もしかして、ここへ来るの初めてじゃないんですか……？」

「んー、厳密にはちゃうけど、まあそんなようなとこや。おいおい話して聞かせてやりたいところやが……」

と言葉を切った葛葉は、不意に立ち止まった。

「残念ながら、時間切れやな」

その台詞《せりふ》と同時に、またしても組み変わるダンジョン。もはや慣れっことなった天変地異の末、図《はか》ったように二人の前に現れたのは……遥か下方へと続く階段だった。

「ここからはいよいよ下層や。妨害《ぼうがい》も本気になってくる。自分語りは全部終わったあとにしよか」

「わかりました」

そして二人は次なる階層へと歩を進める。ここから先は宝殿深部。葛葉の過去よりもまずは目の前のダンジョンに集中しなければ。……と思っていた恭弥だが、階段を降り切った先で待っていた光景に、思わず呆然《ぼうぜん》としてしまった。

「は……？」

寂寞《せきばく》と広がる荒野《こうや》。

幽鬼《ゆうき》の如く佇む廃墟《はいきよ》。

どこまでも続く荒廃《こうはい》した死の世界。

――階下に広がっていたのは、見覚えのある無限の荒れ野《あの》。よく似ている……どころの話ではない。風も、音も、匂《にお》いも、すべてがかつていたあの世界そのものなのだ。

だけど――

「……幻影《げんえい》、ですか」

「せやな」

と葛葉は冷静に頷く。

「三大宝殿にはどれも固有の性格がある。代々魔族に伝わる《万宝殿》は暴威《ぼうい》を好み、商人に伝わる《ミニュアスの陵墓《りょうぼ》》は対価を求め、そしてまやかしの女神のみが所有するこのフール・エッダは虚像《きょぞう》を操《あやつ》る。……もっとも、それだけやないから厄介《やっかい》なんやけどな」

葛葉が肩《かた》を竦《すく》めるや、空っぽの荒野に異変が訪《おとず》れる。塵芥《じんかい》があちこちから寄せ集まってきたかと思うと、猛々《たけだけ》しい黒龍《こくりゅう》へと姿を変えたのだ。その体から発される邪気《じゃき》がこれまで倒《たお》して来た魔獣とは桁違《けたちが》いであることは、わざわざ言うまでもないだろう。命持たぬがゆえに不滅《ふめつ》であり、虚影《きょえい》であるがゆえに無敵。幻影が必ずしも無害とは限らない。盗人《ぬすっと》を排《はい》除《じょ》せんとする宝殿の意思がそのまま守護者へと具現化したのである。

なるほど——と恭弥は得心する。これまでの道中では自分はただついてきただけだったが……どうやらようやく出番らしい。

「裏道はうちが。正道は君が。まっ、いつも通りっちゅうことや」

「了解《りょうかい》です」

適材適所、この役割分担に異論などあるはずもない。そのために自分は雇《やと》われているのだし、それに……権謀術数《けんぼうじゅつすう》を巡らすよりも、やっぱりこっちの方が性に合っているのだから。——襲《おそ》い来る邪龍《じゃりゅう》を一刀のもとに屠《ほふ》りながら、恭弥は快く頷いた。

そうして二人の歩みは続く。

ランダム生成される迷宮、幻術《げんじゅつ》やまやかしによるトラップ、そして立ちはだかる超魔王《ちょうまおう》級の守護者たち。学園のSランカーたちでさえ歯が立たぬであろう高難易度ダンジョンを前にして、しかし、二人の足取りはただの一度も止まることはない。淡々《たんたん》と、それでいて着実に。現れる障害を次々と攻略していく。恭弥にとっては不本意ではあるが、互《たが》いの弱《よわ》味《み》を補いながら進む二人の姿は、まるで背中を預け合う旧来の相棒のようでもあった。

そんな道のりが一体どれだけ続いただろう。これまで一度として止まらなかった二人の足が、ついに歩みを止める。……が、それは難関に立ち往生したのではなく、むしろ逆——二人はとうとうたどり着いたのだ。

「こ、これって……」

立ち止まった二人の眼前、堂々と立ち塞《ふさ》がるのは一基の巨大《きょだい》な門扉《もんぴ》。おぞましい血の朱《しゅ》色《いろ》をしたそれは、まるで中へ踏み入らんとする者へ警告しているかのよう。この先は封じられた禁域——決して呼び起こしてはならぬ〝禁忌《きんき》〟が眠《ねむ》る匣《はこ》である、と。

そして恭弥は、それをよく知っていた。

「《禁忌封域》……⁉」

「なんや、知っとるんか？　……せや。これはフール・エッダの中でも《虚幻迷郷《ライブラリ》》と呼ばれとる禁忌の領域への扉や」

それが意味することは二つ。

一つはこの先に目指していた最深部があること。そしてもう一つは……より一層の危険が待ち受けているということ。

「さてと、いよいよ本番や。いけるか恭弥くん？」

「『駄目《だめ》』って言ったら、帰ってもいいですか？」

「くくく、愚問《ぐもん》やったな」

そうして開け放たれる禁忌の門。

その先で二人を出迎《でむか》えたのは……しかし、予想していたのとは全く別の光景だった。

無機質に並び立つ奇妙《きみよう》な機械群。

不気味な溶液《ようえき》で満たされた無数の培養器《ばいようき》。

あちこちに刻まれた歪《いびつ》な魔《ま》法陣《ほうじん》の数々。

拘束具《こうそくぐ》つきの処置台はいずれも赤黒く錆《さ》び付き、床には饐《す》えた異臭《いしゆう》を放つシミがいくつもこびりついている。

宝物庫であるはずのそこには、宝など一つとしてない――これは間違《まちが》いなく実験施設《しせつ》だ。

それも、かなりタチの悪い何かの。

「錬金術《れんきんじゆつ》に召喚術《しようかん》、こっちは死霊術《しりよう》ですね……」

「ははは、嫌《いや》な予感しかせん組み合わせやね～」

不穏《ふおん》な術式のオンパレードに加えて、辺りに充満《じゅうまん》しているのは濃《こ》い魔族の気配。その上、床にこびりついた血には人間のものも混じっている。……この実験場で何を作っているのか、もうこれだけで想像がついてしまう。特に恭弥の場合は既に実物を見ているのだからなおさらだ。……なんにせよ、女神の宝物庫にあっていい場所でないことは確か。これだけ厳重に隠《かく》していたのも頷ける。

だが──

「いやあおっかないわ〜。こんなとこさっさと出るに限るな〜」

「え？」

明らかに怪《あや》しい実験室を見つけたというのに、葛葉はあっさりとこれをスルー。念仏を唱えながらさっさと通り過ぎようとしてしまう。

「ちょ、ちょっと待ってください、ここが目的地なんじゃ……？」

「何言うとんのや？　もしかして……うちが実は正義の勇者で、ローゼちゃんの告発か何かのために来たとでも思っとったんか？　ははは、ナイナイ！」

けらけら笑いながら首を振る葛葉は、それからとんでもないことを付け加えた。

「そもそも君、なんか勘違《かんちが》いしてへんか？　ここ、まだ本当の深層とちゃうで」

「は……？」

「ほれ、よく言うやろ。『海外旅行では強盗《ごうとう》対策に高額紙幣《しへい》を持ち歩け』って。とりあえず向こうの欲《ほ》しがっとるもんさえ渡しとけば命までは盗《と》られんで済むってな。それと一緒《いっしょ》や。本当に知られたくない真実っちゅうのは、別の真実の裏に隠すもの。この実験場はあくまでデコイ《囮》や」

とはっきり断言する葛葉。

だが恭弥としては半信半疑だった。

この実験場は虚像や幻影ではなく、実際に使われている本物だ。女神界のシステムがどうなっているかは知らないが、こんなものを抱《かか》え込《こ》んでいるのがバレたらただじゃ済まないのは確かだろう。これはローゼにとって間違いなく致命的《ちめいてき》な秘密なはず。強盗の例でいえばこれこそ『命』に相当するものだ。それを差し出してもなお守りたい真実なんて、本当に存在するのだろうか？

だが、そんな疑念はすぐに消えることになる。

実験場の一番奥《おく》、何の変哲《へんてつ》もない石壁の前で手をかざす葛葉。刹那、奇妙な紋様《もんよう》が浮かび上がったかと思うと、それは瞬《また》く間《ま》に狭《せま》い通路となる。それを見てしまえばもう疑いの余地などない。

この先にあるのだ。おぞましい実験場を目くらましとしてまでローゼが隠したかった『何か』が。

そうして二人は通路へと足を踏み入れる。呪詛の大海の最深部、数万重の防御結界《ぼうぎょ》のさらに奥、このフール・エッダ内で最も強固に守護された扉を開けると、その先に広がっていたのは……広く綺麗な庭園だった。

囀《さえず》りかわす小鳥たち。

踊《おど》るように舞《ま》う蝶《ちょう》の群れ。

咲《さ》き誇《ほこ》る美しい花々の向こうには、一軒《けん》の立派な家屋が建っている。

その玄関《げんかん》ドアを開けると、これまた最高級ホテルのロイヤルルームの如き豪奢《ごうしゃ》な部屋が。

ただし、広い室内に並んでいるのは漫画《まんが》やゲーム、テレビなど少々子供っぽいものばかり。

そんな些《いささ》かちぐはぐな部屋で二人を待っていたのは、一人の少女だった。

「──やあ、来てくれたんだね」

浅葱《あさぎ》色《いろ》のショートヘアに、猫《ねこ》のようなアーモンド形の瞳《ひとみ》、悪戯《いたずら》っぽい微笑《びしょう》が浮かんだ中性的なその顔立ちは、男から見ればどきりとするような美少女で、女から見れば寓話《ぐうわ》の王子様の如き美青年。どちらの性も惹《ひ》き付ける不思議な魅力《みりょく》を放っている。

整いすぎたその容姿からして、恐らくは女神なのだろうが……どうにも確証が持てない。なにせ彼女から感じられるのは、女神、人間、魔族、動物、植物、果ては無生物まで。あらゆる存在がごちゃ混ぜになった気配だけ。どれが本当なのか恭弥にさえわからないのだ。

それでも唯一手掛《ゆいいつてが》かりがあるとしたら……その手首に刻まれた強固な束縛術式だろう。偏執《へんしゅう》的なまでに幾重《いくえ》にもかけられた拘束は、眼前の彼女こそがローゼが閉《と》じ込めておきたかったモノである何よりの証左。そう、だからこそますます気になる。

一体この少女は何者なのだろうか？

——そしてその答えは、葛葉の口からもたらされた。

「やっと……やっと見つけたで——ローゼ」

零れ落ちるように呟《つぶや》かれたその名前。

それを聞いた少女は悪戯っぽく微笑んだ。

「久しぶりだね、リンネ。今は葛葉って名前だっけ？」

互いの名を呼び視線を交《か》わす二人。抱擁《ほうよう》だの握手《あくしゅ》だの、大げさなことは何もしない。だが二人の眼を見ればわかる。この再会が彼女たちにとってどれほど待ち望んでいたものなのか。

……ただ、それはあくまで当人たちはの話。一人おいてけぼりにされた恭弥は、困惑《こんわく》に眼を瞬《しばたた》かせていた。

「ちょ、ちょっと待ってください、どういうことですか？　今、この人のこと『ローゼ』

って……？」

「あー、そうよな、君にも説明せんといかんよな。ただうちも詳《くわ》しい事情はまだ知らんのや。それでも一つ言えるのはな……こっちが本物の《まやかしと欺瞞《ぎまん》の女神》ローゼっちゅうことや」

「本物……？　じゃあ、今までのローゼは……」

「あれはまやかしの宝具で姿を変えた偽物《にせもの》……《光と寵愛《ちょうあい》の女神》ロザリアや」

「それってたしか、女神ローゼに殺されたっていう……」

世界で初めて女神殺しをしたというローゼ。その犠牲者《ぎせいしゃ》の名が、女神ロザリア。以前葛葉の口からそう聞いたことがある。だとすれば、なぜその二人が入れ替《か》わっているのか？

その話の続きを引き取ったのは、本物のローゼ本人だった。

「そうか、やっぱりそういう話になってるんだね」

と頷いた少女――ローゼは、静かに真相を語り始めた。

「確かにボクはロザリアを殺そうとした。それがボクの役割だから。……だけど、失敗した。彼女は誰《だれ》も知らないうちに大きな力を手にしていたんだ。結果、ボクはこうして囚われた。そしてロザリアはボクの宝具を使ってボクに成りすまし、女神界に反旗を翻《ひるがえ》したんだ。すべては自分を殺そうとしたボクと、女神界に復讐《ふくしゅう》するために。ボクを依《よ》り代《しろ》として世界最強の終焉呪法を創《つく》ることでね」

ローゼの口から語られるのは恐るべき女神の復讐計画。

それを聞いた葛葉は大きく溜息をついた。

「は～、やっぱそういう展開か。まあそんなことやろうと思っとったわ。久しぶりにあんたが現れたかと思ったら、中身はまるで別人なんやもん。探すの苦労したで」

「ごめんよ。……でも、ボクは信じてたよ。君なら絶対に見つけてくれるってね」

「や、やめーやそういうセリフ真顔で言うの！」

やたらイケメンなローゼの返しに、仄《ほの》かに頬を染める葛葉。恥じらって目をそらす表情はまるでごく普通の乙女のよう。初めて見るその姿に恭弥は思わず唖然《あぜん》としてしまう。

そんな視線を感じたのか、葛葉は誤魔化すように咳払いした。

「こほん……とまあ、こういうワケや恭弥くん。すまんな、事情が事情だけに教えてやれなくて。成り変わりに気づいとるっちゅうアドバンテージを失うリスクはとれんかったんや。なんにせよ、後でもっとちゃんと説明はする。ただその前に……早いとここから逃《に》げんとな」

そう言いながら、葛葉は先ほどから既にローゼに施《ほどこ》されていた束縛術式の解呪を進めている。再会の余韻《よいん》に浸《ひた》るよりも、まずやるべきことをこなす。彼女の判断は相変わらず的確だ。

けれど、恭弥の方はといえば、未だに混乱していた。

暗殺の失敗。二人の入れ替わり。女神界への報復計画……これまでの偽ローゼ《ロザリア》の言動や先ほどの実験施設を鑑《かんが》みれば、いずれも至極納得《しごくなっとく》できる話。実際に本物のローゼをこうまで厳重に拘束していたところを見ても間違いないのだろう。

――ただ……何だろう、この微《かす》かな違和感《いわかん》は？

これ以上ないぐらい納得《なっとく》できる真相……なはずなのに、何かが釈然《しゃくぜん》としない。ローゼたちの語る言葉がどこか上滑《うわすべ》りしていく。小骨が喉《のど》につっかえたような違和感がどうしても拭い切れないのだ。

自分でもよくわからない感情の理由を求め、辺りに視線を彷徨《さまよ》わせる恭弥は……そこで唐突《とうとつ》に気づいた。――そうだ、ここだ。この部屋だ。最初に来た時からずっとひっかかっていた。この部屋は似ている。あまりにも似すぎている。だとしたら、彼女は一つ嘘をついていることに――

だが、それを言葉にしようとしたその時だった。

「――見つけたわよ、あんたたち……！」

突如虚空《とつじょこくう》に現出する女神固有の転移ゲート。

そこから次々と現れるのは、人間と魔族の気配を併《あわ》せ持つ少年少女たち。

そしてその後ろから登場したのは……恭弥にとって見覚えのある女神だった。

「なんや、こんなところにおったんですか……スノエラさん？」

《革新と思考の女神》スノエラ——恭弥が最後に彼女を見たのは、偽ロ《ロザリア》ーゼによってフール・エッダに引きずり込まれていく姿だったが、どうやらこの中で生きていたらしい。

……もっとも、首に着けられた隷属術式付きの首輪を見るに、『生かされていた』と言った方がよさそうだが。

「しっかし穏《おだ》やかやないですねえ。そのホムンクルスたち、人間と魔族のハーフ《混血》でしょ？おまけにリンカーネーターをトッピング、ってところですか？　くくく……色々とアウトやないですか、それ？」

「ふーん、一応ものを見る目はあるんじゃない。でも、それならなおさら馬鹿《ばか》ね。よりによってローゼの宝物庫に忍び込むだなんて！」

「ええ、怖《こわ》いですねえ。もし捕《つか》まったら飼い犬にされてまうわけや。どこかの女神さんみたいに」

「だ、黙《だま》りなさい!!」

とスノエラは敵意を剥《む》き出しにして叫《さけ》ぶ。

「まあまあ、そう怒《おこ》らんといてくださいよ、ほんのジョークやないですか。あ、せや。お詫《わ》びといってはなんですが……取引しませんか？　うちらなら、あなたをここから逃がしてあげられますよ？」

「はっ、何言ってんのよこの状況《じょうきょう》で。追い詰《つ》められてるのはそっち。するなら取引じゃなくて命乞《いのちご》いでしょ！　もちろん聞く気はないけどね！」

とスノエラは威圧的《いあってき》に言い放つ。すっかりロザリアの手駒《てごま》になっているようだ。……もっとも、彼女の怒《いか》りの理由はそれだけじゃないようだが。

「何よりね、あんたら気に入らないのよ。――なんで私の工房スルーしてんのよ!!　人間と魔族の融合《ゆうごう》よ！　許されない禁忌の実験場よ！　もっとリアクションあるでしょ！　私の叡智《えいち》を恐れなさいよ！　どいつもこいつもこの私を雑魚《ざこ》みたいに無視して……!!」

「ははは、なーんや、そっちが本音やないですか～」

なんて余裕《よゆう》そうに笑う葛葉だが、恭弥にはわかっていた。

この状況はまずい。

葛葉は今ローゼの根源を縛《しば》っている束縛《そくばく》術式の解除で手《て》一杯《いっぱい》。余裕たっぷりにスノエラを煽《あお》っているように見えて、その目的は解呪までの時間稼《かせ》ぎ。それが終わるまではどこへも逃げられないのだ。

そしてそれを理解しているのは恭弥だけではなかった。

「ふん、まあいいわ。好きに言ってなさい。くだらない時間稼ぎに付き合ってあげるほど、私は暇《ひま》じゃないの」

スノエラは腐《くさ》っても思考の女神。葛葉の狙《ねら》いなどわかっている。であれば、これからどうするかも決まっていた。

「さあ、出番よ私の子供たち‼」

号令が下されるや、控《ひか》えていた少年少女が一斉《いっせい》に前へ出る。恐らくは先ほどの実験場で作られたであろう人造魔族《ホムンクルス》たち。全員がSランカー級の魔力《まりょく》を放っている上、十中八九リンカーネーターによる疑似《ぎじ》固有異能を有していることだろう。その気になれば学園と戦争だってできるレベルの軍隊だ。

となれば……こっちも出番か。と、応じるように進み出る恭弥。

その瞬間《しゅんかん》、スノエラの表情が歪《ゆが》んだ。

「またあんたなのね、九条《くじょう》恭弥……！」

スノエラの眼が憎々《にくにく》しげに恭弥を睨《にら》む。なにせ彼は綺羅崎雛《きらさきひな》と共にレジスタンスを壊滅《かいめつ》させ、スノエラがロザリアに捕まることになった元凶《げんきょう》だ、当然恨《うら》みも深いだろう。

「その節は……どうもすみませんでした」

「うふふふ、いいのよ別に。気にしてないわ。全っ然気にしてない！　むしろ感謝してるぐらいよ。あなたのお陰で素晴《すば》らしいデータが取れたんだもの！　ほんと気にしてないから！」

一応謝《あやま》ってはみたものの、返ってきたのはどう見ても許していない笑顔《えがお》。

そして当然、怒り心頭の彼女が報復のチャンスを逃《のが》すはずもなかった。

「だからね、お礼に……その完全版を見せてあげるわ！　──『強制：源種解放《オーダー：フロランティア》』!!」

刹那《せつな》、ホムンクルスたちの体内から溢《あふ》れ出す漆黒《しっこく》の魔力。まるで寄生虫が宿主を食い破るかのように、次々と禍々しい大樹が芽吹《めぶ》いていく。

そう、それは忘れもしないかの歪なる大樹。世界樹の成りそこないにして、この世を蝕《むしば》むあらざるもの──禍憑樹《マガツキ》。だがそれは、前にレジスタンスのアジトで見たものとはまるで違った。あれはまだ幼木だったが、今目の前で踊り狂《くる》うそれは最初からほとんど成樹。

……どうやらスノエラの研究は、至極《しごく》順調だったようだ。

そして現出した無数の禍憑樹は、容赦《ようしゃ》なく三人に襲い掛《か》かった。

「ぐっ……！」

津波《つなみ》の如く押《お》し寄せる歪《いびつ》なる枝。前回同様全属性呪文による防壁《ぼうへき》を展開する恭弥だが……成樹間近の出力は文字通り桁違い。その上ここはフール・エッダの支配領域内だ。恭弥を以《もっ》てしてもこの攻勢《こうせい》を抑《おさ》えるのは容易ではない。噛《か》み締《し》めた奥歯《おくば》がぎりぎりと悲鳴を上げ、襲い来る過剰《かじょう》な負荷《ふか》により全身の血管が次々と弾《はじ》けていく。

「あと少しや……！　もうちょっとだけ持ち堪《こた》えてくれ恭弥くん……！」

恭弥が今どれだけの無茶《むちゃ》をしているか、わかってはいても解呪にかかりきりの葛葉には声をかけることしかできない。

そんな必死な三人を、スノエラは愉快《ゆかい》そうに嘲笑《あざわら》う。

「あははは、無駄《むだ》よ無駄！　そもそも呪縛《じゅばく》を解いたからってなんになるわけ？　ライブラリにまで侵入した盗人を、フール・エッダは決して逃がさない！　一度閉じた鞄《かばん》が開くことはないの！　あなたたちはここで死ぬのよ!!」

そう、たとえ解呪が終わり、どうにか禍憑樹を凌《しの》いだとしても、結局は閉鎖《へいさ》されたフール・エッダから逃げるのは不可能。この宝殿を知り尽くしたスノエラにはその確信がある。

……が、ここを知っ《フール・エッダ》ているというのなら、それは葛葉もまた同じだった。

「ええ、それぐらいわかってますよ。なんせこれは元々ローゼのもんや。うちもそれなりに付き合いは長いもんで。そのために色々と用意はしとるんですわ」

それはいつものハッタリ……ではない。何か策があることに気づき身構えるスノエラ。

ただ、葛葉の言葉にはまだ続きがあった。

「けどまあ……ぶっちゃけスノエラさんの言う通り、ここからの脱出法《だっしゅつほう》は多くはない。数を用意するのは間に合わんかった。せやから……なあ、恭弥くん」

と、葛葉は不意に少年の背中へ呼びかける。

その瞬間、恭弥は理解した。――ああ、そうか……その時が来たのか。

「これは本心や――すまんな」

まさにその時、ついに解呪が終わった。この場に根源を縛り付けていた軛《くびき》から解き放たれ、ようやく自由になる本物のローゼ。と同時に葛葉が懐《ふところ》から取り出したのは、美しく煌めく二枚の羽。創世級の力を宿すその羽を振《ふ》りかざした瞬間、強力な空間転移が発動し……葛葉とローゼは忽然《こつぜん》と姿を消す。二人は見事に閉鎖されたフール・エッダから逃げおおせたのだ。――彼女たちのために必死で禍憑樹を抑えていた恭弥を置き去りにして。

「今のは《リベラの翼《つばさ》》……⁉　あんなもの一体どこで……⁉　クソクソクソクソ、これじゃ私がローゼに怒られちゃうじゃない……‼」

癇癪《かんしゃく》を起こしたように怒りを露《あら》わにするスノエラは……しかし、すぐに思い直したように笑った。

「……けど、いい気味ね九条恭弥。あなた、捨てられちゃったみたいよ？　ふふふ、あんな女を信用するからよお馬鹿さん！」

などと嫌味《いやみ》たっぷりにせせら笑う。

だが、恭弥本人は怒りも憤《いきどお》りもしてはいなかった。

いつ裏切っても恨みっこなし、互いの利益のためだけの共闘《きょうとう》関係——ゆえに友情もなければ仲間でもない。自分たちは元よりそれだけの同盟だった。そして今回はそのタイミングが葛葉の方に先に来たというだけのこと。むしろ、誰かを救うための裏切りだなんて、想定していたよりも随分《ずいぶん》とまともな理由でびっくりするぐらいだ。

だからまあ、仕方ないか。

たった一人敵地に取り残され、今にも禍憑樹に圧し潰《つぶ》されんとしている恭弥は、諦《あきら》めの溜息をつくのだった。


——————……

——————……

全身を包む眩い光——それが収まった瞬間、葛葉はすぐさま周囲に視線を巡らせる。
無機質な壁に囲まれた、何もない空っぽの部屋……漂《ただよ》う魔力からして、恐らくはどこかの異空間にある偽《ロ》ロ《ー》ザ《ゼ》リア個人の私室なのだろう。その何よりの証拠《しょうこ》に、部屋の隅《すみ》にはぽつんと置かれた四角い旅行鞄――フール・エッダが。

つまり、二人はあの宝物庫から無事脱出《だっしゅつ》に成功したのだ。

「よし、抜《ぬ》けられたようやな。……怪我《けが》はないかローゼ？」

「ボクは大丈夫だよ。それよりも彼《かれ》は……」

「……全部は救えん。うちにとって最優先はあんたや」

「…………」

その言葉に何も答えないローゼ。だが葛葉は気にもせずに話を進める。

「で、これからどうする？　ロザリアが戻《もど》って来るまで時間がない。詳しい事情はおいとくとして、指示をくれ。……あの約束、〝今〟でええんか？　それとも……」

「うん、少しやることができた。ボクをヘルザのところへ連れていって」

「……!?　……わかった。すぐに行こか」

〝ヘルザ〟という名前を聞いた瞬間、微かに怪訝な顔をする葛葉。だがそれでも聞き返そうとはせず、素早《すばや》く転移術を起動する。

ただ、事はそう易々《やすやす》とは運ばなかった。

「――おい、待てよ」

どこからか少女の声がしたかと思うと、起動しかけていた転移術式がぐしゃりと潰れる。

そして代わりに現れたのは、輝《かがや》く美貌《びぼう》の女神・ローゼ——否、今となってはロザリアと呼ぶべきだろうか。

そんな美しき寵愛の女神は……かつてないほどに怒り狂っていた。その視線の先にいるのは他でもない本物のローゼ——

「お前、自分が何やってんのかわかってんの？」

怒気《どき》に満ちた声音《こわね》で葛葉を睨むロザリア。事の元凶が誰であるかとっくに理解しているのだろう。普段《ふだん》のぶりっ子な口調さえ忘れた様子で、射殺さんばかりの眼光をぎらつかせている。

だが、当の葛葉は相変わらず飄々《ひょうひょう》と笑っていた。

「さあて、どうですかねえ？　わかりませんゆうたら見逃《みのが》してくれます？」

「ふざけんじゃねーよ！　お前、どこまで知ってる⁉　……いや、そんなことどうでもいい。問答無用で殺す！　——やれ、ナリア‼」

いきり立って叫んだ瞬間、ロザリアの背後から一人の少女が現れる。学園の制服を纏《まと》ったその女生徒には、これといって特筆するような特徴《とくちょう》はない。顔も、体も、すべてが普通《ふつう》。平均値をそのまま人の形にしたような、何の印象にも残らぬ容姿だ。

だが、葛葉にはわかる。人の形をしてはいるが、中身は全く別物であると——

「なるほど、それがスノエラさんの最高傑作《けっさく》ってやつですか。しかしこの技術、女神界のもんじゃないですよね？　どこの誰からの入れ知恵《ぢえ》なんやろなあ、気になるわ～」

「ははっ、今から死ぬのに知ってどうすんだよぉ!!」

ロザリアの怒声《どせい》に応じ、ナリアと呼ばれた少女が動く。人外の速度で葛葉に肉薄《にくはく》したかと思うと、剣《けん》も魔術《まじゅつ》もなしに腕《うで》を一振《ひとふ》り。――たったそれだけで、空間そのものがざっくりと切り裂《さ》かれた。咄嗟《とっさ》の回避《かいひ》が間に合わなければ、葛葉は今頃《いまごろ》真っ二つになっていただろう。最高ランクの魔王《まおう》さえ真っ青になるほどの圧倒的《あっとうてき》な力だ。

ただ……

（こんだけのスペックしといてその程度の小技かい。っちゅうことは……やはりローゼを生かしとく必要があるってわけやな）

ロザリアは間違いなくローゼに固執《こしつ》している。となればあのナリアという半魔族《まぞく》にも『ローゼを殺すな』という最上位命令が出ているのだろう。なにせローゼは終焉呪法のための貴重な依り代。それを壊《こわ》してしまったら本末転倒《ほんまつてんとう》なのだから。

だったら、それを利用しない手はない。

「ローゼ、ちょいと手伝ってもらうで」

そう囁《ささや》いた葛葉は……まるで隠れるようにローゼの後ろへ回る。その途端《とたん》、直前まで迫《せま》っていたナリアの動きが露骨《ろこつ》に鈍《にぶ》った。

あろうことか、葛葉はローゼを盾《たて》にしているのだ。

「お前、そいつを助けに来たんじゃ……?!」

「せやで。そのために必要やからこうしてるだけや」

目的を遂《と》げるためならば倫理《りんり》など糞《くそ》くらえ。手段も過程もどうでもいい。水穂《みなほ》葛葉とはそういう女だ。正義ぶって庇《かば》ったところで共倒《ともだお》れになるだけ。必要だというのなら、ローゼを人質《ひとじち》にすることに何のためらいもない。

そしてその効果は覿面《てきめん》だった。腕力《わんりょく》と魔力に優《すぐ》れるホムンクルスだが、知能に関しては別。敵を皆殺《みなごろ》しにするのなら容易《たやす》くとも、加減をしろなどという器用な運用は元より想定されていないのだ。例えるならそれは巨大なブルドーザーで卵を摘《つ》まみ上げようとするようなもの。どれだけ絶大なスペックを誇っていようと、それを活《い》かせぬのなら無いのと同じ。攻《せ》めあぐねるナリアを嘲笑いながら、葛葉はじわじわと反撃《はんげき》を開始する。少しずつ、着実に。大仰《おおぎょう》な魔法《まほう》も、派手な大技《おおわざ》も必要ない。器用にローゼを盾としながら、的確にナリアを攻め立てる。枷《かせ》をつけられた獣《けもの》を嬲《なぶ》るなど、葛葉にとっては欠伸《あくび》が出るほど簡単なこと。

結果——あらゆる能力値で遥《はる》かに劣《おと》る葛葉の前に、ナリアはあっけなく倒れ伏《ふ》したのだった。

「な、なんでそんな雑魚一人倒せないんだよ……⁉　立て！　まだやれるだろ！　さっさとそいつを殺せよ‼」

最強のはずの手駒が、Ｓランカーですらない葛葉程度に敗れた事実。あってはならないその結末に喚《わめ》き立てるロザリア。だが、どうあがいたところで結果は変わることはなかった。

「……なんだよ、なんでこうなるんだよ……どうしてどいつもこいつもこんなに使えないんだ……勝手に壊れる、勝手に裏切る、勝手に負ける……役立たずのゴミばかりじゃないか……！」

揺るがぬ敗北を前にして、ぶつぶつと恨み言を呟くロザリア。すべてを呪《のろ》うその様はもはや諦めたようにも見える。……が、彼女《かのじょ》の仄暗《ほのぐら》い執念《しゅうねん》の炎《ほのお》は、まだ燃《も》え尽《つ》きたわけではなかった。

「……だったら、もういいよ……みんな使えないなら……私が自分でやるから――‼」

吐《は》き捨てるようなセリフと同時に、宙空からずるりと現れる一振りの剣。それを握《にぎ》りしめたロザリアは、溢れる怒気に任せて葛葉へと斬《き》りかかる。

だが、葛葉の反応は早かった。

ぱちん、と指が鳴るや否《いな》や出現する炎。それは瞬く間に逆巻く業火《ごうか》の壁《かべ》となりロザリアを襲う。そして対するロザリアはといえば……防御も回避もしようとはしない。というより、できなかったと言うべきか。その理由は至極簡単――『女神《めがみ》族は戦闘《せんとう》能力を持たない』。誰もが知っているその事実は、ロザリアに関しても例外ではなかったのだ。

ゆえに、燃え盛る炎はあっさりとロザリアを飲《の》み込んでしまう。

……が、それを見据《みす》える葛葉は渋《しぶ》い表情で呟いた。

「……ま、そうなるわな」

業火の壁の向こうからクスクスと響《ひび》く笑い声。直後、炎の中を堂々と歩いて出て来たのは、傷一つないロザリアだった。

宝具による無効化、結界による防御、異能による遮断《しゃだん》……否《いや》、そのどれでもない。ロザリアは自分では何一つせず、ただ歩いているだけ。だというのに彼女が無傷なのは、炎の方が勝手にロザリアを避《よ》けていくからだ。彼女が一歩踏《ふ》み出すだけで、轟々《ごうごう》と燃え盛る炎が道を開ける。まるで、炎そのものが自らの意思で彼女を傷つけることを拒《こば》んでいるかのように。

……いや、それが比喩《ひゆ》ではなく事実であることを、葛葉はよく知っていた。

「実際に見たのは初めてやけど……いやあ、便利なものですねえ、その『寵愛の権能』ってやつは」

「なーんだ、知ってるんじゃん。そうだよ、私は《光と寵愛の女神》。世界樹そのものが私を愛してる。だから……武器も、魔法も、生物も、道具も、この世にあるものは一つだって私を傷つけられない！　世界のすべては私の味方なんだから！」

世界からの寵愛を一身に受けた愛の女神・ロザリア。ゆえに彼女は愛の名のもとに庇護《ひご》される。彼女を傷つけんとする森羅万象《しんらばんしょう》のすべてから。

世界樹の慈愛《じあい》を盾とする絶対防御――それこそが彼女の有する女神の権能なのだ。

「だからね、こういうことだってできちゃうんだ！」

そう笑った瞬間、ロザリアの握っていた剣が燃え上がる。

不吉《ふきつ》な竜胆《りんどう》色の獄炎《ごくえん》を纏うその剣は、名を《ティルヴィンガ《根絶やす厄災》》――あらゆるものを焼き尽くす伝説上の宝剣《ほうけん》である。ただし、その対象には使用者自身も含《ふく》まれるのだが。ゆえに《ティルヴィンガ》は呪われた魔剣《まけん》として恐《おそ》れられ、過去一度として所有者がいたことはなかった。なにせこれを使った者はみな例外なくその場で灰になっているのだから。

だが、それはロザリアが現れるまでの話。

燃え盛る暗紫の業火はあっという間に葛葉の呪文《じゅもん》を焼き尽くす。それでいて、使用者であるロザリアにはかすり傷一つない。彼女を守る寵愛の権能は、呪われし魔剣の獄炎さえ容易く防いだのである。

そしてそれは剣だけに限った話ではなかった。

鎧《よろい》、具足、手甲《てっこう》……ロザリアによって次々と呼び出されるのは、いずれも強力すぎるがゆえに所有者をも殺す諸刃《もろは》の魔装ばかり。この世で誰一人《だれひとり》使いこなせる者のいなかった異《い》端《たん》の兵器たちだ。それが今、ロザリアという真の使い手を得て活き活きと蠢《うごめ》いている。そう、確かに女神は戦闘能力を持たないが……これだけの武装を帯びれば話は別。世界に担保された絶対防御と、比類なきスペックを誇る魔装の数々。『力なき傍観者《ぼうかんしゃ》たれ』という女神の宿命を、ロザリアは自らの手で打ち破ったのだ。

そんな彼女がSランクにすら届かぬ一生徒に負ける道理がどこにある?

誰も役に立たないのなら、この手で目的を果たすまで。魔剣を振り上げたロザリアは、迷うことなく葛葉に斬りかかり——次の瞬間、強烈《きょうれつ》な雷撃《らいげき》にうたれて吹《ふ》き飛ばされた。

「は……あ……?」

全身を駆《か》け巡《めぐ》る痛み。

立ち上がれないほどの痺《しび》れ。

そして……それ以上に彼女を苛《さいな》むのは動揺《どうよう》だった。

私が攻撃《こうげき》を喰《く》らった——?

今のは何の変哲もない雷系攻撃魔法《かみなりけいこうげきまほう》、それも、中級下位程度の貧弱なものだ。『寵愛の権能』を貫通《かんつう》するなんてことあるわけがない。だが、事実として自分は今地面に転がっている。一体何が起きたというのか？

予想もしなかった展開に、狼狽《ろうばい》を隠せないロザリア。そんな彼女を葛葉は冷めた表情で見下ろしていた。

「あー、なんやびっくりさせてしまったみたいですんませんね。うちはうちでちょいとワケありでして……その権能、効かんのですわ」

と、葛葉はさらりと告げる。

だがもちろんそんな説明で納得できるはずもない。

自らの権能にどこまでの力があるのか、ロザリアは既《すで》に何度も実験している。あらゆる属性の攻撃魔法、あらゆる魔法体系の呪詛《じゅそ》、そしてリンカーネーターを利用したあらゆるタイプの固有異能まで。そして、その結果はみな同じ――――いかなる攻撃、いかなる代償《だいしょう》、いかなる呪いに対しても、寵愛の権能は硬《かた》く彼女を守り通したのだ。そう、彼女の寵愛は勇者たちの固有異能さえも凌駕《りょうが》している――――それは数多《あまた》の実験を通して得られた間違いのない事実なはず。この世界樹には彼女を傷つけられるものなど存在しないのだ。

にもかかわらず攻撃を通せるということは、この女は固有異能とは別種の未知なる力を隠し持っているとでもいうのか？　——いや、たとえそうだとしても……

「……だったらどうしたってんだよ……！」

魔剣を掴《つか》んだロザリアは、再び立ち上がる。

理由は定かではないが、寵愛の権能は確かに機能しなかった。それは認めよう。……だが、だとしてもこちらの攻撃まで通らないわけじゃない。そうだ、この女がどんな秘密を抱えていようと首を刎《は》ねてしまえばそれで終わり。だったら最初からやることに変わりはない。

再び燃え上がった怒気と共に、ロザリアは憤然《ふんぜん》と魔剣を振りかざす。……が、それを出迎えたのはまたしても激しい雷撃だった。

「あぐっ、う……！」

まるで先ほどの再現映像の如く、あっさり弾《はじ》き飛ばされるロザリア。鎧のお陰《かげ》で即死《そくし》は免《まぬが》れているが、主さえ殺す魔鎧《まがい》に痛みを和《やわ》らげるなんて優《やさ》しい機能などあるはずもない。凄《すさ》まじい激痛が全身を襲《おそ》う。権能により生まれてこの方かすり傷すら負ったことのない彼女にとって、それはまさに想像を絶する痛み。だがそれでもロザリアは歯を食いしばって立ち上がり——またしても雷に撃《う》たれ地面を転がった。

そう、つまるところそれは種としての脆弱《ぜいじゃく》さ。寵愛の権能による防御がなければ、魔装を振るうことすら叶《かな》わない。特に今相手にしているのは水穂葛葉だ。あらゆる戦闘技能においてロザリアの数段上に立ち、油断や慢心《まんしん》で隙《すき》を見せることもない。ましてや同情による手加減など期待するだけ馬鹿らしいというもの。

冷徹《れいてつ》に、正確に、『捨て身の反撃』さえ許さずに。それはあまりに一方的な攻防《こうぼう》。うるさい羽虫を追い払《はら》うかのように、葛葉はただ淡々《たんたん》と迎撃《げいげき》を繰《く》り返す。彼女はいつまでだってこの作業を続けるだろう。ロザリアの心が折れ、もうやめてと泣き叫ぶ瞬間まで。

……が、『その瞬間』はなかなか訪《おとず》れなかった。

何度弾き飛ばされようと、何度地面を転がされようと、何度激痛に悶《もだ》えようと、ロザリアは愚直《ぐちょく》に立ち上がる。涙《なみだ》と血と脂汗《あぶらあせ》にまみれたその相貌《そうぼう》には、普段の美しく謎《なぞ》めいた輝きなど欠片《かけら》も見られない。まるで生き汚《きたな》い野良犬《のらいぬ》のような醜態《しゅうたい》をさらしながら、それでもなお諦めようとはしないのだ。

そんな無様な姿を傍《そば》で見つめていたローゼは、とうとう我慢《がまん》できずに口を開いた。

「お願いだロザリア……もうやめておくれ」

ぼろぼろのロザリアへ向かって、ローゼは囁くように乞《こ》う。

「ボクを許せないのはわかる。だけどこれがボクの役割なんだ。だからもう十分だよ。これ以上君が傷つく姿を、ボクは……」

だが、その懇願《こんがん》めいた忠告もロザリアには届かなかった。

「うるさい、ローゼは黙ってて……！」

ローゼの方を見ようともせず、吐き捨てるように拒絶《きょぜつ》するロザリア。

そしてその怒りのままにまた魔剣を振り上げる。……が、そこには何の意味もない。またしても先ほどまでの光景が繰り返されるだけ。

だがそれでも……

「……逃がさないぞ……絶対に……」

一体何度目になるだろうか。魔剣に縋《すが》りながらも立ち上がるロザリア。

既に手札は使い切り、打開する策はなく、味方など一人もいない。満身創痍《まんしんそうい》の体はとうに限界を超《こ》え、意識をつなぎとめていられること自体が不思議なほど。そんな彼女を支えるものはたった一つ――尋常《じんじょう》ならざる執念だけ。

そんな異常な姿を目の当《ま》たりにして、初めて葛葉の手が止まる。そして小さく隣《となり》へ呟いた。

「……ローゼ、これ以上はあかんわ。こーゆー輩《やから》が一番危険なんや」

「……！　待って葛葉、まだ……」

「うちの最優先事項《じこう》はあんたや。……すまんが、あれはここで殺すで」

ローゼの制止を無視して、葛葉が術式に殺意を込《こ》める。それに呼応して展開されるのは、これまでで最も大規模な上級雷撃術式。いかに魔装に守られていようと、か弱い女神が喰らえば間違《まちが》いなく絶命に至る代物《しろもの》である。

そして致死《ちし》の雷は、なおも愚直に突《つ》っ込んで来るロザリアへと狙いを定めて――――放たれるその間際《まぎわ》、不意に響き渡《わた》るバリバリという異音。と同時に、部屋の隅にあったフール・エッダの留め具が弾け飛ぶ。

そこから現れたのは……一人の少年だった。

「お前……九条恭弥……⁈　どうやってライブラリから……⁉」

現れた恭弥を前に驚愕《きょうがく》を隠《かく》せないロザリア。既に絶望的なこの状況で、さらに封殺《ふうさつ》したはずの敵が戻って来たのだ、それも当然だろう。

一方対する恭弥はといえば、ただ静かに答えた。

「別に、普通にですよ」

そう、『どうやって脱出したか』などということは別段大した話じゃない。

確かに禍憑樹の真っただ中で取り残されはしたが、それは彼にとっても好都合。庇う相手がいなければラーヴァンクインの一振りで事足りる。そして封印《ふういん》された領域からの脱出にはパンテサリウムを使った。どちらも同じ三大宝殿《ほうでん》、互角《ごかく》の能力を持っている。パンテサリウムのテリトリーを外部へと反転することで、強制的にフール・エッダの支配領域を中和したのだ。そして、恭弥にとってはその脱出法さえ数ある手段の一つにすぎない。だから本当にどうでもいいことなのだ。

もっとも、この生還《せいかん》が予想外だったのはロザリアだけではなかったようだが。

「これは驚《おどろ》きやな、ようあそこから……まあ何にせよ無事で良かったわ。……っちゅう台詞《せりふ》は、うちが言ったら嫌味になるか？」

と、安堵《あんど》と感嘆《かんたん》の入り混じった様子で笑う葛葉。だがその笑顔の裏には、恭弥に対する警戒心《けいかいしん》が隠されている。

なにせ、彼を裏切り捨て駒《ごま》にしたのは他でもない葛葉だ。仕方ない状況だったとはいえ、恨まれていても文句は言えない。場合によっては今ここで報復される可能性も——

けれど、それはただの杞憂《きゆう》だったらしい。

「ああ、さっきのことですか？　それなら別に気にしてませんよ。ローゼさんを救うための行動なのはわかってますから。俺《おれ》もこうして無事だったわけですし……むしろ少しほっとしたぐらいです。先輩《せんぱい》は思ってたよりずっと良い人だったんですね」

「……君、お人好《ひとよ》しにもほどがあるんちゃう？」

とは言われても、これは紛《まぎ》れもない恭弥の本心なのだから仕方がない。

だが、だからこそ一つ確かめたいことがあった。

「ただ、謝罪の代わりに教えて欲《ほ》しいことがあるんです。先輩に……というか、ローゼさんに」

「ボクに？　何かな？」

「どうしてさっき、俺たちに嘘《うそ》をついたんですか？」

そう問われた瞬間、ローゼの瞳《ひとみ》がほんの微かに揺《ゆ》れる。

だが、彼女が答える前に横から葛葉が割って入った。

「ちょい待ちや恭弥くん。何のこと言っとるのかイマイチわからんが……まだ君の知らん事情はたくさんある。真偽《しんぎ》を判断なんてできんやろ。今確かなんは、あのロザリアがローゼに成り代わっとったってことと……あれがとんでもなく危険ってことだけや。違《ちが》うか？　今あれを処分するから、話はその後で――」

「すみません葛葉先輩、俺は今ローゼさんに聞いてるんです」

と葛葉の横槍《よこやり》を遮《さえぎ》りながら、恭弥はなおも真《ま》っ直《す》ぐにローゼを見据える。

「確かに先輩の言う通り、俺はあなたたちについて何も知らない。……けど、これだけははっきりわかります。『依り代として利用するために閉《と》じ込められていた』っていうのは嘘ですよね？」

「何言っとるんや恭弥くん!?　君もその眼で見たやろうが！　利用する気がないんなら、どうしてあんな必死に隠す必要がある？　だいたい、そんなこと何を根拠《こんきょ》に……」

「根拠ならありますよ。――あの部屋です」

「は……？」

フール・エッダ最深部、ライブラリの最奥《さいおう》に佇《たたず》んでいたあの一軒家《いっけんや》。最初こそ本物のローゼにばかり気を取られていたが、冷静になれば気づく。壁際に並ぶたくさんの漫画《まんが》、古今東西から集められたゲーム、大型テレビに山積みのブルーレイ……あの部屋にあったのは、いずれも誰《だれ》かを楽しませるためのものばかり。それでいて、一つとして手を付けられた形跡《けいせき》はなかった。まるで、それを用意した者へ抗議《こうぎ》するみたいに。

――そんな悲しい部屋を、恭弥はもう一つだけ知っている。

だからこそ、経緯《けいい》も詳細《しょうさい》もわからなくたって、これだけは断言できるのだ。あの部屋は彼女を閉じ込めるためのものじゃない。むしろ逆……あれはローゼを守ろうとしていたのだ。彼女を脅《おびや》かす世界のすべてから。ちょうど今、恭弥が同じことをしているように。

「ロザリアはローゼさんを守ろうとしていた――そうですよね？」

「おいおい恭弥くん、何馬鹿なこと言うとるんや……！」

葛葉からしてみれば、恭弥の言うことは何の根拠もない妄言《もうげん》でしかない。……が、背後で黙《もく》したままのローゼを見た瞬間、何かを感じ取ったのだろう。葛葉の表情が曇《くも》った。

「……ちょい待ち。ローゼ……まさか今の話、本当に――」

と、問い詰めようとしたその時だった。

「――なあ、さっきからなんだよお前。横からしゃしゃりでてきてさあ……」

消え入りそうな声で――だがそれでいて燃え盛るような怒気と共に――三人の会話を遮ったのはロザリア。その尋常ならざる怒りは……真っ直ぐ恭弥一人へ向けられていた。

「黙って聞いてれば知ったようなこと言いやがって……お前に私の何がわかるってんだよ……！　『私がローゼを守ろうとしていた』？　ははっ、なんかドヤ顔で言っちゃってるけどさ……だったらなに？　それなら何やってもいいの？　世界を滅《ほろ》ぼしたって許してくれるの？　――そんなわけないだろ!!」

と、未《いま》だふらつきながらも吠《ほ》えるロザリア。

「そうだよ、お前の言う通りだよ！　私はローゼを守りたい！　くだらない役割と、それを肯定《こうてい》するこの世界から！　そのためなら世界樹を滅ぼしたって構わない!!　……けどさ、そんなのお前に関係ないじゃん。どんな理由だって世界を滅ぼされたら困るだろ？　だからさ、結局同じじゃんか。どうせ『可哀想《かわいそう》だね』とか憐《あわ》れみながら私を止めるんだろ？　『そんなのローゼも望んでない』とか説教しながら邪魔《じゃま》するんだろ⁉　『それでも世界は美しい』とかほざきながら、最後には私もローゼも殺すんだろ!!? だってお前ら勇者だもんな! 世界を守るのが役割だもんな! ——だったら、最初から同情なんてすんなよ! そういうのが一番気持ち悪いんだよっ!!」

と、ロザリアは剥き出しの激情を吐き出す。

勝手にわかった気になって、勝手に同情して、勝手に憐れんで……結局は何もしてくれない、ただの偽善者《ぎぜんしゃ》。こいつもそうに決まっている。だってそうだろう? 自分の大切な一人のためだけにその他すべてを犠牲《ぎせい》にするなんて、一体どこの馬鹿が肯定してくれるというのか。こんなわがままを認める奴《やつ》なんてこの世界のどこにもいやしない。そんなことは自分でもわかっている。

だから別にいい。同情なんていらない。助けなんて求めない。誰の理解も必要ない。ローゼを救うと決意したあの日から、そう覚悟は決めていたのだ。世界全部を敵に回しても——たとえ助けたい本人にすら拒絶されても——それでもローゼを救ってみせると。そうだ、役割だらけの世界も、傍観者としての運命も、大好きな彼女に振りかかる悲劇も、何もかも壊してやる。たとえ一人きりだって、このわがままだけは押し通す——!

「——そうか……お前、そうやってずっと一人で頑張《がんば》ってたんだな」

「え……?」

不意にかけられる穏《おだ》やかな声。

一体いつの間に動いたのか。ロザリアの眼前に立っていた恭弥は、おもむろに手を伸《の》ばす。咄嗟に逃《に》げようとするロザリアだが、既に間合いの中。女神族の身でかわせるはずもなく、できたのは反射的に身を竦《すく》めることだけ。

……だが、彼女の恐れていた事態にはならなかった。伸ばされた少年の手は、そっとロザリアの頭を撫《な》でるだけだったのだ。

「な、何を……?!」

予想もしなかった行為《こうい》にうろたえるロザリア。なぜならそれは本来有り得ないことだからだ。寵愛《ちょうあい》の権能を持つ彼女には、敵意ある者は何人たりとも触《ふ》れられない。世界がそれを許さないはず。だというのに、恭弥は当たり前みたいに頭を撫でる。少し不器用に、どこかぎこちなく、それでいて、精一杯《せいいっぱい》の優しさを込めて。その手つきからは欠片の敵意も感じられない。

「これまでずっと一人で戦ってきたんだな……大切な人を役割から救うために。ごめんな、気づくのが遅《おそ》くなって」

と、恭弥は本当に済まなそうに呟《つぶや》く。

「だけど、もう大丈夫《だいじょうぶ》だ。もう一人で無理しなくていいんだ。本当によく頑張ったな。だから……あとは任せろ」
優しくかけられる言葉と、はにかむようなぎこちない笑《え》み。……だが、当然そんなもの
ロザリアには届かない。
何が『あとは任せろ』だ。そんな言葉を誰が信じるものか。所詮《しょせん》こいつは葛葉の部下、
世界を救う役割を担《にな》う勇者だ。浅い同情に酔《よ》って吐いたセリフなどすぐ忘れるに決まって
いる。そうだ、わかってる。……わかっている、はずなのに……なぜだろうか。どうして
もその手を振り払えない。
それは恭弥の言葉ではなく、掌《てのひら》から伝わるぬくもりのせい。少年の優しい体温を感じる
だけで、ロザリアの胸にとても温かなものが広がる。安堵と、安心と、安寧《あんねい》と……世界を
滅ぼすと決めたあの日に置き去りにしてきたはずの種々の感情が、少年の肌《はだ》を通して否応《いやおう》
なく蘇《よみがえ》る。
だからだろうか？　気づけばロザリアは、震《ふる》える声で問うていた。
「本当に……私を助けてくれるの……？」
それはおばけに怯《おび》える童女のような、なんとも幼稚《ようち》で弱々しい問い。
そんな少女の瞳を真っ直ぐ見据えながら恭弥は答えた。
「ああ。俺にもお前が必要なんだ。頼《たよ》りない落伍勇者で悪いが……俺は今から、お前の剣

になろう」

　どこか頼りなくて、それでいて真っ直ぐに告げられたその宣誓《せんせい》。それを聞いた瞬間《しゅんかん》、ロザリアの手から魔剣が滑《すべ》り落ちる。まるで、ずっと被《かぶ》り続けていた仮初《かりそめ》の面がはがれ落ちたかのように。

　そんな二人の様子を見つめていたローゼは……青ざめた顔で呟いた。

「ねえ葛葉、あの約束……今でいいかな？」

「……待ちゃ、それって――」

「今すぐボクを殺して。手遅《ておく》れになる前に」

「……！」

　それは耳を疑うような、到底《とうてい》受け入れがたい懇願。

　だが、葛葉はほんの一瞬《いっしゅん》表情を歪《ゆが》めただけで、聞き返そうとも理由を問おうともしなかった。

「結局こうなるんかい……！」

　悔《くや》しさの滲《にじ》んだ表情で、それでもためらうことなく。宙空から取り出した剣を隣の少女へ振るう葛葉。……ただ、それは一歩遅かったらしい。

「――そういうわけなんで、すみません。今度は俺の番みたいです」

ローゼの首を刎《は》ねる寸前で、あっけなく阻《はば》まれる刃《やいば》。二人の間にはいつのまにか恭弥が立ち塞《ふさ》がっている。――旧友を殺す間際の、ほんの一瞬《いっしゅん》未満の逡巡《しゅんじゅん》……それだけで恭弥には十分だったのだ。

「チッ……まあそうなるわな。ええで別に。先に裏切ったのはこっちやしな」

などと軽口を叩《たた》きながら素早く間合いを取った葛葉は、内心ひとりごちる。

まったく、奇妙《きみよう》な構図になったものだ。解放しに来たローゼをこの手で殺すことになり、それを裏切った恭弥が守っているなんて。これじゃまるであべこべだ。実際、あのロザリアですら展開についていけず呆然《ぼうぜん》としている。

だが、まあいい。やるべきことはシンプルだ。恭弥を倒《たお》し、ロザリアを始末する。そして……約束通りローゼも殺す。その後のことは、終わった後に考えればいい。

即座《そくざ》に思考を切り替《か》えた葛葉は、目的を遂行《すいこう》すべく剣を握りなおす。……が、そこでようやく気づいた。あるべき自分の右腕《みぎうで》がなくなっていることに。

「は……？」

堰《せき》を切ったように溢《あふ》れ出す鮮血《せんけつ》と激痛。

先ほど交錯《こうさく》したほんの一瞬――あの時点で既に斬られていたのだ。

「ははっ、なるほどなあ……こりゃ格が違うわ」

と笑う葛葉だが、その頬《ほお》は痛みと失血で青ざめている。

そんな彼女を恭弥は冷たく見据えていた。

「殺しはしません。まだ聞きたいことがたくさんありますから」

淡々と告げる少年の声音には、余計な慈悲《じひ》など少しもない。

どれだけ恭弥が強くとも、根底に甘《あま》さがある限り裏切られてもどうとでも対処できる
――そう考えて傍に置いていたのだが、どうやらその甘さにはもう期待できないようだ。

……その原因は十中八九あの終焉呪法争奪《そうだつ》時だろう。あの場にいなかったことを葛葉は心の底から後悔《こうかい》する。

だが、今更《いまさら》悔やんだところでもう遅い。少年は既に口八丁や同情心で操《あやつ》れる段階を越《こ》えている。戦闘力《せんとうりょく》が違いすぎて逃げることすら叶わない。無論、正面切って立ち向かおうなどあまりに無茶《むちゃ》すぎて笑いが出るぐらいだ。

そう、もはや打開策はない。葛葉はとうに詰《つ》んでいるのだ。――もっともそれは、『今のままでは』という意味だが。

「甘えは捨てた、か……そうかそうか。君がそうするんなら、こっちも四の五の言っとる場合やないよな……」

などと呟いた葛葉は、不意に言った。

「ローゼ、頼《たの》むわ」

「……いいんだね？」

「ああ。ちょいと昔に戻るだけや」

交《か》わされる短い会話。その直後、葛葉がいつもやっているのと同じように、ぱちん、と
ローゼが指を鳴らす。

女神がしたのはたったそれだけ。だが、どうやらそれがすべてだったらしい。

「はー、久しぶりやな……ガチでやるんは。これでまたお尋《たず》ね者か」

なんて少しうんざり気味に呟く葛葉の様子は、普段と何ら変わりない。いや、変化がある
るとしたら二つだけ。

一つは、切断されたはずの腕がいつの間にか再生していること。

そしてもう一つ変わったのは……恭弥の顔色だった。

「……ロザリア、こっちへ来い。ローゼさんと一緒《いっしょ》に俺の後ろにいろ」

「え……？」

「急げ。……悪いが、あまり余裕《よゆう》がない」

恭弥の声音に滲むのは、紛れもない警戒《けいかい》と緊張《きんちょう》。

そう、葛葉の立ち居振《ふ》る舞《ま》いに変化はない。実際。恭弥から見ても何も感じない。……

だが、それでもわかる。わかってしまう。武力だの魔力《まりょく》だのといった即物的《そくぶつてき》なものとは違う、存在の根底から滲み出る〝格〟……それが先ほどまでとは大きく異なっていることに。

あの瞬間、ローゼは開いたのだ。水穂葛葉がひた隠しにしていた、魂《たましい》の奥底《おくそこ》にある何かを。まるで檻《おり》から獣を解き放つみたいに。

——ああ、本当に、いつ以来だろうか？　敵を前にして全身が鳥肌立《とりはだだ》つのは。

そしてその悪寒《おかん》はすぐに現実のものとなった。

「さてはて、どうやったっけなあ？　もう忘れてもうたわ。……あー、確かこんな感じやったか？」

ぶつぶつと呟きながら、葛葉はいつも通り軽く指を鳴らす。

瞬間、周囲の景色が変わった。

血に染まったような赤銅色《しゃくどういろ》の大地に、重く暗雲立《た》ち込める紫暗の空。植物も動物もなく一切《いっさい》の生命の気配が絶えたその地は、まさに地獄《じごく》と呼ぶにふさわしい異郷の亜空間《あくうかん》。全身を何重もの鎖《くさり》で縛《しば》られたような圧迫《あっぱく》感からして間違いない、ここは葛葉の支配領域なのだろう。その密度たるや源種解放時の固有空間にも迫るほど。

だが何より驚くべきは、この領域を出現させた方法にこそあった。

普段の葛葉は転移術式によって他人を移動させている。そしてそれならば恭弥は簡単に防ぐことができただろう。だが、今回はそうじゃなかった。彼女は亜空間へ移動したのではなく、別の次元そのものを丸ごとここへ召喚《しょうかん》したのだ。それがどれだけの魔力と技術を必要とするものなのか、恭弥にだけはよくわかる。

そして、そうまでして呼び出したこの領域が、単なる気分転換《てんかん》目的の模様《もよう》替えでないのは言うまでもなかった。

「な、なんだよ、こいつら……?!」

ロザリアの口から零《こぼ》れる動揺の呟き。

その原因は突如《とつじょ》領域のあちこちに開いた次元の穴。そして、まるで賓客《ひんかく》を出迎《でむか》えるかのようにそこから顔を出したのは、絶大な魔力を纏った異形の群れ。いずれもステージ：Ⅸ《ナイン》をも超えた超高《ちょうこう》レベルの魔王であることは一目でわかる。

だが何よりロザリアを怯えさせたのは、そのいずれもが全く未知の存在であること。

当然のことながら、ステージ：Ⅸを超える大魔王級の魔物《まもの》など滅多《めった》に生まれない。長い女神の歴史でも極《きわ》めて稀《まれ》な存在だ。だからこそ、そういった魔王は必ず語り草になり、女神界の歴史書にもまとめられる。……だが、今ここにいる魔物たちはそうじゃない。明らかに大魔王級なはずなのに、一体たりとも伝承や歴史書に残っていないのだ。

その理由として考えられることは一つ——眼前の魔王たちがみな、歴史書が綴《つづ》られ始めるよりもなお古き時代の存在であるということ。そんなおぞましき旧世代の魔神《まじん》が、何百体もの群れを成して現れたのである。

「召喚、じゃないな……錬成《れんせい》ってわけでもない。死霊傀儡術《ネクロマンス》ですか」

「ああ、割と得意でなあ。ゆうても、ま……結局どれも同じじゃろ？」

「まあ、確かに」

と、女神さえ怯える異常事態を前に、冷静に頷《うなず》く恭弥。……だが、その一瞬の隙がいけなかった。

突如恭弥の背後に現出する穴。と同時に巨大《きょだい》な蛇型《へびがた》の魔王が這《は》いずり出る。何の気配も兆候もなく現れたそれは、巨大な顎《あご》であっさりと少年を丸のみにした。

「きょ、恭弥……！」

僅《わず》か一瞬のできごとに悲鳴をあげるロザリア。……が、その数秒後、蛇の腹の奥《おく》から小さな声がした。

「――《万鬼夜行《ヘクセンナハト》》――」

刹那《せつな》、蛇の腹がぼこりと膨《ふく》れる。それは一秒ごとに再現なく膨張《ぼうちょう》していき……ついには風船の如く弾け飛ぶ。そこから血肉をまき散らしながら現れたのは、何万何億もの魔獣《まじゅう》たちと――それを従える無傷の恭弥。

そして、魔族《まぞく》を使役《しえき》するというあるまじき禁忌《きんき》を犯《おか》した二人の勇者は、同時に命じるのだった。

「——ほれ魔王《まおう》様方、久しぶりの狩《か》りのお時間やで。好きに遊びや」

「——群がり、喰らえ。死んだら……また創《つく》ってやる」

二つの命令が響いた瞬間、咆哮《ほうこう》と共に激突《げきとつ》する両軍。

片や死から蘇りし最古の魔王たち。

片や際限なく産まれ続ける魔獣の大軍勢。

血飛沫《ちしぶき》と断末魔《だんまつま》をまき散らしながら、魔王と魔獣が喰らい合う……それはまさにこの世の終わりのような光景。だが、二人にとってそれは単なる開戦のゴングに過ぎなかった。

「——《閃《またたき》》——」

「——《帝雷釈鳴《ケラウノス》》——」

互《たが》いの背後で展開する無数の魔法陣《まほうじん》。

恭弥が操るのは雛を源種解放使用にまで追い込んだあの熱線術式。対して葛葉は〝ミュトス《不可能原理》〟と呼ばれる最上位を超えた階級の雷撃呪文《らいげきじゅもん》。奇《く》しくもどちらも同じ多連装連射型の術式である。

ただし、当然タダで撃たせるわけもない。恭弥は即座に術式改変による妨害《ぼうがい》を開始する。

……が、魔法陣に介入《かいにゅう》した瞬間、全身を滅多刺《めったざ》しにされたような激痛が。

「……反応型潜伏術符《せんぷくじゅつふ》……」

反応型潜伏術符――通称《つうしょう》：ブービートラップと呼称《こしょう》されるそれは、術式の中に別の術式を仕込《しこ》んでおく高等技術。敵の術式改変を妨害する魔術戦《まじゅつせん》におけるテクニックの一つだ。

ただ……

「卑怯《ひきょう》とは言わんでくれよ？　――お互い様《さま》、やしな」

同じく術式改変を行おうとしていた葛葉が、微《かす》かに顔をしかめる。

そう、トラップを仕掛《しか》けていたのは葛葉だけではなかったのだ。

「自己相似《じこそうじ》による一貫《いっかん》起動と絶対参照による自己修復……くくく、生真面目《きまじめ》な術式やねえ。君そっくりや」

「そういう先輩のはひどく気持ちが悪い式ですね。読んでるだけで吐きそうだ」

硬く敵をはねのける鉄壁《てっぺき》の如き恭弥の術式に対し、葛葉の術式は最初から侵入《しんにゅう》されることを前提とした構造になっている。あえて残した余白や余剰《よじょう》により術式の核《かく》は隠され、無数のダミーには精神汚染《おせん》を引き起こすトラップが。加えて筆記法が式ごとに不統一な上、文体はひどく乱雑、さらには多種多様な思考言語を混合させることにより極めて他人が解読しにくい術式になっているのだ。下手に侵入すればあっという間に精神を破壊《はかい》されかねない。他人を翻弄《ほんろう》するのが得意な彼女《かのじょ》の性格をそのまま表したような防衛術式である。

そう、互いに設計思想は正反対。だが、とどのつまりやることは同じ——敵より多く術式を潰《つぶ》し、敵より多く術式を守る——ただそれだけ。

——自陣《じじん》第七八砲門《ほうもん》停止——

——敵性第一〇六六砲門撃破《げきは》——

——自陣第一二九砲門再構築——

——敵性第四砲門損傷軽微《けいび》——

——自陣第二八八砲門放棄《ほうき》——

——敵性第七一六九砲門再起動確認《かくにん》——

術式が起動するまでの、僅か一秒。その間に数千度にも及《およ》ぶ術式改変の応酬《おうしゅう》が繰り広げられる。最高レベルの魔術師《まじゅつし》同士でしか起きない空中戦だ。

目には見えないその激しい攻防の末、互いの術式損耗率《そんもうりつ》がほぼ同時に70を超える。その瞬間、どちらも術式の起動を破棄《はき》した。……面での制圧攻撃が不可能であれば、多連装術式など魔力の無駄《むだ》。そして魔法《まほう》がダメということであれば、次に打つ手は決まっている——

「来い——《ダインスレイヴ《契り分かつ白無垢の剣》》」

「仕事やで——《迦楼羅之小太刀《カルラノコダチ》》」

魔術戦から一転、互いに呼び出した魔装を閃《ひらめ》かせての直接的なぶつかり合い。

だがここでようやく均衡《きんこう》が崩《くず》れる。

一回、二回、三回……剣戟《けんげき》を交わすこと僅か三度。それだけで両者は理解する。純粋《じゅんすい》な身体能力においては、恭弥が一枚上手であると。そして当然この好機を逃《のが》す恭弥ではない。

十三手――それで首まで届く。

瞬時《しゅんじ》に導き出す必殺の確信。それをなぞるかのように刻む最速の斬撃。一、三、八、十二……光の速さで閃く連撃は呼吸も思考も許さず、瞬《また》く間に約束の十三手目へ。

だが、とどめの一閃《いっせん》が葛葉の首を刎ねる間際、ふっとその姿が消えたかと思うと……気づけば背後に。恭弥の刃は虚《むな》しく空を切る。

転移術による回避《かいひ》……状況《じょうきょう》だけ見れば簡単そうだが、実際はそうじゃない。なにせ今の連撃はこの世に存在する転移魔法では間に合わぬ速度で行ったもの。学園上位ランカーの固有異能であろうと、これほどの速度で、かつ無詠唱《むえいしょう》で発動できるものはなかったはず。

……それでももし、最上位固有異能をも凌駕する転移術があるとしたら、それは――

「女神《めがみ》族の転移術、ですか……一体どこで覚えたんですか？」

「ありゃ、一発でバレてしもうたか。隠し玉やったんやけどなあ」

無数の異世界を管理するために与《あた》えられた最高スペックの転移術……それは明らかに女

神族固有のもの。ただし、それが彼女たちに許されているのは、女神族が戦闘《せんとう》能力を持たないがゆえ。それを元より桁違《けたちが》いの力を有する葛葉が使えるとなれば、身体能力の差を埋《う》めるのも容易《たやす》いこと。

つまり、結局ここでも決着はつかなかったのだ。……この何度目かになる拮抗《きっこう》に、戦闘中にもかかわらず葛葉の口から笑い声が漏《も》れた。

「……何がおかしいんですか？」

「いやあ、うちら戦いに関しちゃ随分《ずいぶん》気が合うと思ってな。実は前から思ってたんよ、うちら割と似てるって。案外本当にええコンビだったんとちゃう？」

「また適当なことを……」

と、恭弥は呆《あき》れた溜息《ためいき》をつく。そうだ、別に気が合うとかではない。どちらも自分勝手に最善手を打っているだけ。その判断が極めて近いからこそ結果的に同じ行動を取る。ゆえに、これは気が合うとかそういう話ではなく、論理的な必然なのだ。

……もっとも、〝最善手〟というのも少し違うことに恭弥は気づいていた。

「それよりも、なんで使わないんですか？」

「ん～？　何の話や？」

「先輩だって一応勇者だ。持ってるんですよね――固有異能」

自動再生、異相召喚、ネクロマンス、女神の転移……これまで多彩《たさい》な手札を見せて来た葛葉だが、逆に一つ、本来あるべきカードが欠けているのだ。

それが固有異能――勇者にとって最強の剣を、彼女はまだ抜《ぬ》いてすらいない。

だが、その指摘《してき》を葛葉は飄々《ひょうひょう》と笑い飛ばす。

「何言うとるん？　ウチみたいなキャラは底を見せたらしまいやろ？　マジんなったらそれが死亡フラグってな。せやから使いたくても使えんのよ」

などとうそぶく葛葉。

もちろんそれを鵜《う》呑《の》みにするほど恭弥は馬鹿《ばか》ではない。単に舐《な》めているだけなのか、それとも何か見せられぬ理由があるのか……何にせよ、使うつもりがないのならそれで構わない。

「わかりました、別にいいですよ。……どうせ早いか遅いかの違いだけですから」

恭弥の遥《はる》か頭上、天空に展開するはパンテサリウムの扉《とびら》。ただし、その大きさは普段《ふだん》とはまるで別物。空一杯《いっぱい》を覆《おお》うほど巨大な扉から現れたのは、数百、数千、数万もの伝説級宝具の数々――切り札を見せるつもりがないのなら、見せざるを得ない状況に追い込むまでのこと。

そして対する葛葉はといえば、まるで他人事のように笑うのだった。

「へえ、そうか？　そら楽しみやなあ」

とにやつく葛葉の足元で、応じるように展開する巨大な魔法陣。大地を埋め尽《つ》くすほどの六芒星《ろくぼうせい》から這い出るのは、数万を超える宝具の大軍勢――質・量ともにパンテサリウムに匹敵《ひってき》する水準である。

「ってことで……第二幕、さっさと始めよか？」

天と地の双方《そうほう》から同時に弾《はじ》き出される無数の宝具。宙空にてぶつかり合い、相殺《そうさい》したその欠片が流星の如く降り注ぐ中……再び戦端《せんたん》が開かれた。

身体能力で上回る恭弥を、転移と幻影《げんえい》で翻弄する葛葉。底知れぬ手数を見せる葛葉を、圧倒的魔力《あっとうてきまりょく》で抑《おさ》え込む恭弥。異端《いたん》なる二人の勇者の戦闘は実に奇妙なバランスで拮抗する。魔力を、気力を、宝具を、そして命を。己の持つすべてを投げ打ち、削《けず》り合う。互いの生存をかけた死闘《しとう》はまるで災害の如く際限なく拡大していく。

そんな激しい攻防の最中……葛葉は内心溜息をついた。

（まったく、嫌《いや》になるで……ここまでブレへんか……！）

圧倒的強者――と呼ばれる存在を葛葉はこれまで幾度《いくど》も見て来た。だから彼女は知っている。それら全員が例外なく抱《かか》える弱点……それこそが、強すぎるがゆえに負け方を知らないということ。

なにせ規格外の強者というのは往々にして生まれた時から強大な力を持っているもの。そしてひたすら勝ち続けて王座へと上り詰める。だから彼《かれ》らは格下との戦い方しか知らない。それは雑魚《ざこ》狩《が》りがどうこうという話ではなく、最初から天に選ばれし強者として産まれた以上、周りに格上などいないのだから仕方ないことなのだ。

ゆえに、いざ格上との戦いとなると彼らは脆《もろ》い。初めて経験する自分の方が弱い立場での戦闘……不安が、動揺《どうよう》が、恐怖《きょうふ》が、今まで知らなかったあらゆる負の感情が彼らを苛《さいな》む。

そしてそれに対処する術を学んでこなかった彼らは、簡単に自滅《じめつ》していくのだ。

だから今回も同じだと思っていた。九条恭弥は確かに強い。……が、それゆえに脆いのだと。恭弥の繰り出す攻撃《こうげき》を一つ一つ相殺し、受け流す。別にすべての能力で正面から上回る必要などどない。『もしかしたら、この女は自分より強いのかも』――そう一瞬でも思わせさえすればいいだけ。数多《あまた》の手札を持つ彼女であれば、勝てるカードを適切にきっていけば難しいことではない。そしてひとたび不安を植え付けさえすれば、あとは簡単なこと。胸に灯《とも》った疑心の種火を、煽《あお》り、つつき、燃え上がらせる。それだけで相手は勝手に迷い、勝手に焦《あせ》り……最後は勝手に破滅《はめつ》する。それが葛葉の得意とする、最も効率的で最も確実な狩りの手順なのである。

だが、九条恭弥は違った。

既《すで》に幾度も彼の攻勢《こうせい》を弾《はじ》き返しているというのに、一向に動揺が見えない。固有異能を温存されているという状況なのに、微塵《みじん》も焦る気配がない。ある攻撃が効かないとわかれば潔《いさぎよ》くやめ、ある能力で上回られたと悟《さと》ればあっさり切り替える。絶大なはずの己の力が通じないことに、全く焦りや戸惑《とまど》いを感じていないのだ。……いや、それどころか……打ち破られるたびにむしろ安堵しているような――？

そんな葛葉の推測は、まさしく当たっていた。

（ああ……久しぶりだな、この感覚は）

葛葉と刃を交える最中、恭弥が感じていたのは……混じりっ気のない安堵だった。

もちろんそれは油断しているわけでもなければ、葛葉を軽く見ているわけでもない。実際、彼女はこれまで相対した勇者の中で間違いなく最大の難敵だ。なにせ真っ当な戦闘になること自体が初めてなのに、幾《いく》つかの分野においては恭弥を凌駕《りょうが》してさえいる。これを強敵と呼ばず何と呼ぼう？　……が、それこそが安堵の原因だった。

熟練の術式改変、女神族固有の呪法、失われた古代呪文《じゅもん》、神霊《しんれい》級の精霊《せいれい》術、果ては魔族固有の魔法まで。葛葉が繰《く》り出す恐《おそ》るべき練度の技の数々は、確かに脅威《きょうい》ではある。……だが、それ以上の手数と力を併《あわ》せ持つ存在を恭弥はよくよく知っている。

そう、端的《たんてき》に言えば――九条恭弥はこの世界の誰よりも負け慣れているのだ。手数に翻弄され、力で叩きのめされ、圧倒的な魔力で地べたを舐める……そんな経験を三万年間ずっと重ねてきた。だから葛葉の強さを目《ま》の当たりにしたところで、別に騒《さわ》ぎもしなければ焦りもしない。逃げ回り、叩きのめされながらも、一つ一つ学び、覚え、理解し……そして凌駕する。それが恭弥本来の戦い方であり、そうやって世界最凶の大魔王すら打倒《だとう》したのだから。すなわち、強者を前にして本領を発揮する少年にとって、これまでで最も厄介《やっかい》な難敵であるはずの葛葉は、ある意味でこれまでで最もやりやすい相手でもあったのである。

ゆえに、戦闘が白熱するごとに恭弥の精彩《せいさい》は増していく。葛葉が強力な手を打ったびに嬉々《きき》としてそれを打ち破る。強いほどにより強く。速いほどにより速く。硬《かた》いほどにより硬く——弱者として歩むその道は決して途絶《とだ》えることはない。眼前の敵を凌駕するその時まで。

そんな彼の本領を目の当たりにした葛葉は……ふっと笑った。

「いやあ、やっぱ強いな君は。こりゃとても敵《かな》わんわ」

戦いの途中《とちゆう》、不意に口にするのはまるで諦《あきら》めのような台詞。

そして彼女にとっては残念ながら、それはいつもの虚言《きよげん》ではなかった。

そう、葛葉にはわかっている。現状二人は五分に見えるかもしれないが、それはあくまで『今はまだ』というだけの話。この均衡はもう長くはもたない。このまま互いに消耗戦《しょうもうせん》を続ければ、間違《まちが》いなく恭弥が勝つ。葛葉には既にその結末が見えていた。というか……恭弥が先日からの連戦に次ぐ連戦で消耗《しょうもう》しきっていなければとっくにやられていただろう。

少年と自分との間には、明確な戦力差が存在している――それを認められぬほど葛葉は馬鹿ではない。特に彼の場合、その強さの理由は呆れるほど明白なのだから。

「まあそれも当然か。なんせ……あの廃棄魔王《はいきまおう》の眷属《けんぞく》なんやからなあ？」

刹那、つんざくような異音と共に、空間そのものに亀裂《きれつ》が走る。

それは魔法でも何でもない、恭弥から葛葉へ放たれた本気の殺意。それだけでこの亜空間が悲鳴を上げたのだ。

「おー、こわ。どうやら図星みたいやねえ？」

「……いつから気づいていたんですか？」

「最初から。……なーんてのはカッコつけすぎか？　前々から可能性自体は考えとったんやけどな、確信したのは今や。ぶっちゃけ君、強すぎやで。存在自体が有り得んレベルや。そんなんもう廃棄魔王の関係者以外説明できんやろ。せやからこれ自体は単純な消去法、別にどうってことない。それより本当の問題は……君の目的が何かっちゅう方や」

と、葛葉は探《さぐ》るような視線を投げかける。

「目的は世界への復讐《ふくしゅう》。廃棄魔王は封印《ふういん》された報復として君を鍛《きた》え送《おく》り込《こ》んだ――なんて、ぱっと思いつくんはこんな筋書きやけど……これはちゃうな？　魔王の尖兵《せんぺい》としちゃ、君のこれまでの動きはあまりに善良や。となれば次点で考えられるんは……永劫《えいごう》の牢獄《ろうごく》に疲《つか》れた魔王様が、自殺するための処刑人《しょけいにん》として君を呼んだ、ってところか」

そう結論づけた葛葉は、『ただなあ……』とさらに言葉を接《つ》ぐ。

「どうも引っかかるんよなあ。これでも帰《き》還《かん》勇者はぎょうさん見てきた。だからわかる。目的を遂《と》げ世界を救った勇者が感じるのは〝達成感〟やない――〝喪失感《そうしつかん》〟や。偉《い》大《だい》な目的、特別な使命、誰よりも強い力……そういうもんを手放すのが嫌なんや。だからみんな学園への入学を喜ぶ。……せやけど、君は違った。入学したあの日から既に、君には喪失感も喜びもなかった。むしろ逆……君は警戒し、怯えとった。まるで、これから失うことを恐れとるみたいに」

葛葉の視線が射貫《いぬ》くように恭弥を見据《みす》えた。

「ってことは、や。君は魔王を殺しとらんな？　命を奪《うば》うんやなく根源だけを無力化し、それから……あの廃棄《はいき》世界から連れ出した、か？　となると魔王様の所在は……ああ、あれか。君がいつも連れとる猫《ねこ》ちゃんか？　そういや、レジスタンス騒動《そうどう》ん時も随分と必死やったもんなあ？　……んー？　となるとあれやな、あの様子を見るに、連れ出した理由も単なる同情とはちゃうな？　君……廃棄魔王に惚《ほ》れたんやろ？　くくく、なるほどなるほど、ロザリアちゃんへの答えはほんまやったっちゅうわけか！」

一つ一つ恭弥の反応を窺《うかが》いながら、これまでに得た情報の断片《だんぺん》をつなぎ合わせていく葛葉。それが驚《おどろ》くほど正確であることは恭弥だからこそよくわかる。

そして葛葉は、既にその先にまでたどり着いていた。

「っちゅうことは、や……ようやく君の目的も見えてくるなあ？　――魔王様を本当の意味で救うには役割そのものからの解放が不可欠。そしてその唯一《ゆいいつ》の方法は、役割を規定する大元……すなわち世界樹を滅ぼすこと。君は今それをやろうとしとるわけや」

と、葛葉は堂々と断言する。

そして恭弥はといえば……それを否定しようとはしなかった。

だって、彼女の言っていることはまさしく真実なのだから。

「……推理ご苦労様です。で……もしそうだとして、どうする気ですか？」

「どうするって？　ははっ、そんなん決まっとるやろ。――なーんもせんよ。っていうか、なんもできんやろ。だってうちは君より弱いんやから」

嘘《うそ》か真《まこと》か、あっさり肩《かた》を竦める葛葉。ただ、その言葉には続きがあった。

「けど……そうやな、君がそういう目的なんやとしたら、一つ言いたいことはあるかもな。

――なあ、もうやめにせんか？　今更《いまさら》すぎるそんな言葉だった。

葛葉が投げかけたのは、今更すぎるそんな言葉だった。


「失踪《しっそう》日時からして、恐らく君は体感三万年近く廃棄世界で鍛えていたはずや。それだけ長く戦闘に明け暮れていたら、普通《ふつう》はまともな人格なんて残らん。ただ殺すことしか考えられん兵器になるだけや。むしろ、廃棄魔王からすれば確実に自分を殺させるためにも兵器に仕立てるべきやろうな。……けど、君はそうなっとらん。びっくりするぐらい平凡《へいぼん》な子のままや。その理由として考えられるんは一つだけ――君を育てた廃棄魔王が『九条恭弥』という個を尊重し、ありのまま居て欲《ほ》しいと願ったから以外ない。そんで、そんな願いができるっちゅうことは……今の廃棄魔王は、かつての殺戮《さつりく》兵器とは違《ちが》う自我《じが》を持っとるっちゅうことになる。それも、かなりまともな良い女や。君がそこまで惚れこんどるのが何よりの証拠《しょうこ》やろ？」

なんて悪戯《いたずら》っぽく笑った葛葉は、一転してはっきりと言い切る。

「だからこそ、わかる。廃棄魔王が君の行動を認めるわけがない。今の君は独断で動いてるんやろ？　魔王には秘密にしとるか……いや、どこかに幽閉《ゆうへい》しとるな？　そういや、最近猫ちゃん見とらんもんなあ？」

そのカマかけに対して、恭弥はやはり無言のまま。

だが葛葉はそれを肯定《こうてい》と理解したらしい。

「あー、やっぱそうか。まあそうやろな。好いた女に振《ふ》りかかる悲劇を、指くわえて見とるだけなんてできっこないわな。……ただな、それでも言わせてもらうで。もうやめとけ恭弥くん。君が逆の立場だったらどう思う？　君のために愛する女が血塗《ちぬ》られた道を歩む。そんなん我慢《がまん》できるか？　それで嬉《うれ》しいって思うか？　そんなわけないよなあ？　変えられん運命なら、せめて二人静かに過ごしたい。それが最後の願いやろ？　そう願える人だからこそ好きになったんやろ？　君だって本当はわかっとるはずやろうが……！」

と、にわかに熱を帯びる葛葉の声音《こわね》。

どこか彼女らしくないその熱量に、ようやく恭弥が口を開いた。

「すごいな、何でもお見通しなんですね。まるで自分のことみたいだ。もしかして……先《せん》輩《ぱい》とローゼさんも似たような経験があったりするんですかね？」

なんて探るように首を傾《かし》げた恭弥は、それから静かに問う。

「なら教えてくださいよ、先輩。これがどうしようもない悲劇だとして、黙《だま》ってそれに従うのが正しいとして……それっていつまで続くんですか？　この先どれだけの人が正しく不幸を受け入れて、どれだけの人が正しく犠《ぎ》牲《せい》になれば、この悲劇は終わるんですか？」

「恭弥くん、答えは簡単や——必要なぶん、必要なだけ。役割っちゅうんは何も戯《たわむ》れで存在しとるんやない。世界の幸福を最大化するためにこの世界樹が出した一つの答えや。その維持《いじ》のために必要最小限の不運がある。これはどうにもならんのや。もし役割がなくなれば、それこそ不幸の歯止めが効かなくなる。待っとるのは万人《ばんにん》が苦しむ地獄だけや」

葛葉の答えには冷酷《れいこく》なまでに迷いがない。まるでそんな世界を嫌というほど知っているかのように。

だが、その冷たさは不意に和《やわ》らいだ。

「ただ……そうやな、これは大多数側の理屈《りくつ》や。今まさに不運を背負わされとる側の君の知ったことやない。せやから割り切れとも納得《なっとく》しろとも言わん。ただ、後生や。ほんの少しでいいから立ち止まってくれんか？　それは世界のためでなくてええ。自分のためでもなくてええ。君の大切な人のために……一度だけ、一呼吸だけ、立ち止まって考えてくれ。その人にとって何が一番の幸せか。大丈夫、君はまだ最後の一線は越えとらん。まだ引き返せるんや……！」

真剣《しんけん》に、切実に、真《ま》っ直《す》ぐ投げかけられたその説得は、紛《まぎ》れもない素直《すなお》な彼女の本心。らしくないその言葉は、それゆえに恭弥の胸へと届く。

そして……だからこそ、恭弥は笑って答えた。

「一呼吸、ですか……助言ありがとうございます。でも、すみません。やっぱりそれは無理そうです。だって、フェリスがいない世界じゃ……俺《おれ》は息もできない」

その怯えたような笑顔《えがお》を見た瞬間、葛葉は理解する。

彼はもう、その一線をとうに踏《ふ》み越えているのだと。

「そうか、もう自分じゃ止まれんか……」

諦めたような瞑目《めいもく》と、悲しげな嘆息《たんそく》。それから瞼《まぶた》を開けた葛葉は……次の瞬間、既に恭弥の背後にいた。

「――なら、それを止めてやるんが先輩の責任よな」

女神固有の転移術による急襲《きゆうしゆう》。間断なく振り下ろされる刃。

瞬《まばた》きよりも速いその不意打ちは、しかし恭弥にとっては想定内。すぐさま身を翻《ひるがえ》し襲《おそ》い来る一閃を受け止めようとする。

その間際《まぎわ》、葛葉の内部で何か異質な気配が湧《わ》き起こった。

(固有異能――!?)

ついにその気になったのか。確信と共に身構える恭弥。

だが、そうではなかった。

葛葉が次に繰り出したのは固有異能ではない。……というより、〝ソレ〟は恭弥の知るいかなる魔術ともスキルとも異なるナニカであった。

「――繝帙?繝繧ｷ繝ｳ繧ｶ繝ｳ繧ｳ繧ｦ槭こ繝ｳ――」

葛葉の唇《くちびる》から零れたのは、まるで機械音のような不気味なノイズ。到底人間が発声できる音階ではない。それと同時に葛葉の剣を覆うおかしな霧《きり》。掠《かす》れ、歪み、ぶつ切れになって明滅《めいめつ》を繰り返すその霧は、さしずめ壊《バグ》れ《っ》た《た》モニターを埋め尽くすモザイクさながら。いや、もはやそれは比喩《ひゆ》ではない――この世界そのものが、彼女が行使した『ナニカ』を正常に処理できずにいるのだ。

そして振るわれる剣。それは咄嗟《とっさ》に受け止めた恭弥の宝剣《ほうけん》を易々《やすやす》と貫通《かんつう》し、あっけなくその右腕ごと斬《き》り落とした。

「っ……?!」

斬られた――はずなのに、なぜか痛みはなく一滴《ひとしずく》の出血さえない。ただその代わり、切断面には先ほどのモザイクが伝染《でんせん》したようにまとわりついている。

これはマズイ――コンマ数秒で判断した恭弥は、左手で無理矢理《むりやり》右腕《みぎうで》を引きちぎる。投げ捨てられた腕《うで》はあっという間にモザイクに覆われ……溶《と》けるようにその一部になってしまった。

あとほんの僅かでも遅《おそ》ければ、今頃《いまごろ》全身アレに飲《の》み込まれていただろう。

「な、なんなんだよ、それ……?!」

あまりに常軌《じょうき》を逸《いっ》した現象を前に、ロザリアが思わず声を震《ふる》わせる。

世界のバグとしか言いようのないそのナニカは、女神たる彼女でさえ知らぬ代物《しろもの》。恐らく、寵愛《ちょうあい》の権能を無効化していたのもあれに関係しているのだろう。

だが、当然葛葉が教えてくれるはずもない。

「——繧ｴ繝繧ｷ繝・繝医Ν繝?吶Λ繧ｨ繝」

畳《たた》みかけるように再び口ずさむ異常詠唱《エラーコード》。万象《ばんしょう》を蝕《むしば》む異質なモザイクが、今度は雷《かみなり》のような形状で放たれる。

防御《ぼうぎょ》も相殺も不可能……そう判断して回避する恭弥だが、その先で待ち受けていたのは不可視の機雷《きらい》術式。それが起動した瞬間《しゅんかん》、凄《すさ》まじい爆発《ばくはつ》が巻き起こる。無論、その程度で死ぬ恭弥ではないが……再生したばかりの右腕はまたしても吹《ふ》き飛ばされた。

これまで見せてきた圧倒的手数、それに加えて対策不能なあの力。恭弥へ傾《かたむ》きかけていた優位があっという間にひっくり返る。さらに厄介なのは、一度放たれたバグが永続的に残ること。二度の行使により発生したバグは今なお空間を蝕み拡大し続けているのだ。そこへ近づくだけで異常は伝染し、通常魔術が不具合を起こすようになる。それは禍憑樹とよく似た、世界を根本から汚染する何か。

そこでようやく恭弥は理解する。

彼女が本気を見せた時から、ずっと気になっていたのだ。これだけの実力を隠《かく》し持ちながら、学園内どころかフール・エッダ攻略《こうりやく》時でさえ恭弥に戦闘を任せていたのはなぜか？

——その真相がこれだ。出し惜《お》しみとかそんなくだらない理由じゃない。力を見せたくても見せられなかった。なぜなら、これを使ってしまえば根本から世界を壊しかねないのだから。

そう、彼女もまたこの世にあってはならぬ異物の一つ。もしこの力が女神たちに見つかれば、全世界が彼女を抹殺《まっさつ》しようと動くだろう。

なるほど——そこで初めて恭弥は同意する。確かに俺たちは少し似ている、と。

そして今、ひた隠しにされていたその力が解き放たれる。

あらゆる魔法を、あらゆる物質を、あらゆる異能を……そして、世界そのものさえをも侵《おか》す異質な力。それを自在に操《あやつ》る葛葉は怒濤《どとう》の如く少年を攻め立《せ》てる。その表情にいつものにやけ面《づら》はなく、軽口の一つさえ零さない。少年を殺すための最短ルートを精密機械の如くなぞるのみ。

だがそれでも、恭弥は辛《かろ》うじて防ぎ続けていた。

それは雛と戦った時と同じ。防御不能・一触即死《いっしょくそくし》の攻撃などフェリスとの戦いでは茶飯《さはん》事《じ》。薄氷《はくひょう》を踏むような攻防《こうぼう》、なんてのは慣れっこだ。ゆえに、世界すら処理できぬ奇怪《きかい》な術も紙一重《かみひとえ》で捌《さば》いていく。

そして葛葉の方もまた、それに焦りを感じることはなかった。

なにせ九条恭弥の強さなど先刻承知。この切り札を以《もっ》てしても仕留《しと》めるのが容易じゃないことぐらいわかっている。……そう、わかっているからこそ……ちゃんと奥の手《て》を用意してあるのだから。

数十度目になる交錯《こうさく》の末、突如恭弥に背を向ける葛葉。その指先が狙《ねら》う先は——遠く退《たい》避《ひ》していたローゼとロザリア。

そう、この戦いにおける彼女の勝利条件とは、九条恭弥の排除《はいじょ》ではない。女神二人の殺害だ。これまでローゼたちを狙わずあえて正面から恭弥を相手にしてきたのは、彼の注意を二人からそらすため。すべては今この瞬間のための布石だったのだ。

そうして放たれる異質なる力。世界を狂《くる》わせながら迸《ほとばし》るそれは、真っ直ぐに無力な女神たちへ。当然回避など間に合うはずもない。……が、その時だった。まるで盾《たて》になるかのように二人の前へ恭弥が飛び出したのだ。そしてその行為《こうい》は——葛葉にとっては僥倖《ぎょうこう》でしかなかった。

（なんや、そっちでええんやな？）

　葛葉が放ったのは防御不可能なあの異術。つまり、恭弥が庇《かば》ったところで三人まとめて死ぬだけ。何の意味もない。そして彼だってそれぐらいわかっていたはず。それでも庇ってしまったのは……それが咄嗟の行動だったからだろう。

　やっぱり、君はええ子やないか――そう思うとほんの少しだけ、忘れていた良心が痛む。

　だがすべては手遅《ておく》れ。放たれた術は真っ直ぐに三人を飲み込んで――

『――繝繝ｩ繧ｾ繝輔繧ｧ繝繝ｼ繝――』

　虚空《こくう》に響《ひび》く恭弥の声。と同時に、迸るもう一つの異術。

　ぶつかり合った二つのバグ《異常》は互いに互いを喰《く》らい合い……あっけなく相殺して消えた。

「なんとか、間に合ったな……」

　激しい衝突《しょうとつ》が収まった後、ふぅ、と嘆息する恭弥。

　平然と佇《たたず》む彼が一体何をしたのか？　……などと、今更混乱する葛葉ではない。恭弥のやったことなどとっくにわかっている。だってそれは……彼女が最も恐れていたことなのだから。

「解析完了《かいせきかんりょう》。やっぱりそれ、別の世界樹の魔術体系ですね？」

「ネタばらし、ちょいと早すぎるで恭弥くん……！」

まさしく恭弥の言う通り。葛葉の使っていたバグ《異常》の正体とは、別の世界樹由来の魔術に他《ほか》ならない。元よりこの世界に存在し得ない異物であるがゆえに、世界そのものが処理できずエラーを起こすのだ。……が、それを見抜《みぬ》くのと実際に使うのとでは天と地ほどに話が違う。それこそ本来起こり得ない〝異常〟だ。

ただ、それでも『有り得ない』と言い切れないのは……九条恭弥という少年の最も危険な能力を葛葉が理解していたからだ。

あらゆる攻撃への耐性《たいせい》。類いまれなる戦闘技術。光すら掴《つか》む身体能力。底さえ見えぬ魔《ま》力量《りょくりょう》。無数に所有する創世級宝具に、決してぶれないその精神――恭弥の強さを挙げようと思えばそれこそきりがない。……が、葛葉から言わせれば、今羅列《られつ》したものなどどれも本質ではなかった。

そう、本当に警戒《けいかい》すべき恭弥の能力とは……彼が三万年の修行《しゅぎょう》で歩んできた過程そのもの。なにせ、彼は根本からして既存《きそん》のどの勇者とも違う。女神による能力解放を受けていない恭弥は、本当に最底辺のゼロからすべてを学んできた。観察、分析《ぶんせき》、仮説、実践《じっせん》、理解、適応、改善……学習のためのプロセスを、一つとして飛ばすことなく丁寧《ていねい》に踏みしめてきたのだ。そこで培《つちか》われたのは魔力や筋力だけではない。〝学習する〟という行為そのもの。

ゆえに、たとえそれが異世界の魔法体系だろうと、たとえ気を抜けば即死《そくし》の戦闘中であろうと、彼にとってそれを学ぶ行為は三万年間慣れ親しんだ日常に過ぎない。かつてこの世界の魔法だって、彼は勇者の種に頼《たよ》ることなく自力で習得したのだから。

つまるところ、恭弥がしたことはシンプル――彼は戦闘の最中に習得したのだ。世界樹すら解読できないはずの異世界の魔法体系を、一人で、ゼロから。

「まあ正直な話、君ならできるんやろうとは思っとったわ。……せやけどな、それにしたってちと早すぎるやろ……」

異世界樹の力を行使すれば、それを手掛《てが》かりとして学習されることは想定していた。だからこそ葛葉は急いでいたのだ。解析《かいせき》されないようギリギリまで手札を隠し、一度使用してからは最小限の手数で決着を急いだ。その判断と過程に間違いはない。今でもそれは確信できる。だが、あと一手……あと一手だけ間に合わなかったのだ。

その紙一重の差を悔《く》やまないといえば嘘になる。けれど、葛葉はすぐさま割り切った。失敗したのならしょうがない。それならそれで、次の一手を打つまでのこと。

冷静に笑った葛葉は……ぱっと両手を上にあげるのだった。

「……あの、何のつもりですか？」

「ん？　見てわからんか？　――降参や」

と肩を竦《すく》めた葛葉は、『あー疲れた』とその場に座《すわ》り込む。

「ったく、なんやねん君のその強さ。チートってレベル越《こ》えとるやろ。こんなん勝てるかアホらしい。ほれ、煮《に》るなり焼くなりすきにせえや。質問には答えるし何でも教えたるっちゅうか、どうせこの前見せた記憶奪取《きおくだつしゅ》もパクれるんやろ？　黙秘《もくひ》で頑張《がんば》る気にもならんわ。そん代わり、頼《たの》むから殺さんといてくれよ？　どっかに幽閉ぐらいで勘弁《かんべん》してや。……あ、ちな、メシは三食きっちりな？　もちろんデザートつきで。三日にいっぺんはマッサージとかしてもらいたいなあ。ああ、それからネット回線だけは上等なの頼むで～。監禁《かんきん》生活ともなればネットは死活問題やからな。おっと、それから風呂《ふろ》の話なんやけど――」

などと、降伏《こうふく》したくせにやたらと要求してくる葛葉。

その潔いまでの開き直りっぷりに、恭弥は開いた口が塞《ふさ》がらない。

「あ、相変わらず切り替《か》えが早いですね……」

「しゃーないやろ、どうにもならんのやから。『それでも守りたい世界がある～！』とか言って愛と友情パワーで大逆転、なんちゅうのはうちのキャラやないやろ？　まっ、無理なもんは無理っちゅうことや」

水穂葛葉は根性論者《こんじょうろんじゃ》でもなければ、夢見がちな少女でもない。世の中にはどう頑張っても超《こ》えられぬ壁《かべ》があるとよく知っている。そして眼前の恭弥こそがその壁だ。既に決着はついた。逆転など不可能。だったらあがくだけ無様というもの。わざわざ必死こいて無意味とわかりきった醜態《しゅうたい》をさらすほど、葛葉は馬鹿ではないのだ。

……そう、彼女は馬鹿じゃない。だが、それでも――

「まっ……わかってはいても、やらなあかん時もあるんやけどな」

誰《だれ》にも聞こえぬ呟《つぶや》きと同時に、欠伸《あくび》をしていた葛葉がふっと消える。次の瞬間、現れたのは恭弥の背後。その手には隠し持っていた暗殺用の毒針が。――完全に戦意を失ったと見せかけた上での、これまでで最速の転移。この時のために残しておいたとっておきだ。

正攻法《せいこうほう》で敵わぬのなら、搦《から》め手《て》で殺すだけのこと。恭弥の本領が学習による対応力というのなら、それこそ葛葉の本領は不意打ちによる暗殺だ。裏切り、搦め手、闇討《やみう》ち……卑怯《ひきょう》と呼ばれようが構わない。この世界はつまるところ、勝った方が正義なのだから。

その不意打ちは完全に少年の虚《きょ》を突《つ》いて――

「――良かった。やっぱり先輩はそうでなくちゃ」

ぽたり、と滴《したた》り落ちる鮮血《せんけつ》。

だがそれは恭弥のものではない。突き出した毒針は少年の首筋に触《ふ》れる寸前で止まり……その代わり、恭弥の握《にぎ》る魔剣《まけん》が深々と葛葉の胸を貫いていた。
――最速を隠していたのは、葛葉だけではなかったのだ。
「がはっ……」
刃《やいば》が引き抜かれるや、大きく吐血《とけつ》する葛葉。手からは毒針が滑《すべ》り落ち、立っていること
すらままならず倒《たお》れ込む。
その体を、恭弥はそっと受け止めた。
「……正直、あなたは学園で一番厄介な人でした。最初から俺に目をつけていたのはあな
ただけだ。毎度毎度絡《から》んできて、そのたびひやひやさせられて……でも、嫌《きら》いってわけじ
ゃなかったですよ。……すみません」
「はは……お世辞でも……そら、嬉しいわ……」
といつものように笑おうとする葛葉だが、その頬《ほお》からは急速に生気が抜けていく。本来
なら恭弥クラスの再生力を持つ彼女《かのじょ》。しかし、魔剣に籠《こ》められていた呪詛《じゅそ》により今はそれ
も機能しない。当たり前の死に向けて、彼女の体は着実に熱を失っていく。
だがそれでも、葛葉は青ざめた唇を懸命《けんめい》に動かす。
「お礼に……遺言《ゆいごん》として一つアドバイスや……なあ恭弥くん……ゲームの魔王様《まおう》がなんで
勇者に勝てないか、知っとるか……?」

「……そういう役割だから、って言いたいんですか？」

「はは、まあそうやな。それもある。……けど、違うんよ。答えはもっとシンプルや……」

と、葛葉は正解を口にした。

「『リセットボタン』があるから、や……魔王がどれだけ強くとも……どれだけ勇者を殺そうと……ボタン一つでぜーんぶ無かったことになる……勇者が勝つまで何度でも最初からやり直し……せやから、魔王が勝つエンディングなんてのは存在せんのや……だから、まあ……せいぜいうまくやりや……どこかの誰かさんが、リセットボタンを押《お》したくならんよう……ほどほどに、うまくな……」

それが一体何を言わんとしているのか、恭弥にはまるで見当がつかない。だが確かなのは、それが抽象的《ちゆうしようてき》な比喩ではなく、明確に何かを指しているということ。

「あなたは何を知ってるんですか……？」

「……よく聞きや……この世界には……まだ……………えん………一位が………」

何かを伝えようとする葛葉だが、その声は弱々しく掠れていく。聞き取れないもどかしさに思わず耳を近づける恭弥。……そこでようやく、葛葉が何を言っているのか理解した。

「……ああ、ありがとう……これで聞こえるか……？　――油断大敵、ってな」

「っ⁉」

瞬間、するりと首の後ろに回される葛葉の両腕《りょううで》。それは愛する恋人《こいびと》への抱擁《ほうよう》のようでいて、処刑台《しょけいだい》の拘束具《こうそくぐ》の如く決して離《はな》れることはない。

そうして唇が触れ合いそうな距離《きょり》で、葛葉は楽しげに囁《ささや》くのだった。

「実はうち、死ぬ前に一つ言ってみたかった台詞《せりふ》があってなあ。遺言代わりやと思って聞いてくれへん？　なあ、恭弥くん――うちと一緒《いっしょ》に死んでくれ」

その囁きと同時に葛葉の内部で膨《ふく》れ上がる異常な魔力。それがどういう類《たぐ》いの術式によるものか否応《いやおう》なく理解した恭弥は、咄嗟に手刀を振るう。無論、死にかけの葛葉に防げるわけもなし。葛葉の首はあっさりと刎《は》ね飛ばされる。

……だが、確実に絶命したはずの葛葉の首が、宙空でにんまりと嗤《わら》った。

「くくく……これは最初に教えたはずやで？　ネクロマンスは得意やってな……！」

自らが死した後でなお動くよう仕込《しこ》まれていた死体傀儡術《くぐつ》。葛葉にとっては敗北さえも想定していたパターンの一つということ。……他人を弄《もてあそ》ぶのが大好きな女の性根《しょうこん》は、死んだあとでも治らないらしい。

だが、別に構わない。だったら次は根源ごと焼き尽くすのみ。恭弥は即座《そくざ》に術式を展開して――しかし、今度は一手、葛葉の方が早かった。

――すまんな、ローゼ。こんな結末で――

刹那《せつな》、巻き起こる凄まじい爆発《ばくはつ》。それは死せる恒星《こうせい》が最後に見せる重力崩壊《ほうかい》にも似た終末の燐光《りんこう》。無論、その爆心地《ばくしんち》は言うまでもない。――そう、葛葉が最後に放ったのは、己《おのれ》の魂《たましい》すら魔力に換《か》えて炸裂《さくれつ》させる自爆魔法《じばくまほう》だったのだ。その威力《いりょく》たるやまさに言語に絶するもの。だがそれも当然だろう。恭弥を追い詰《つ》めるレベルの勇者が、己の存在と引き換えに発動した最期《さいご》の大魔法だ、生ぬるいはずがない。あらゆる属性の魔法、あらゆる種類の呪詛、あらゆる時代の祝福、この世界に存在するありとあらゆる力が見境なくごちゃ混ぜになった大爆発。その圧倒的暴威《あっとうてきぼうい》の前では、神も、悪魔《あくま》も、生物も、無機物も、概念《がいねん》それ自体さえも一瞬《いっしゅん》にして塵《ちり》と化す。それはまさしく、世界の終焉《しゅうえん》にも等しい厄災《やくさい》そのものなのであった。

――そして――

「――あ、あれ……？　私、生きて……？」

一瞬とも、永遠とも感じられる爆発の後、恐る恐る瞼を開けるロザリア。慌《あわ》てて全身を確認《かくにん》するが、ちゃんと手足はついている。死後の世界というわけではないらしい。

だが、ロザリアからすればむしろ無事な方が不思議だった。先ほどの爆発には権能が効かない異世界樹の魔力も含《ふく》まれていたはずなのに……

そうして半信半疑のまま顔を上げた時、ロザリアはその理由を理解した。

「——無事みたいだな、ロザリア。安心しろ、ローゼさんも大丈夫《だいじょうぶ》だ」

と、未《いま》だ立ち込める爆煙の向こうから恭弥の声が聞こえてくる。どうやら彼が盾となり守ってくれたらしい。水穂葛葉の最後の切り札さえ、結局彼には届かなかったのだ。

……ただし、煙が晴れた後、そこに立っていた少年は〝無事〟とは程遠《ほどとお》い状態だった。

「ちょ、ちょっと、恭弥……⁈」

安堵《あんど》したのも束《つか》の間《ま》、歩み寄って来た少年を見た瞬間、ロザリアが悲鳴をあげる。

なにせ、恭弥の右半身は喰いちぎられたように大きく欠損し、左足はほとんど動いていない。血こそ止まってはいるものの再生は遅々《ちち》として進まず、傷ついた全身のいたるところに忌《い》まわしい呪詛が纏《まと》わりついている。……二人を庇った代償《だいしょう》はあまりに大きかったのだ。

「そ、その傷、大丈夫なの⁈」

駆《か》け寄るロザリアを制した恭弥は、『それよりも……』と唯一まともに動く左手を伸《の》ばす。

そして何をするかと思えば——彼女の頬についたほんの小さなかすり傷の治療《ちりょう》を始めた。

「な、何を……？」

「いいから、じっとしてろ」

と言いながら、残った魔力を振り絞《しぼ》って回復魔法に集中する恭弥。そして傷が治ったのを確認すると、安心したように吐息《といき》をついた。

「ふう、これでよし……下手でごめんな。あまり他人の治療は得意じゃなくて……」

などと謝《あやま》る恭弥だが、もちろんロザリアからすればそれどころじゃない。

「そ、そんなこと言ってる場合じゃないでしょ！　それより恭弥の傷が……！」

「ああ、これか？　大丈夫、死にはしないよ。ただ、これだけの複合呪詛は初めてだ。しばらくは治らないな。……本当に、最期の最期までタダじゃ終わらない人だ」

命と引き換えにした自爆魔法……それは『せめて一矢報《いっしむく》いたい』、なんて謙虚《けんきょ》なものじゃない。情報を渡《わた》さず、ローゼとロザリアを巻き込み、あわよくば恭弥さえも道連れにしようとした強欲《ごうよく》な一手。魔王すら顔をしかめるレベルの不遜《ふそん》な最期は、あまりに葛葉らしくて呆《あき》れてしまうぐらいだ。

「ああ、問題ない」

だが、それも終わった。恭弥はほっと嘆息する。……そんな少年へ、ロザリアはおずおずと尋《たず》ねた。

「あ、あのさ……今更だけど……本当に、味方になってくれるんだよね？　本当の本当に……？」

「ああ。葛葉との話は聞いてたろ？　俺《おれ》にも世界より大事なものがあるんだ。お前とローゼさんの間のことは何も知らないけど……そこだけは同じだと確信してる。だからお前に力を貸すし、お前の力も貸して欲しい。この間違った世界樹を終わらせるために」

そう答えた瞬間、ロザリアの表情がぱあっと輝《かがや》く。そして無邪気《むじゃき》に喜ぶロザリアは、背後に佇むもう一人の女神《めがみ》へと振り返った。

「ねえローゼ、聞いたでしょ？　恭弥が味方になってくれるって！　だから、ね、安心して！　きっと上手《うま》くいくから！　絶対大丈夫だから！　だから……全部終わったら、また一緒に遊ぼう？」

ねだるようにそう囁くロザリアは、まるで友達と仲直りしたがっている子供のよう。初めて見せるその姿こそ、虚飾《きょしょく》も虚勢《きょせい》も取り払《はら》った彼女本来の顔なのだろう。

そんなロザリアの後ろで、恭弥も同意するように頷《うなず》いた。

「俺とロザリアで必ずあなたを守ります。そのためにも……あなたが知っていることすべて、是非《ぜひ》俺たちに教えてくださいね」

それは一見優《やさ》しげな言葉だが、裏にある真意はあまりにも明白。——彼女はもう二度と、自由になることはない。

ゆえにローゼは振り返る。その視線の先は、彼女の勇者が残した破壊《はかい》の跡《あと》。この世界で見る最期の景色としてそれを目に焼き付けたローゼは……ふっと微笑《ほほえ》んだ。

「……ほらね、リンネ。ボクの言った通りだったろう？　世界というのは、案外筋書き通りにはいかないものさ」

そうしてローゼは、諦めたように二人の方へと歩き出すのだった。

終章　夜の底にて

《万宝殿《パンテサリウム》》最深部に立つ一軒《けん》の家。

手つかずの娯楽品《ごらくひん》が山と積まれたその一室にて、ベッドに横たわる一人の女性――フェリス。静かに瞼を閉じた彼女は、猫のように身を丸めたまま時が過ぎるのをただ待っている。

かつて、どこかの荒野《こうや》でそうしていたように――

「――うふふふ、その寝姿《ねすがた》、昔から変わらないのね」

「っ⁉」

永劫の静寂《せいじゃく》を打ち破り、不意に響く声。

ハッと目を見開いた先、窓辺に佇んでいたのは一人の女性だった。

妖《あや》しく艶《つや》めく褐色《かっしょく》の肌《はだ》、なまめかしく整った肢体《したい》、淫《みだ》らなまでに美しい相貌《そうぼう》……怖気《おぞけ》だつほどに妖艶《ようえん》なその女性は、まるで闇夜《やみよ》を人の形にしたかのような危険な魔性《ましょう》を纏《まと》っている。その淫靡《いんび》な美貌《びぼう》の裏に秘《ひ》められたのは、昏《くら》い深淵《しんえん》へと誘《いざな》う蠱惑《こわく》の色香《いろか》――

そんな危《あや》うい女を、フェリスはよく知っていた。

「貴様、生きておったのか――ユミル⁉」

「あら、覚えていてくれて嬉しいわ。あなたも元気そうで何よりね、フェアリオレス……ううん、今はフェリスって呼んだ方がいいかしら？」

唐突《とうとつ》な侵入者《しんにゅうしゃ》を前に、抑《おさ》えきれない驚愕《きょうがく》を露《あら》わにするフェリス。だが、その表情はすぐに激しい敵意へと変わった。

「わしに近寄るな‼」

枕《まくら》の下からナイフを掴むや、フェリスはその鋭利《えいり》な切っ先を突きつける。……けれど、ユミルと呼ばれた女は怖《こわ》がりもせず笑うだけ。

「もう、ダメじゃないフェリス。母親にそんなもの向けちゃ。だいたい、無駄《むだ》だってわかってるでしょう？　今の貴女《あなた》にならい私でも勝てるわ。……ふふっ、それにしても、本当に可愛《かわい》くなったものね。かつて廃棄魔王《はいきまおう》と恐《おそ》れられた貴女《あなた》が、今じゃまるで子猫《こねこ》のよう。よほどあの坊《ぼう》やに愛を教えてもらったみたいね」

そう、今のフェリスに全盛期の力はない。どれだけ強がろうとそれは動かしようのない事実。……だからこそ、彼女の狙いは最初から別にあった。

――ユミルが一歩近づいたその瞬間、フェリスはナイフの切っ先を自分自身へ向ける。

そしてためらいなくその首筋を貫《つらぬ》いた。……いや、貫こうとしたのだが……

「くっ……」

「ふふふ。やっぱりあなた、愛されてるわね」

白刃《はくじん》が喉《のど》を貫く間際、突如《とつじょ》展開する結界術。それは見えない障壁《しょうへき》となり固くナイフの切っ先を阻《はば》む。――あらゆる危害からフェリスを守るために恭弥《きょうや》が仕込んでいた守護呪法だ。

そしてその〝危害〟の中には、自害もまた含まれているのだった。

「自ら死ぬことすら許されない……なんだか懐《なつ》かしいわね？」

「……黙れ。それより何をしに来たのじゃ？　どうやってここへ⁉」

「あら、忘れちゃったのかしら？　ここ《パンテサリウム》は元々私の物よ？　抜け道《バックドア》の一つや二つ、残してあって当然でしょう？　って言っても、これまではあの坊やの監視《かんし》が固くて入れなかったのだけれど……どうも今、外で何かが起きてるみたいね。そのお陰《かげ》でこうして貴女に会えたわ。これも世界樹の導きかしらね？」

などとのんびり微笑むユミル。だが、フェリスはそれをばっさりと遮《さえぎ》った。

「御託《ごたく》はもうよい！　……もう一度だけ聞く。何をしに来た？　わしはもうそなたの玩具《がんぐ》になるつもりはない！」

「悲しいわ、玩具だなんて。そんなつもりはないのに。ううん、むしろ逆……私は貴女を助けに来たんですもの」

「なに……？」

「ここから出たいんでしょう？　なら、私が出してあげるわ」

そう微笑みながら、軽く指先を振るユミル。——次の瞬間、窓の向こうに異次元へと続く穴《ゲート》が口を開ける。だが、当然ほいほいとついて行けるはずもない。

「……わしに何をさせようというのじゃ？」

「別に何も。貴女は私の最高傑作《けっさく》。可愛い娘《むすめ》を幸せにしてあげたいって思うのは、母親として自然な感情でしょう？　だから私は何も求めない」

嘘か真か、真意を図《はか》りかねて警戒を解かないフェリス。その様子を見て、ユミルは軽く肩を竦めた。

「まあいいわ、今すぐなんて急《せ》かすつもりはないから。どうせ世界は定められたエンディングに向かっていく。私も貴女も、結局はその役割を果たすことになる。だから焦《あせ》る必要なんてないんだもの」

確信めいて言い切るユミルは、『ただ……』と一つだけ付け加えた。

「あの坊やが大切なら、急いだ方がいいかも知れないわね」

「……何が言いたい？」

不意に出た恭弥の話に、思わず問い返してしまうフェリス。

するとユミルは、『簡単なことよ』と囁いた。

「来たるべき終幕のために、世界は〝魔王〟を必要としている。そしてそれをあの坊やもよく理解しているわ。だったら……貴女だって、いつまでも〝ヒロイン〟ではいられないんじゃないかしら？」

預言とも忠告ともつかぬその言葉だけを残し、ユミルは来た時と同じ唐突さで窓の向こうへと消えていく。その去った後には、真っ黒な宝玉の埋《う》め込《こ》まれた指輪が一つ、忘れ物のように残されていた。

「……恭弥……」

指輪を拾い上げたフェリスは、小さく少年の名を呟く。そして遠く離れた彼《かれ》のことを想《おも》いながら、再びベッドで身を丸めるのだった。

かつて、どこかの荒野でそうしていたように。

おわり

あとがき

こんにちは、紺野千昭です。このたびは『最凶の魔王に鍛えられた勇者、異世界帰還者たちの学園で無双する3』をお手に取っていただき誠にありがとうございます！　関係者及び読者の皆様に心から感謝申し上げます！

本作のあとがきも三度目となり、いよいよ書くネタが尽きてきました。前はどんなの書いたっけと一巻のあとがきを見直してみたところ、一巻時点から既に書くネタがないと半べそ状態になっていました。既に九月なので今年は捨てるとして、来年こそはあとがきに書ききれないぐらいイベント豊富な年にしたいと思います。……多分来年も同じことを書いている気がしますが。

それではまたどこかでお会いできましたら、何卒よろしくお願いいたします。

紺野千昭

HJ文庫 https://firecross.jp/
1031

最凶の魔王に鍛えられた勇者、異世界帰還者たちの学園で無双する 3

2022年10月1日　初版発行

著者――紺野千昭

発行者―松下大介
発行所―株式会社ホビージャパン

〒151-0053
東京都渋谷区代々木2-15-8
電話　03(5304)7604（編集）
　　　03(5304)9112（営業）

印刷所――大日本印刷株式会社

装丁――小沼早苗（Gibbon）／株式会社エストール

Printed in Japan

ISBN978-4-7986-2919-3　C0193